FICHES détach[illegible]

Tle

Objectif BAC

W0277593

SPÉCIALITÉ

Physique Chimie

Cédric DÉTRÉ
Daniel RAMIREZ
Sébastien ZARDET

Auteurs du dépliant

Physique-Chimie

Cédric DÉTRÉ, Daniel RAMIREZ et Sébastien ZARDET

Grand Oral

Conseils généraux : Isabelle de LISLE et Sylvie BEAUTHIER

Exemples de questions : Daniel RAMIREZ

hachette
ÉDUCATION

Pour réviser efficacement !

Des fiches synthétiques et complètes

Le cours, clairement présenté.

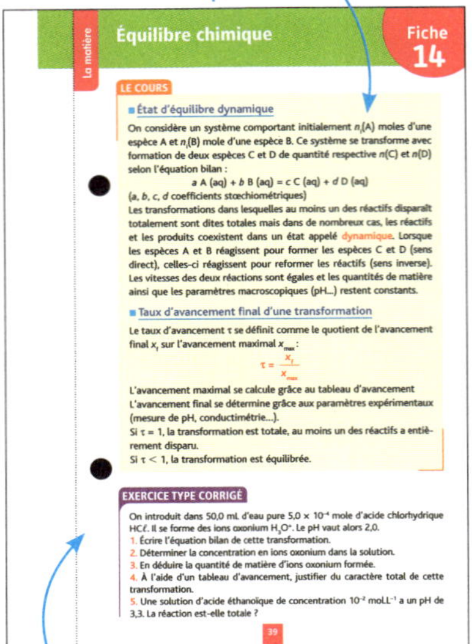

La matière

Équilibre chimique — Fiche 14

LE COURS

État d'équilibre dynamique

On considère un système comportant initialement n_i(A) moles d'une espèce A et n_i(B) mole d'une espèce B. Ce système se transforme avec formation de deux espèces C et D de quantité respective n(C) et n(D) selon l'équation bilan :

$$a\,A\,(aq) + b\,B\,(aq) = c\,C\,(aq) + d\,D\,(aq)$$

(a, b, c, d coefficients stœchiométriques)

Les transformations dans lesquelles au moins un des réactifs disparaît totalement sont dites totales mais dans de nombreux cas, les réactifs et les produits coexistent dans un état appelé dynamique. Lorsque les espèces A et B réagissent pour former les espèces C et D (sens direct), celles-ci réagissent pour reformer les réactifs (sens inverse). Les vitesses des deux réactions sont égales et les quantités de matière ainsi que les paramètres macroscopiques (pH...) restent constants.

Taux d'avancement final d'une transformation

Le taux d'avancement τ se définit comme le quotient de l'avancement final x_f sur l'avancement maximal x_{max} :

$$\tau = \frac{x_f}{x_{max}}$$

L'avancement maximal se calcule grâce au tableau d'avancement.

L'avancement final se détermine grâce aux paramètres expérimentaux (mesure de pH, conductimétrie...).

Si $\tau = 1$, la transformation est totale, au moins un des réactifs a entièrement disparu.

Si $\tau < 1$, la transformation est équilibrée.

EXERCICE TYPE CORRIGÉ

On introduit dans 50,0 mL d'eau pure $5{,}0 \times 10^{-4}$ mole d'acide chlorhydrique HCℓ. Il se forme des ions oxonium H_3O^+. Le pH vaut alors 2,0.

1. Écrire l'équation bilan de cette transformation.
2. Déterminer la concentration en ions oxonium dans la solution.
3. En déduire la quantité de matière d'ions oxonium formée.
4. À l'aide d'un tableau d'avancement, justifier du caractère total de cette transformation.
5. Une solution d'acide éthanoïque de concentration 10^{-2} mol.L^{-1} a un pH de 3,3. La réaction est-elle totale ?

39

Des exercices corrigés types pour s'entraîner.

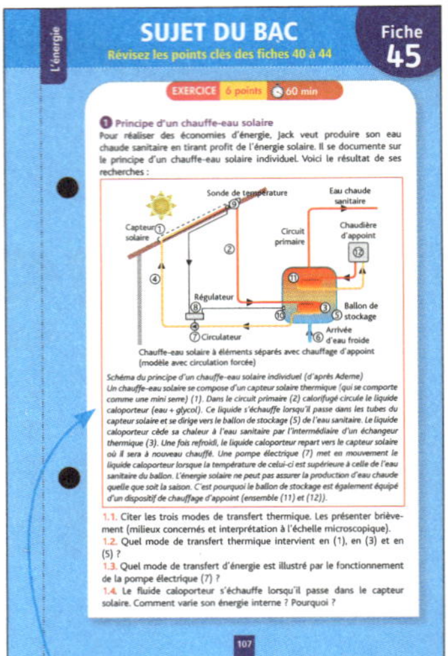

L'énergie

SUJET DU BAC — Révisez les points clés des fiches 40 à 44 — Fiche 45

EXERCICE 6 points 60 min

1 Principe d'un chauffe-eau solaire

Pour réaliser des économies d'énergie, Jack veut produire son eau chaude sanitaire en tirant profit de l'énergie solaire. Il se documente sur le principe d'un chauffe-eau solaire individuel. Voici le résultat de ses recherches :

Chauffe-eau solaire à éléments séparés avec chauffage d'appoint (modèle avec circulation forcée)

Schéma du principe d'un chauffe-eau solaire individuel (d'après Ademe)

Un chauffe-eau solaire se compose d'un capteur solaire thermique (qui se comporte comme une mini serre) (1). Dans le circuit primaire (2) calorifugé circule le liquide caloporteur (eau + glycol). Ce liquide s'échauffe lorsqu'il passe dans les tubes du capteur solaire et se dirige vers le ballon de stockage (5) de l'eau sanitaire. Le liquide caloporteur cède sa chaleur à l'eau sanitaire par l'intermédiaire d'un échangeur thermique (3). Une fois refroidi, le liquide caloporteur repart vers le capteur solaire où il sera à nouveau chauffé. Une pompe électrique (7) met en mouvement le liquide caloporteur lorsque la température de celui-ci est supérieure à celle de l'eau sanitaire du ballon. L'énergie solaire ne peut pas assurer la production d'eau chaude quelle que soit la saison. C'est pourquoi le ballon de stockage est également équipé d'un dispositif de chauffage d'appoint (ensemble (11) et (12)).

1.1. Citer les trois modes de transfert thermique. Les présenter brièvement (milieux concernés et interprétation à l'échelle microscopique).

1.2. Quel mode de transfert thermique intervient en (1), en (3) et en (5) ?

1.3. Quel mode de transfert d'énergie est illustré par le fonctionnement de la pompe électrique (7) ?

1.4. Le fluide caloporteur s'échauffe lorsqu'il passe dans le capteur solaire. Comment varie son énergie interne ? Pourquoi ?

107

Des sujets corrigés par thème pour préparer les évaluations et l'épreuve finale.

Crédits photographiques : © Shutterstock : pp. 23, 78, 123, 127 ; DR : pp. 139, 140.

www.parascolaire.hachette-education.com

ISBN : 978-2-01-715803-5

Achevé d'imprimer en octobre 2021 en Roumanie par Rotolito Romania

Dépôt légal : novembre 2021 - Édition 01 - 56/7195/6

Sommaire

*Notions non évaluées lors de l'épreuve écrite de Spécialité Physique-Chimie

Constitution et transformations de la matière

Mouvement et interactions

L'énergie : conversions et transferts

Ondes et signaux

Descriptif de l'épreuve et conseils

1 Descriptif de l'épreuve de spécialité physique-chimie

L'épreuve se compose d'une épreuve écrite et d'une épreuve d'évaluation des capacités expérimentales.

Épreuve écrite

- **L'épreuve écrite dure 3,5 h** et a lieu **en fin de second trimestre** (mi-mars à ce jour). Elle porte sur l'intégralité des notions de classe de Première et sur la partie du programme de Terminale à maîtriser pour l'examen (cela correspond aux 51 fiches de cet ouvrage).
- Cette **partie écrite** comporte **trois exercices indépendants** et s'appuie de manière équilibrée sur différents thèmes des programmes. Le sujet accorde une place significative à la modélisation et à la résolution de questions avec prise d'initiative. Les sujets traités lors de cette épreuve portent sur des situations contextualisées, peuvent contenir des documents et inclure des questions relatives aux aspects expérimentaux de la discipline et aux capacités numériques identifiées dans les programmes.

Épreuve d'évaluation des capacités expérimentales (ECE)

- **L'ECE dure 1 h** et a lieu **dans les 10 jours suivants l'épreuve écrite**. Elle vise à évaluer les compétences expérimentales des candidats. Elle s'appuie sur les compétences de la démarche scientifique, les capacités expérimentales et les activités expérimentales support de la formation identifiées dans les programmes de la spécialité physique-chimie des classes de Première et de Terminale.
- Dans un contexte de laboratoire de physique et chimie, le candidat est ainsi conduit à s'approprier une problématique de nature expérimentale, à mettre en œuvre ou à élaborer un protocole, à réaliser une ou plusieurs expériences, à valider sa démarche et à communiquer ses résultats. L'épreuve valorise l'autonomie et l'initiative du candidat.

Note finale

- **Les deux épreuves sont notées sur 20** et la note finale est :

0,8 × (note de l'épreuve écrite) + 0,2 × (note de l'ECE)
arrondie au point supérieur

Exemple : si l'on obtient 12 à l'épreuve écrite et 16 à l'ECE, la note finale est : $0{,}8 \times 12 + 0{,}2 \times 16 = 12{,}8$ arrondie à 13.

• Le **coefficient** de l'épreuve de spécialité physique-chimie est de **16.**

Usage de la calculatrice

Les candidats qui disposent d'une calculatrice avec mode examen devront l'activer le jour des épreuves devant l'examinateur et les calculatrices dépourvues de mémoire seront autorisées. Ainsi, tous les candidats composeront sans aucun accès à des données pré-enregistrées par leurs soins pendant les épreuves.

2 Conseils pour le travail pendant l'année

Les épreuves finales de spécialité arrivent très tôt dans l'année : il est important de se mettre à un travail sérieux et efficace dès la rentrée.

• **Travaillez régulièrement** chacun des thèmes et chacune des compétences développées dans les différentes parties du programme.

• **Faites des fiches synthétiques** permettant de cibler les points importants du programme : les fiches que nous vous proposons sont excellentes, mais celles que vous ferez vous-mêmes seront meilleures !

• **Refaites les différentes évaluations de l'année**, en appliquant les conseils donnés sur la copie. N'hésitez surtout pas à demander des explications supplémentaires à vos enseignants si des points vous semblent peu clairs.

• **Entraînez-vous à partir de sujets d'annales** mais n'oubliez pas que la simple lecture du sujet et de son corrigé n'apporte pas grand-chose…

• La maîtrise des gestes expérimentaux (ECE) se prépare toute l'année : ne laissez pas votre binôme de TP tout faire.

3 Conseils pour l'épreuve écrite

La veille de l'épreuve

• Relisez attentivement vos fiches.

• **Préparez soigneusement vos affaires** : trousse, convocation, calculatrice (il faut savoir comment activer le mode examen sur la calculatrice) et pièce d'identité. On peut aussi prévoir une seconde calculatrice, au cas où.

• Prenez de quoi vous hydrater et grignoter durant les trois heures trente de l'épreuve.

• Couchez-vous tôt, afin de profiter d'une véritable nuit de sommeil.

Le jour de l'épreuve

• **Partez suffisamment tôt pour ne pas arriver en retard à l'épreuve** (vous devez y être au moins un quart d'heure avant le début), afin d'éviter toute source de stress supplémentaire.

• Préparez les 3 copies vierges distribuées en remplissant l'en-tête avant le début de l'épreuve, afin de ne consacrer le temps de l'épreuve qu'à la résolution des exercices.

• Chaque exercice doit commencer sur une nouvelle page : ne débutez surtout pas un exercice sur la même page que l'exercice précédent pour économiser du papier.

• Usez du brouillon sans en abuser : il n'est pas là pour vous permettre de rédiger complètement l'exercice pour le recopier « au propre » comme dans d'autres matières.

Pendant l'épreuve

• **Survolez le sujet en entier** (1 à 2 min).

• Notez la durée estimée pour chaque exercice (1 point = 10 min).

• Commencez par l'exercice qui vous semble le plus classique.

• **Si une question vous pose problème, passez à la suivante, vous y reviendrez plus tard.**

• Pour chaque exercice, faites une première lecture rapide (2 min), puis encadrez les données (qui ne sont pas toujours visibles ou se trouvent en fin de sujet). Si une donnée vous évoque une relation du cours, écrivez-la à côté *(exemple :* R implique l'équation d'état des gaz parfaits : $p \times V = n \times \mathrm{R} \times T$).

• **Ne paniquez pas devant des documents ou des notions inconnues :** même les professeurs découvrent de nouvelles notions dans certains exercices !

• **Pensez à utiliser tous les documents** mis à disposition pour répondre, en particulier quand vous bloquez sur une question.

• **Tout calcul doit être précédé d'une expression littérale** qui permet de vérifier que vous avez compris la démarche (et vaut des points, même si votre calcul est faux). Attention ! un résultat numérique correct sans expression littérale sera pénalisé, en particulier si le sujet vous donne la réponse à trouver.

• **Critiquez vos résultats :** un correcteur sera plus enclin à valoriser une démarche avec un résultat absurde ou incohérent si vous l'indiquez clairement sur votre copie.

• **Vérifiez que vous avez bien répondu à la question posée et que votre réponse est complète.**

• En absence d'un résultat qui vous empêche de continuer l'exercice, proposez une valeur qui vous semble cohérente et continuez avec cette valeur. Cette prise d'initiative sera appréciée par le correcteur.

• Laissez de l'espace si vous n'arrivez pas à répondre à une question, car vous pourrez toujours y revenir un peu plus tard.

• **Gardez 10 minutes à la fin de l'épreuve pour relire attentivement votre copie.** Vérifiez que vous n'avez oublié aucune unité lors des applications numériques, que les expressions littérales sont encadrées et les résultats numériques soulignés, que les schémas que vous avez faits sont légendés, que les grandeurs portées sur les axes des graphiques que vous avez réalisés sont indiquées, que vous n'avez pas oublié de rendre les annexes, etc.

pH d'une solution

LE COURS

Définitions

• Le **pH d'une solution aqueuse est toujours compris entre 0 et pK_e** (voir *fiche 18* – Constante d'acidité K_A et produit ionique de l'eau).
Une solution est dite :

– acide si son pH est compris entre 0 et $\frac{1}{2} \times pK_e$;

– neutre si son pH est égal à $\frac{1}{2} \times pK_e$;

– basique si son pH est compris entre $\frac{1}{2} \times pK_e$ et pK_e.

Rappel : à 25 °C, $pK_e = 14$.

• Le caractère acide ou basique d'une solution dépend de la quantité d'ions oxonium H_3O^+ présents dans ladite solution. **Plus une solution contient d'ions oxonium, plus elle est acide.**

• Par définition,

$$pH = -\log\left(\frac{[H_3O^+]}{c°}\right)$$

- pH : pH de la solution
- log : Fonction logarithme décimal
- $[H_3O^+]$: Concentration molaire effective en ions oxonium en mol·L^{-1}
- c° : Concentration molaire standard c° = 1 mol·L^{-1}

• En utilisation la fonction « dix puissance », fonction réciproque de la fonction logarithme, on obtient : $[H_3O^+] = c° \times 10^{-pH}$

Quelques solutions aqueuses d'acides et de bases courantes à connaître

Solutions aqueuses	Formules des espèces dissoutes en solution
Acide chlorhydrique	H_3O^+ (aq) + $C\ell^-$ (aq)
Acide nitrique	H_3O^+ (aq) + NO_3^-(aq)
Acide éthanoïque	CH_3COOH (aq)
Soude ou hydroxyde de sodium	Na^+ (aq) + HO^- (aq)
Ammoniac	NH_3 (aq)

EXERCICE TYPE CORRIGÉ

L'**eau régale** est un mélange d'acide chlorhydrique et d'acide nitrique concentrés dans une proportion de 2 à 4 volumes d'acide chlorhydrique pour 1 volume d'acide nitrique. Elle est appelée ainsi parce qu'elle est capable de dissoudre certains métaux nobles tels que le platine, l'or ou le tantale insolubles dans ces acides seuls ou dans tout autre acide simple concentré.
L'objectif de cet exercice est de déterminer le pH d'une telle solution.

1. La solution d'acide nitrique

La concentration molaire en ions oxonium de la solution d'acide nitrique est de $[H_3O^+ (aq)]_{nitrique} = 2{,}3 \times 10^{-2}$ mol·L⁻¹. Quel est le pH de la solution d'acide nitrique ?

2. La solution d'acide chlorhydrique

Le pH de cette solution est de 1,3. Quelle est alors la concentration molaire en ions oxonium de la solution d'acide chlorhydrique ?

3. L'eau régale

On mélange un volume $V_{nitrique} = 10{,}0$ mL de la solution d'acide nitrique à un volume $V_{chlorhydrique} = 30{,}0$ mL de la solution d'acide chlorhydrique.

a. Déterminer la quantité de matière présente en ions oxonium.

b. En déduire la concentration molaire en ions oxonium.

c. Calculer alors le pH de la solution d'eau régale.

Corrigé

1. Par définition, $\mathbf{pH = -log\left(\frac{[H_3O^+]_{nitrique}}{c°}\right)}$.

L'application numérique donne $\mathbf{pH} = -\log\left(\frac{2{,}3 \times 10^{-2}}{1}\right) = \mathbf{1{,}6}$. Le pH de la solution d'acide nitrique est de 1,6.

2. Par définition, $\mathbf{[H_3O^+]_{chlorhydrique} = c° \times 10^{-pH}}$. L'application numérique donne $[H_3O^+]_{chlorhydrique} = 1 \times 10^{-1,3} = 5{,}0 \times 10^{-2}$ mol·L⁻¹. La concentration molaire en ions oxonium de la solution d'acide chlorhydrique est donc de $5{,}0 \times 10^{-2}$ mol·L⁻¹.

3. a. Les ions oxonium proviennent de la solution d'acide nitrique et de la solution d'acide chlorhydrique, soit :

$$n_{oxonium} = n_{nitrique} + n_{chlorhydrique}$$
$$= [H_3O^+ (aq)]_{nitrique} \times V_{nitrique} + [H_3O^+ (aq)]_{chlorhydrique} \times V_{chlorhydrique}$$
$$(2{,}3 \times 10^{-2}) \times (10{,}0 \times 10^{-3}) + (5{,}0 \times 10^{-2}) \times (30{,}0 \times 10^{-3}) = \mathbf{1{,}7 \times 10^{-3}\ mol}.$$

b. Le volume de la solution étant égal à 10,0 + 30,0 = 40,0 mL, la concentration en ion oxonium est donc :

$$\mathbf{[H_3O^+]_{régale}} = \frac{n_{oxonium}}{V} = \frac{1{,}7 \times 10^{-3}}{40{,}0 \times 10^{-3}} = \mathbf{4{,}3 \times 10^{-2}\ mol{\cdot}L^{-1}}.$$

c. Le pH de la solution d'eau régale est alors de $\mathbf{pH = -log\left(\frac{[H_3O^+]_{régale}}{c°}\right)}$

$$= -\log\left(\frac{4{,}3 \times 10^{-2}}{1}\right) = \mathbf{1{,}4}.$$

Transformations acide-base

LE COURS

Définitions

• Un **acide**, selon la définition de Brønsted, est une espèce susceptible de libérer en solution un ion hydrogène (H^+). On l'écrit généralement **AH**. L'équation de libération d'un ion hydrogène en solution s'écrit **$AH \rightarrow A^- + H^+$**.

• Une **base**, selon la définition de Brønsted, est une espèce susceptible de capter en solution un ion hydrogène (H^+). On l'écrit généralement **B**. L'équation correspondant à la capture d'un ion hydrogène en solution s'écrit **$B + H^+ \rightarrow BH^+$**.

Couple acide-base

• À chaque acide correspond une base qui lui est associée et réciproquement, formant ainsi un couple acide-base que l'on note **Acide / Base**. L'équation associée à la transformation de l'un en l'autre est une **demi-équation acide-base**, que l'on écrit Acide = Base + H^+.

• **Quelques couples acide-base à connaître :**

Ion oxonium / Eau	H_3O^+ (aq) / H_2O (ℓ)
Eau / Ion hydroxyde	H_2O (ℓ) / HO^- (aq)
Acide carboxylique / Ion carboxylate	R–COOH (aq) / R–COO^- (aq)
Acide carbonique / Ion hydrogénocarbonate	CO_2,H_2O / HCO_3^- (aq)
Ion ammonium / Amine	R–NH_3^+ (aq) / R–NH_2 (aq)

R est une chaîne carbonée quelconque ne comportant que des atomes de carbone et d'hydrogène.

• Une **réaction acido-basique** a lieu si un acide d'un couple Acide 1 / Base 1 cède à une base d'un autre couple Acide 2 / Base 2 un **seul ion hydrogène**. L'équation chimique est alors :

Acide 1 + Base 2 $\rightarrow$ Acide 2 + Base 1

• Une espèce chimique qui peut réagir comme un acide si elle est en présence d'une base, ou comme une base si elle est en présence d'un acide est une **espèce amphotère**. On dit que c'est un **ampholyte**. L'eau est un exemple d'espèce amphotère.

Structure de Lewis

Molécules ou ions	Acide carboxylique	Ion carboxylate	Amine	Ion ammonium
Formules de Lewis	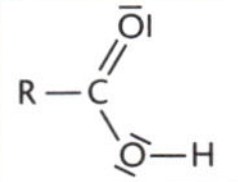	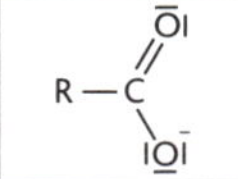	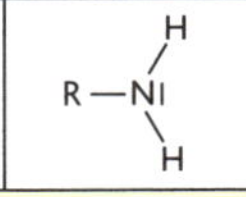	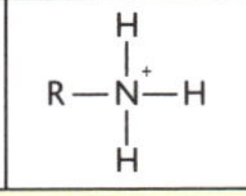

EXERCICE TYPE CORRIGÉ

L'acide citrique est un triacide présent en abondance dans le citron. La synthèse mondiale approche deux millions de tonnes par an. Il est utilisé dans les boissons, les cosmétiques, en pharmacie, etc.

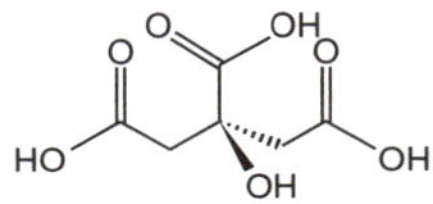

Représentations des différentes espèces acido-basiques des couples de l'acide citrique

a.

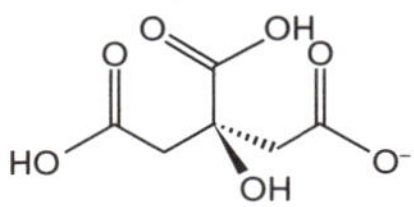

b.

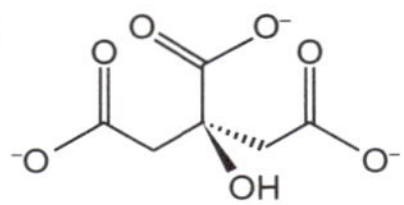

c.

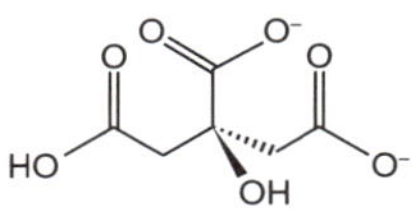

d.

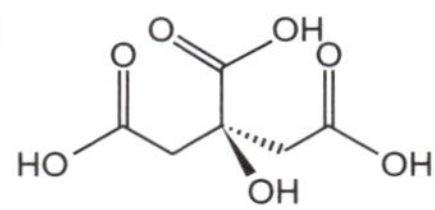

Étude des propriétés acido-basiques de l'acide citrique

1. Rappeler ce qu'est un acide selon Brønsted.

2. Parmi les quatre espèces acido-basiques (a, b, c, d), indiquer les couples acide-base que l'on peut former.

3. Représenter les espèces b et d en représentation de Lewis.

4. Que peut-on dire des espèces a et c ?

Corrigé

1. Selon Brønsted, un acide est une espèce chimique capable de céder un ou plusieurs ions hydrogène H^+.

2. Les espèces **a**, **b**, **c** et **d** diffèrent par le nombre d'atomes d'hydrogène. Les couples que l'on peut former sont **d / a**, **a / c** et **c / b**.

3.

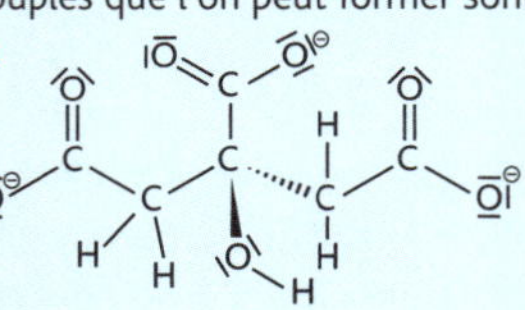

b.

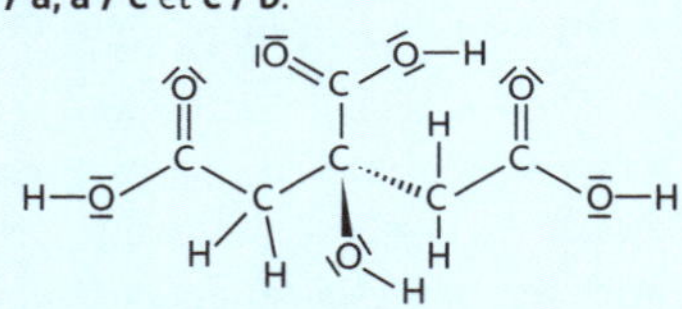

d.

4. Les espèces **a** et **c** appartiennent toutes deux à deux couples acide-base différents : ce sont donc des ampholytes.

Analyse par spectroscopie UV-Visible

LE COURS

La spectroscopie UV-visible est une méthode physique d'analyse. Elle consiste à mesurer l'absorbance A (sans unité) d'une solution, cette grandeur caractérisant la capacité de la solution à absorber la lumière à une longueur d'onde donnée (dans l'UV ou **le visible**).

Spectre d'absorption

Le graphe qui représente l'absorbance A d'une solution en fonction de la longueur d'onde λ est appelé spectre d'absorption.
La détermination de la longueur d'onde λ_{max} correspondant au maximum d'absorption peut permettre d'identifier une espèce chimique.

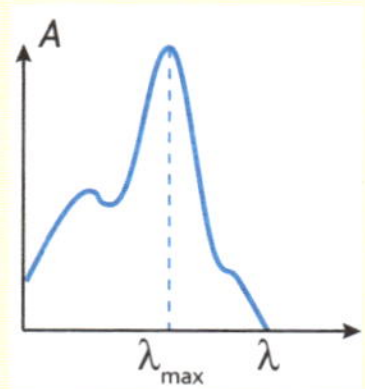

Loi de Beer-Lambert

Pour une longueur d'onde λ fixée, l'absorbance A d'une solution est proportionnelle à la concentration de l'espèce qui absorbe : $A = k \times C$ où k est le coefficient directeur de la droite.
Cette loi n'est valable que pour des solutions suffisamment diluées.

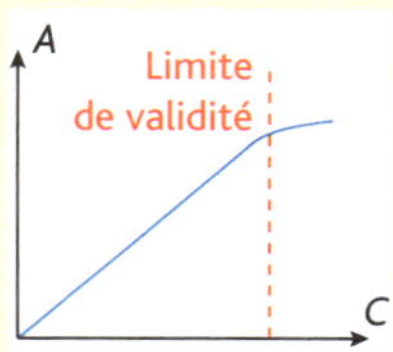

Dosage spectroscopique par étalonnage

- De manière générale, on règle le spectrophotomètre sur une longueur d'onde où l'espèce dosée absorbe beaucoup (généralement λ_{max}) et pour laquelle aucune autre espèce en solution ne doit absorber.
- La mesure de l'absorbance des solutions étalons (de concentrations connues) contenant l'espèce dosée permet de tracer le graphe **$A = f(C)$ (courbe d'étalonnage)** qui doit être une **droite passant par l'origine (si la loi de Beer-Lambert est valide)**.

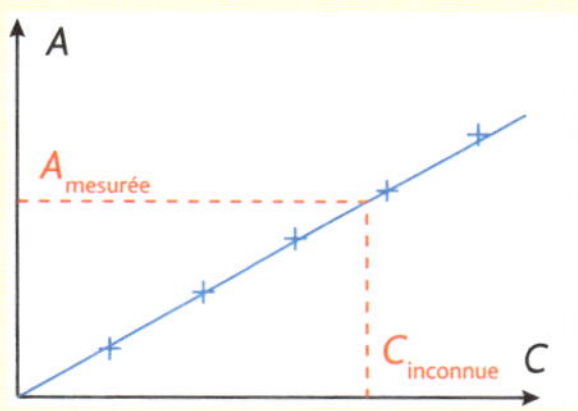

À partir de la mesure de l'absorbance de la solution dosée, on peut déterminer sa concentration $C_{inconnue}$ en espèce colorante par lecture graphique ou à partir du coefficient directeur $k\left(C_{inconnue} = \dfrac{A_{mesurée}}{k}\right)$.

EXERCICE TYPE CORRIGÉ

Lors d'une activité expérimentale, des élèves travaillent sur une solution réalisée en dissolvant la partie bleue d'un bonbon « Schtroumpf » en gélatine dans un volume total d'eau de 50,0 mL.

Avec cette solution, ils réalisent d'abord un spectre d'absorption. Puis, une fois identifié le colorant présent, ils réalisent une gamme étalon à partir d'une solution mère du colorant et tracent la courbe d'étalonnage.

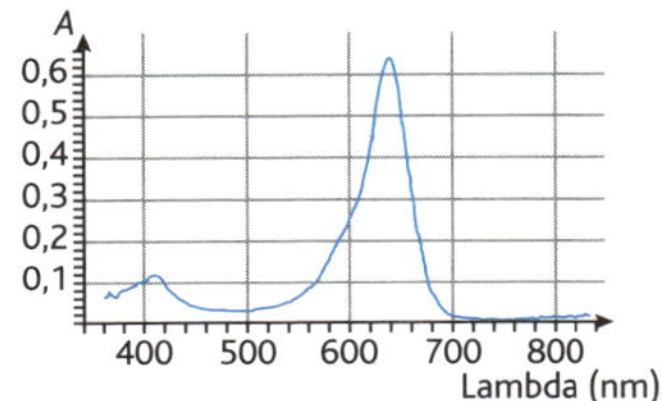

Spectre d'absorption de la solution

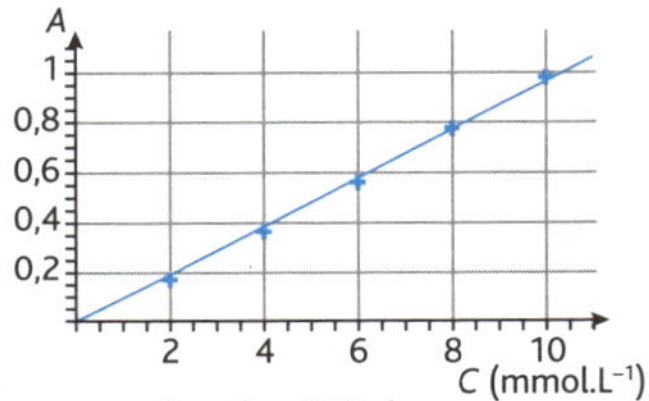

Courbe d'étalonnage

Code du colorant	(E131)	(E132)	(E133)
DJA* (mg/kg/jour)	2,5	5,0	10,0
Longueur d'onde au maximum d'absorption (nm)	640	610	625
Masse molaire ($g{\cdot}mol^{-1}$)	582	420	747

*La DJA représente la masse d'une substance qu'un individu peut théoriquement ingérer **par kg de masse corporelle et par jour**, sans risque pour la santé.

1. Identifier le colorant présent dans cette solution.
2. Proposer une longueur d'onde de travail pour faire ce dosage. Quelle hypothèse faut-il faire pour que le dosage ne soit pas faussé ?
3. La loi de Beer-Lambert est-elle vérifiée ici ?
4. Déterminer la masse du colorant dosé dans un bonbon.
5. En déduire le nombre de bonbons qu'un enfant de 30 kg peut manger avant d'atteindre sa DJA.

Corrigé

1. Il s'agit du **E131** car $\lambda_{max} = 640$ nm.
2. On travaillera à **640 nm** en faisant l'hypothèse qu'aucune autre espèce présente dans la partie bleue du bonbon n'absorbe à cette longueur d'onde.
3. La loi de Beer-Lambert est vérifiée car la courbe d'étalonnage est une droite passant par l'origine : l'absorbance est proportionnelle à la concentration de l'espèce absorbante : $A = k \times C$.
4. Graphiquement, l'absorbance de la solution dosée vaut 0,64 à la longueur d'onde de travail choisie (640 nm). En reportant cette valeur dans la courbe d'étalonnage, on en déduit que : $C_{E131} = 6{,}6\ \mu mol{\cdot}L^{-1}$.
$n_{E131} = C_{E131} \times V_{solution}$ donc $m_{E131} = n_{E131} \times M_{E131} = C_{E131} \times V_{solution} \times M_{E131}$
$\boldsymbol{m_{E131}} = 6{,}6 \times 10^{-6} \times 50{,}0 \times 10^{-3} \times 582 = \mathbf{1{,}9 \times 10^{-4}\ g}$.
5. La DJA étant de 2,5 mg/kg/jour, un enfant de 30 kg ne doit pas dépasser 75 mg par jour. Cela correspond à $\dfrac{75 \times 10^{-3}}{1{,}9 \times 10^{-4}} = 3{,}9 \times 10^{2}$ bonbons.

Analyse par mesure de conductivité

LE COURS

Dosage par étalonnage

Ce type de dosage repose sur la préparation de solutions de concentrations connues, appelées **solutions étalons**. La variation de concentration entraîne la variation d'une grandeur telle que la conductance de la solution. On compare la valeur de la grandeur mesurée de l'échantillon aux valeurs de cette même grandeur des solutions étalons.

Dosage par conductimétrie

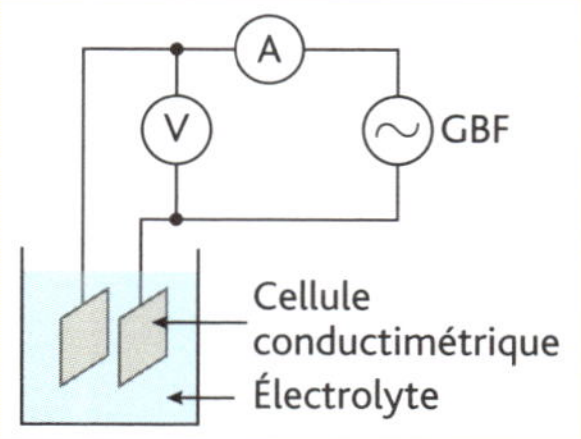

• **Le conductimètre**

Un conductimètre est constitué :
– d'un générateur basse fréquence en courant alternatif ;
– d'un ampèremètre ;
– d'un voltmètre ;
– de deux électrodes, c'est-à-dire deux plaques de platine rectangulaires, plongées dans un électrolyte, composant la cellule conductimétrique.

• **La conductimétrie**

– Une solution électrolytique est composée d'**ions qui conduisent le courant**.
– Un conductimètre permet de mesurer la **conductance *G* de la solution**, c'est-à-dire l'inverse de la résistance.
Cette conductance est aussi liée aux caractéristiques de la cellule et à la conductivité ionique de la solution.

• **La conductivité ionique de la solution**

La grandeur **σ** est caractéristique de la solution, c'est la **conductivité ionique de la solution** : elle rend compte de sa capacité à conduire le courant électrique et elle est liée à la nature et la concentration des ions présents dans la solution.

La conductivité σ d'une solution diluée d'une espèce ionique dissoute est ainsi proportionnelle à sa concentration molaire en soluté apporté : c'est la **loi de Kohlrausch**.

$$\sigma = k \times C$$

k : coefficient de proportionnalité ($S \cdot L \cdot m^{-1} \cdot mol^{-1}$)
σ : conductivité de la solution ($S \cdot m^{-1}$)
C : concentration ($mol \cdot L^{-1}$)

Remarque : la conductivité σ étant une grandeur additive, la solution électrolytique ne doit contenir qu'un seul soluté ionique.

EXERCICE TYPE CORRIGÉ

On mesure la conductivité σ de plusieurs solutions de chlorure de calcium de concentration C connue. On trouve :

Conductivité en mS·cm⁻¹	0	4,0	8,0	12,0	16,0	20,0	24,0	28,0	32,0	36,0
Concentration en mol·L⁻¹ (×10⁻³)	0	1,0	2,0	3,0	4,0	5,0	6,0	7,0	8,0	9,0

1. La loi de Kohlrausch $\sigma = k \times C$ est-elle vérifiée ? Si oui, calculer la constante k.
On veut utiliser cette courbe d'étalonnage pour déterminer la concentration C_0 en chlorure de calcium d'une ampoule médicale contenant un volume V_0 = 5,0 mL de ce sel en solution aqueuse. On prépare d'abord une solution fille en diluant une de ces ampoules dans une fiole jaugée de volume 500 mL. La solution fille a une conductivité σ_{fille} = 18,8 mS·cm⁻¹.

2. Calculer la concentration C_0 en chlorure de calcium de l'ampoule médicale servant à traiter une hypocalcémie sanguine.

Corrigé

1. On trace la droite d'étalonnage. On obtient alors une droite passant par l'origine : il y a donc proportionnalité entre σ et la concentration des solutions étalons C : **la loi de Kohlrausch est respectée.**

Calcul de k : $k = \dfrac{\sigma}{C} = \dfrac{36}{9{,}0 \times 10^{-3}} = 4{,}0 \times 10^{3}$ mS·L·cm⁻¹ mol⁻¹

soit $\mathbf{k = 4{,}0 \times 10^{-2}}$ **S·L·m⁻¹·mol⁻¹**.

2. Une lecture graphique nous donne : $C_{fille} = 4{,}7 \times 10^{-3}$ mol·L⁻¹.

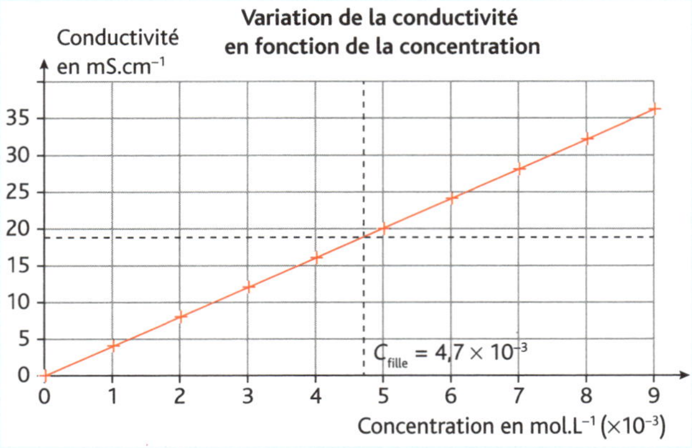

La solution mère ayant été diluée 100 fois, la concentration initiale C vaut donc :

$\mathbf{C_0} = 100 \times C_{fille} = 100 \times 4{,}7 \times 10^{-3} = \mathbf{0{,}47}$ **mol·L⁻¹**.

Réalisation d'une solution diluée

LE COURS

Réalisation d'une solution par dilution d'une solution concentrée

Préparons 0,200 L de solution d'hydroxyde de sodium de concentration 0,5 mol·L^{-1} à partir d'une solution concentrée. Sur l'étiquette, on lit :

Volume : 1,0 L   Densité : 1,20   Masse de soude : 20 %

Donnée : $M(\text{NaOH}) = 40$ g·mol^{-1}.

- **Détermination du volume de solution mère à prélever**

- Déterminons tout d'abord la masse d'un litre de solution à partir de la densité et de la masse volumique.

La densité d'un corps est le rapport entre la masse volumique de la solution donnée et la masse volumique de l'eau : $d = \frac{\rho}{\rho_{eau}}$ (avec $\rho_{eau} = 1\,000$ g·L^{-1}). Ici, $\rho = d \times \rho_{eau}$.

D'où $\rho = 1{,}20 \times 1\,000 = 1\,200$ g·L^{-1}.

Pour un litre de solution, on a donc : $m = \rho \times V = 1\,200 \times 1{,}0 = 1\,200$ g.

– Déterminons ensuite la masse d'hydroxyde de sodium présente dans de la solution mère ; la solution est à 20 % en masse de soude :

$$m(\text{NaOH}) = 1\,200 \times 0{,}20 = 240 \text{ g.}$$

– On va maintenant déterminer la quantité de soude présente dans un litre de solution :

$$n(\text{NaOH}) = \frac{m(\text{NaOH})}{M(\text{NaOH})} = \frac{240}{40} = 6{,}0 \text{ mol.}$$

Le volume de solution étant de 1 litre, la concentration en soude de la solution mère sera de 6,0 mol·L^{-1}. Appliquons la formule de dilution :

$$C_m \times V_m = C_f \times V_f$$

où C_m et V_m sont respectivement la concentration et le volume prélevé de la solution mère, et C_f et V_f représentent la concentration et le volume de la solution fille.

Le volume à prélever sera donc :

$$V_m = \frac{C_f \times V_f}{C_m} = \frac{0{,}5 \times 0{,}200}{6{,}0} = 1{,}7 \times 10^{-2} \text{ L} = 17 \text{ mL.}$$

- **Protocole de dilution :**

– Verser un volume suffisant de solution mère dans un bécher.

– Prélever à l'aide d'une pipette graduée munie d'une propipette ou d'un pipeteur le volume V_m de solution nécessaire.

– Verser le volume prélevé dans une fiole jaugée de 200 mL dans laquelle on aura placé au préalable un peu d'eau distillée.

– Verser ensuite l'eau distillée jusqu'au trait de jauge. Homogénéiser.

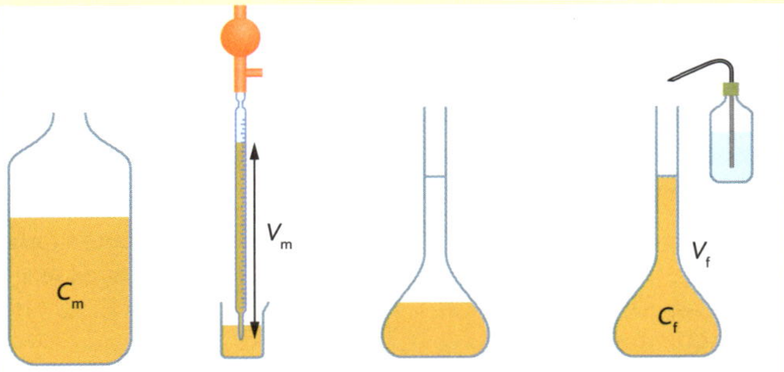

Solution mère | Prélèvement du volume V_m | On place le volume prélevé dans la fiole jaugée | On complète jusqu'au trait de jauge avec de l'eau distillée

EXERCICE TYPE CORRIGÉ

Au laboratoire, on doit préparer 0,200 L d'acide chlorhydrique molaire à partir d'une solution d'acide chlorhydrique commerciale.
Sur la bouteille, on peut voir les informations suivantes : densité d = 1,17 et 37 % en masse.
Données : $M(\text{HC}\ell) = 36{,}5\ \text{g·mol}^{-1}$; $\rho_{\text{eau}} = 1\,000\ \text{g·L}^{-1}$.

1. Déterminer la masse d'acide chlorhydrique contenue dans un litre de solution.
2. En déduire la quantité de matière d'acide chlorhydrique.
3. Montrer que la concentration en acide chlorhydrique de la solution vaut 11,9 mol·L⁻¹.
4. Comment obtenir, à partir de cette solution concentrée, la solution demandée ?

Corrigé

1. La masse d'acide chlorhydrique représente 37 % de la masse de la solution :

$m(\text{HC}\ell) = m(\text{solution}) \times 0{,}37$

$m(\text{HC}\ell) = \rho(\text{HC}\ell) \times V \times 0{,}37 = d \times \rho(\text{eau}) \times V \times 0{,}37$

$\mathbf{m(HC\ell)} = 1{,}1 \times 1\,000 \times 1{,}0 \times 0{,}37 = \mathbf{433\ g.}$

2. $\mathbf{n(HC\ell)} = \dfrac{m(\text{HC}\ell)}{M(\text{HC}\ell)} = \dfrac{433}{36{,}5} = \mathbf{11{,}9\ mol.}$

3. Le volume de solution étant de 1 litre, la concentration en acide de la solution mère sera de 11,9 mol·L⁻¹.

4. Appliquons la formule de dilution : $C_m \times V_m = C_f \times V_f$. Le volume à prélever sera donc :

$$\mathbf{V_m} = \frac{C_f \times V_f}{C_m} = \frac{1{,}0 \times 0{,}200}{11{,}9} = 17 \times 10^{-3}\ \text{L} = \mathbf{17\ mL.}$$

Protocole de dilution : voir Cours.

Les gaz parfaits

LE COURS

Des grandeurs macroscopiques aux comportements microscopiques

• Au niveau macroscopique, un gaz est décrit par trois grandeurs : **sa pression *P***, sa **température thermodynamique *T*** et le **volume *V*** qu'il occupe.

• Au niveau microscopique, **on modélise un gaz par des particules**, éloignées les unes des autres et animées d'un mouvement désordonné :

– le **choc des particules** sur les parois du récipient contenant le gaz **correspond alors à la pression** du gaz : plus il y a de chocs et plus la pression est importante ;

– l'**agitation des particules est liée à la température**. On parle alors d'agitation thermique : plus la vitesse moyenne des particules est importante, plus la température est élevée.

L'équation d'état du gaz parfait

• Un gaz est dit parfait si les particules qui le constituent :

– peuvent être considérées comme ponctuelles ;

– interagissent entre elles en faisant uniquement des chocs élastiques.

• Lorsqu'un gaz est à l'équilibre, les grandeurs pression, volume et température sont liées et dans le cas d'un gaz parfait, cette relation est :

$$PV = nRT$$

- P : Pression du gaz en pascal (Pa)
- R : Constante des gaz parfaits $R = 8{,}314\ J{\cdot}mol^{-1}{\cdot}K^{-1}$
- T : Température absolue du gaz en kelvin (K)
- V : Volume du gaz en mètre cube (m^3)
- n : Quantité de matière du gaz en mole (mol)

Cette relation est appelée **équation d'état du gaz parfait**.

• On peut aussi utiliser la masse volumique du gaz qui représente le nombre de particules par unité de volume.

• Les gaz réels ont un comportement de gaz parfait à basse pression.

EXERCICE TYPE CORRIGÉ

Une bouteille de gaz, assimilée à un cylindre de diamètre 30 cm et de hauteur 60 cm, contient, lorsqu'elle est pleine, 13 kg de propane (C_3H_8), répartis en un mélange de 80 % de liquide et 20 % de gaz.

Données : $M_{propane} = 44\ g{\cdot}mol^{-1}$; $R = 8{,}314\ J{\cdot}mol^{-1}{\cdot}K^{-1}$; $V_{cylindre} = \pi \times r^2 \times h$, avec r rayon de la base et h hauteur ; 1 bar = 10^5 Pa.

1. En considérant que la répartition 80 % / 20 % est une répartition à la fois en volume et en quantité de matière, déterminer n_{gaz}, quantité de matière de propane gazeux et V_{gaz}, volume occupé par le gaz.

2. En considérant le propane comme un gaz parfait, en déduire la pression du gaz à l'intérieur de la bouteille si la température intérieure est celle de la cuisine, soit 20 °C. Est-ce possible ?

3. En réalité, la pression interne est de 7,0 bar. En déduire la température interne. Qu'en pensez-vous ?

4. Dans ces conditions, le propane n'est plus un gaz parfait, et l'équation d'état est : $\left(P + \frac{n^2 \times a}{V^2}\right) \times (V - n \times b) = n \times R \times T$, avec $a = 938{,}5 \times 10^{-6}$ Pa·m^6·mol^{-2} et $b = 9{,}04 \times 10^{-5}$ m^3·mol^{-1}. Déterminer la valeur de la température du gaz. Est-ce plus plausible ?

5. Quelle hypothèse initiale est donc fausse ?

Corrigé

1. Le volume de la bouteille est $\pi \times \left(\frac{0{,}30}{2}\right)^2 \times 0{,}60 = 4{,}2 \times 10^{-2}$ m^3. Le volume de gaz est donc $V_{propane} = 4{,}2 \times 10^{-2} \times 0{,}20 = 8{,}4 \times 10^{-3}$ m^3.

La bouteille contient $m = 13 \times 0{,}20 = 2{,}6$ kg de propane gazeux.

Il y a donc $\boldsymbol{n_{propane}} = \frac{m}{M_{propane}} = \frac{2\,600}{44}$ **= 59 mol.**

2. Le propane étant considéré comme un gaz parfait, on a :

$P \times V_{propane} = n_{propane} \times R \times T_{cuisine}$.

Ainsi, $P = \frac{n_{propane} \times R \times T_{cuisine}}{V_{propane}} = \frac{59 \times 8{,}314 \times 293}{8{,}4 \times 10^{-3}} = 1{,}7 \times 10^7 \text{ Pa} = 170 \text{ bar}$.

Cette pression interne est trop importante !

3. En utilisant la même relation, $\boldsymbol{T_{interne}} = \frac{P \times V_{propane}}{n_{propane} \times R} = \frac{7{,}0 \times 10^5 \times 8{,}4 \times 10^{-3}}{59 \times 8{,}314}$

$= 12 \text{ K} = \mathbf{-261\ °C}$.

Cette température est trop basse, ce n'est pas possible.

4. En utilisant la relation proposée, on a :

$$T'_{interne} = \frac{\left(P + \frac{n^2_{propane} \times a}{V^2_{propane}}\right) \times (V_{propane} - n_{propane} \times b)}{n_{propane} \times R}$$

$$\boldsymbol{T'_{interne}} = \frac{\left(7{,}0 \times 10^5 + \frac{59^2 \times 938{,}5 \times 10^{-6}}{(8{,}4 \times 10^{-3})^2}\right) \times (8{,}4 \times 10^{-3} - 59 \times 9{,}04 \times 10^{-5})}{59 \times 8{,}314}$$

$= 5$ K $=$ **−268 °C. C'est encore pire !**

5. L'hypothèse qui n'est pas la bonne est que 20 % des molécules sont gazeuses !

SUJET DU BAC

Révisez les points clés des fiches 1 à 6

EXERCICE 7 points 1 h 10 min

Analyse physique

1 Injections alcalinisantes

Données : concentration standard $c^0 = 1$ mol.L^{-1} ;
couples acide-base : $CO_2, H_2O / HCO_3^-$; HCO_3^- / CO_3^{2-} .

Des solutions de lactate de sodium sont utilisées en injection par les médecins en traitement de l'excès d'acidité.

L'ion lactate est la base conjuguée de l'acide lactique (ou acide 2-hydroxypropanoïque) de formule :

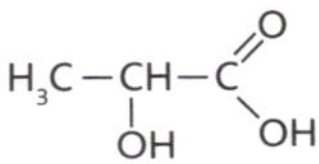

1.1. Dans la formule de l'acide lactique, entourer les groupes caractéristiques et nommer les fonctions organiques associées.

1.2. Donner la définition d'un acide au sens de Brønsted.

1.3. Faire le schéma de Lewis de l'ion lactate.

Une solution de lactate de sodium est préparée en dissolvant du lactate de sodium dans de l'eau distillée.

On note S_0 cette solution. La mesure de son pH donne une valeur de 8,2.

1.4. Écrire l'équation de la réaction entre l'ion lactate (noté A^- pour alléger l'écriture) et l'eau en sachant que la transformation n'est pas totale.

1.5. Quelle grandeur caractéristique de la solution peut-on déterminer à partir de la valeur du pH ? Faire le calcul.

1.6. On souhaite préparer 100 mL d'une solution S_1 correspondant à S_0 diluée 20 fois. Indiquer, en le justifiant, la verrerie nécessaire à cette dilution.

Dans le foie, les ions lactate se décomposent en quelques heures en libérant des ions hydrogénocarbonate.

1.7. L'ion hydrogénocarbonate HCO_3^- est un amphotère. Définir ce terme et justifier le caractère amphotère de l'ion hydrogénocarbonate à l'aide des données.

1.8. Écrire l'équation de la réaction des ions hydrogénocarbonate HCO_3^- avec les ions oxonium H_3O^+ présents dans les liquides physiologiques. La transformation associée sera considérée comme totale.

1.9. Quelle est la conséquence d'une injection de lactate de sodium sur le pH des liquides physiologiques contenus dans le corps en cas d'excès d'acidité ? Justifier.

2 Un problème à 5 centimes

Données : masse molaire du cuivre : $M(Cu) = M(Cu^{2+}) = 63{,}5$ g.mol^{-1} ;
constante des gaz parfaits : R = 8,314 S.I.

La pièce de 5 centimes d'euro est composée d'un centre en acier (constitué essentiellement de fer et de carbone) entouré de cuivre. On cherche à déterminer la masse de cuivre contenue dans une telle pièce. Pour cela, une pièce de 5 centimes est plongée dans une solution concentrée d'acide nitrique ($H_3O^+ + NO_3^-$) en excès. L'équation de la réaction est :

$$Cu_{(s)} + 4\,H_3O^+_{(aq)} + 2\,NO^-_{3\,(aq)} \rightarrow Cu^{2+}_{(aq)} + 2\,NO_{2(g)} + 6\,H_2O_{(l)}$$

Les ions cuivre (II) formés se retrouvent intégralement dissous en solution ; le dioxyde d'azote NO_2 est un gaz toxique peu soluble qui s'échappe en formant un nuage roux.

En pratique, on dépose une pièce de 5 centimes dans un erlenmeyer de 100 mL, on place cet erlenmeyer sous la hotte et on met en fonctionnement la ventilation.

Équipé de gants et de lunettes de protection, on verse dans l'erlenmeyer 20 mL d'une solution d'acide nitrique d'une concentration environ égale à 7 $mol.L^{-1}$.

La pièce « disparaît » alors assez rapidement et on obtient une solution notée S_1.

On transfère intégralement cette solution S_1 dans une fiole jaugée de 100 mL et on complète cette dernière avec de l'eau distillée jusqu'au trait de jauge. On obtient une solution S_2 qui contient également des ions fer (III) provenant de la réaction entre l'acide nitrique et le fer contenu dans le centre d'acier de la pièce.

Méthode 1 : dosage spectrophotométrique par étalonnage

On donne ci-dessous les spectres d'absorption d'une solution d'ions cuivre (II) et d'une solution d'ions fer (III). Le « blanc » a été fait avec de l'eau pure.

Ions cuivre (II) Cu^{2+}

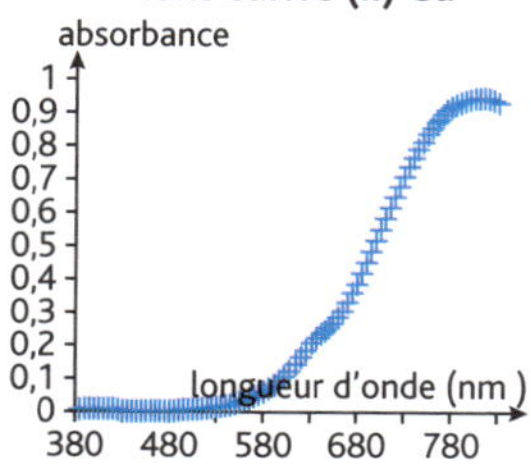

Ions fer (III) Fe^{3+}

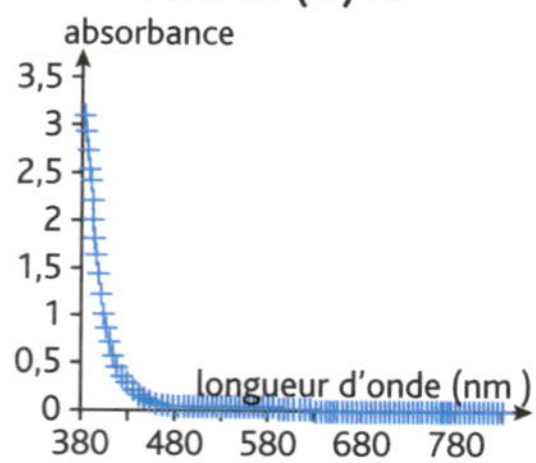

2.1. La réaction entre l'acide nitrique et le cuivre est-elle une réaction acide-base ?

2.2. Expliquer pourquoi l'acide nitrique doit être introduit en excès.

2.3. Expliquer brièvement l'intérêt de faire le « blanc ».

2.4. Donner deux raisons de se placer à une longueur d'onde de 800 nm pour réaliser le dosage spectrophotométrique des ions cuivre (II).

2.5. On fait subir à différents échantillons de métal cuivre pur le même traitement que celui décrit pour la pièce. On obtient alors des solutions d'ions cuivre (II) dont on mesure l'absorbance à 800 nm et on obtient la courbe d'étalonnage ci-après.

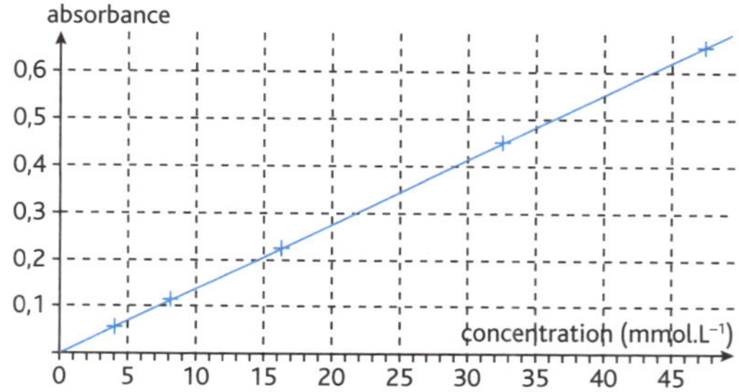

La loi de Beer-Lambert est-elle vérifiée ici ?

2.6. L'absorbance de la solution S_2 à 800 nm est mesurée : elle vaut 0,575. Déterminer la masse de cuivre contenue dans la pièce de 5 centimes.

Méthode 2 : mesure d'un volume de gaz

Une méthode consiste à recueillir le dioxyde d'azote gazeux $NO_{2(g)}$ formé lors de la réaction $Cu_{(s)} + 4\ H_3O^+_{(aq)} + 2\ NO^-_{3(aq)} \rightarrow Cu^{2+}_{(aq)} + 2\ NO_{2(g)} + 6\ H_2O_{(l)}$ dans un eudiomètre (sorte de tube à essais gradué) par déplacement d'eau. On filme l'expérience, puis on mesure que le volume de gaz recueilli quand tout le cuivre à la surface de la pièce a visuellement disparu est 228 mL. L'expérience est réalisée à la pression atmosphérique de 1 013 hPa à une température de 25 °C.

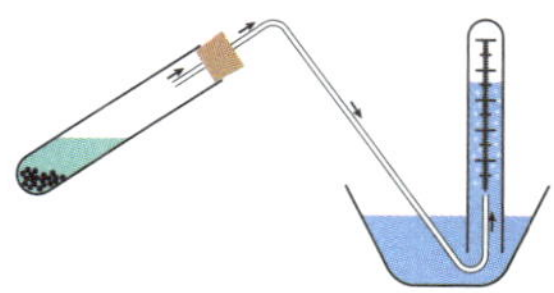

2.7. Rappeler l'équation d'état des gaz parfaits, ainsi que son domaine de validité.

2.8. $NO_{2(g)}$ étant considéré comme un gaz parfait dans les conditions de l'expérience, déterminer la quantité de matière de $NO_{2(g)}$ formée.

2.9. En déduire la masse de cuivre initialement présente dans la pièce.

2.10. On constate que la masse de cuivre déterminée par cette méthode est supérieure à celle déterminée par dosage spectrophotométrique. Faire une analyse critique du protocole pour expliquer cette surestimation.

Corrigé

1.1.

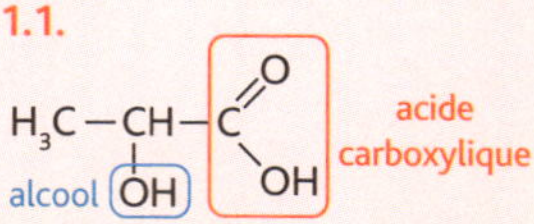

1.3.

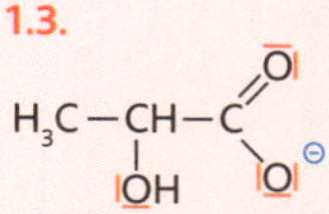

1.2. Un **acide** au sens de Brønsted est une **espèce chimique capable de céder un ion hydrogène H^+** (il faut donc enlever H^+ à la fonction acide carboxylique pour trouver la base conjuguée dans la question **1.3.**).

1.4. $A^-_{(aq)} + H_2O_{(l)} \rightleftharpoons AH_{(aq)} + HO^-_{(aq)}$

1.5. La valeur du pH permet de déterminer **la concentration en ions H_3O^+ oxonium** dans la solution : $[H_3O^+] = c^0 \times 10^{-pH} = 1 \times 10^{-8,2} = \mathbf{6,3 \times 10^{-9}\ mol.L^{-1}}$.

1.6. Par définition du facteur de dilution : $F_d = \frac{C_{mère}}{C_{fille}} = \frac{V_{fiole}}{V_p}$ donc $V_p = \frac{V_{fiole}}{F_d}$.

$V_p = \frac{100}{20} = 5{,}0$ mL : Il faut donc utiliser une **pipette jaugée** de 5,0 mL et une **fiole jaugée** de 100 mL.

1.7. Une **espèce amphotère** est une espèce chimique qui **peut se comporter comme un acide ou une base.** L'ion hydrogénocarbonate HCO_3^- est un amphotère car il appartient à deux couples acide/base (acide dans l'un et base dans l'autre).

1.8. H_3O^+ étant un acide, HCO_3^- se comporte comme une base :

$$HCO^-_{3\,(aq)} + H_3O^+_{(aq)} \rightarrow CO_2{,}H_2O_{(aq)} + H_2O_{(l)}$$

1.9. **L'injection de lactate de sodium va** entraîner la formation d'ions hydrogénocarbonate qui vont consommer les ions H_3O^+, faire diminuer $[H_3O^+]$ et donc **faire augmenter le pH** car $pH = -\log\left(\frac{[H_3O^+]}{c^0}\right)$.

2.1. Ce *n'*est **pas une réaction acide-base** car il *n'*y a **pas de transfert d'ions** $\mathbf{H^+}$ entre les réactifs.

2.2. L'acide nitrique doit être introduit en excès pour être sûr que tout le cuivre métallique se soit transformé en ions cuivre (*II*) qui seront dosés après.

2.3. **Faire le « blanc » sert à faire un réglage du zéro de l'appareil** en retranchant l'absorbance due à la cuve et au solvant.

2.4. Pour réaliser un dosage spectrophotométrique, il faut se placer à une longueur d'onde où l'espèce étudiée absorbe suffisamment, donc 800 nm convient. De plus, en travaillant à 800 nm, on est sûr que les ions fer (*III*) *n'*absorbent pas la lumière et donc que le dosage spectrophotométrique des ions cuivre (*II*) par étalonnage *n'*est pas faussé par la présence des ions fer (*III*).

2.5. Lorsque la loi de Beer-Lambert est vérifiée, l'absorbance de la solution est proportionnelle à la concentration (effective) de l'espèce colorée. **La courbe $A = f(C)$** étant une **droite passant par l'origine :** il y a bien proportionnalité entre A et C.

2.6. Par lecture graphique, pour une absorbance de 0,575 la concentration en ions cuivre (*II*) de la solution est 42 $mmol.L^{-1}$. On en déduit que $n(Cu^{2+})_{dosée} = C \times V$.

D'après l'équation de la réaction, $n(Cu)_{pièce} = n(Cu^{2+})_{dosée}$.

Donc $m(Cu)_{pièce} = n(Cu)_{pièce} \times M(Cu) = C \times V \times M(Cu)$.

$$\mathbf{m(Cu)_{pièce}} = 42 \times 10^{-3} \times 100 \times 10^{-3} \times 63{,}5 = \mathbf{0{,}27\ g}.$$

2.7. $\mathbf{p \times V = n \times R \times T}$ Cette relation est valable pour les gaz à basse pression.

2.8. $$\mathbf{n(NO_2)} = \frac{p \times V}{R \times T} = \frac{(1\,013 \times 10^2\,Pa) \times (228 \times 10^{-6}\,m^3)}{8{,}314 \times (25 + 273\ K)} = \mathbf{9{,}32 \times 10^{-3}\ mol}.$$

2.9. D'après l'équation de la réaction, $\frac{n(Cu)_{pièce}}{1} = \frac{n(NO_2)_{formé}}{2}$.

Donc $m(Cu)_{pièce} = n(Cu)_{pièce} \times M(Cu) = \frac{n(NO_2)_{formé}}{2} \times M(Cu)$.

$$\mathbf{m(Cu)_{pièce}} = \frac{9{,}32 \times 10^{-3}}{2} \times 63{,}5 = \mathbf{0{,}296\ g}.$$

2.10. Il est simpliste de considérer que l'acide nitrique réagit de manière uniforme d'abord avec le cuivre, puis avec le fer. Quand tout le cuivre a disparu, une partie du fer a aussi réagi et a formé du dioxyde d'azote.

Principe d'un dosage par titrage

LE COURS

Principe d'un dosage par titrage

• Lors de la réalisation d'un dosage, on cherche à déterminer précisément la quantité de matière ou la concentration molaire d'une espèce titrée présente en solution.
Un dosage par titrage s'appuie sur une réaction entre le réactif titré (dont la concentration est inconnue) et l'espèce titrante dont on connaît la concentration.
Cette réaction support du dosage doit être :
– **rapide** ;
– **unique** : l'espèce titrante ne doit réagir qu'avec l'espèce titrée ;
– **totale** : le réactif titrant doit être entièrement consommé.
• Lorsque l'espèce titrée et l'espèce titrante sont introduites en proportions stœchiométriques, on parle d'**équivalence**.

Exemple de titrage : titrage colorimétrique

• **Principe**
On réalise une réaction d'oxydoréduction entre la solution qui contient l'espèce chimique A (espèce titrée) et la solution de la burette qui contient l'espèce titrante B.
L'équation support de la réaction du dosage est du type :

$$a\,\mathrm{A\,(aq)} + b\,\mathrm{B\,(aq)} \rightarrow \text{produits}$$

(*a* et *b* coefficients stœchiométriques)

On observe un changement de couleur à l'équivalence.
• **Relation entre les quantités de réactifs**
Reprenons l'équation chimique précédente comme équation support de titrage :

$$a\,\mathrm{A} + b\,\mathrm{B} \rightarrow \text{produits}$$

Ici, l'équivalence sera repérée par un brusque changement de couleur.
À l'équivalence, le réactif titré et le réactif titrant sont introduits en proportions stœchiométriques et vérifient la relation suivante :

$$\frac{n_{\mathrm{A}}}{a} = \frac{n_{\mathrm{B,\,éq}}}{b} \quad \text{ou} \quad n_{\mathrm{A}} = \frac{n_{\mathrm{B,\,éq}} \times a}{b}$$

n_{A} : quantité de réactif titré
$n_{\mathrm{B,\,éq}}$: quantité de réactif titrant introduit à l'équivalence

EXERCICE TYPE CORRIGÉ

On veut déterminer la concentration molaire en ions fer Fe^{2+} contenus dans un produit antimousse. Pour cela, on réalise un dosage d'une solution de ce produit par une solution de permanganate de potassium acidifiée.
L'équation support de ce titrage est :

$$MnO_4^- (aq) + 5\ Fe^{2+} (aq) + 8\ H^+ (aq) \rightarrow Mn^{2+} (aq) + 5\ Fe^{3+} (aq) + 4\ H_2O (\ell)$$

Donnée : $M(Fe) = 55,8\ g\cdot mol^{-1}$.

1. Quel est le réactif titré ? le réactif titrant ?

2. Quelles doivent être les caractéristiques de la réaction support du titrage ?

3. On note $n_0(Fe^{2+})$ et $n_E(MnO_4^-)$ respectivement la quantité initiale d'ions Fe^{2+} (aq) à doser et la quantité d'ions MnO_4^- (aq) versée à l'équivalence.

a. Définir l'équivalence du titrage.

b. En déduire la relation entre $n_0(Fe^{2+})$ et $n_E(MnO_4^-)$.

On prépare une solution S en dissolvant $m = 10,0$ g de produit antimousse dans une fiole jaugée de volume $V_0 = 100,0$ mL qu'on complète jusqu'au trait de jauge avec de l'eau distillée. On prélève $V_1 = 20,0$ mL de cette solution et on dose les ions Fe^{2+} de cette prise d'essai, nommée S_1, par une solution de permanganate de potassium de concentration $C_2 = 2,0 \times 10^{-2}\ mol\cdot L^{-1}$ préalablement acidifiée. Le volume versé à l'équivalence est $V_{éq} = 22,0$ mL.

4. En déduire la quantité de matière d'ions Fe^{2+} dans la solution S.

5. Déterminer alors la concentration des ions Fe^{2+} dans la solution S.

Corrigé

1. Le **réactif titré** est la **solution contenant les ions Fe^{2+}**. Le **réactif titrant** est la **solution de permanganate de potassium**.

2. La réaction support du titrage doit être **rapide, totale et unique**.

3. a. À l'équivalence, le réactif titré et le réactif titrant sont introduits en proportions stœchiométriques.

b. On a donc : $\dfrac{n_0(Fe^{2+})}{5} = \dfrac{n_E(MnO_4^-)}{1}$.

4. $n_0(Fe^{2+}) = 5 \times n_E(MnO_4^-) = 5 \times C_2 \times V_{éq}$.
Donc $n_0(Fe^{2+}) = 5 \times 2,0 \times 10^{-2} \times 22 \times 10^{-3}$ soit $n_0(Fe^{2+}) = 2,2 \times 10^{-3}$ mol.
Le volume de solution mère étant 5 fois plus important, la quantité de matière initiale en ions Fe^{2+} vaut donc : $n(Fe^{2+}) = 5 \times n_0(Fe^{2+}) = 5 \times 2,2 \times 10^{-3}$ soit **$n(Fe^{2+}) = 1,1 \times 10^{-2}$ mol.**

5. La concentration de la solution initiale vaut :

$$[Fe^{2+}] = \frac{n(Fe^{2+})}{V} = \frac{1,1 \times 10^{-2}}{0,100} = \mathbf{1,1 \times 10^{-1}\ mol\cdot L^{-1}}.$$

Titrage suivi par pH-métrie

LE COURS

Principe du titrage par pH-métrie

- Un titrage par pH-métrie permet, à l'aide d'un pH-mètre, de suivre l'évolution du pH de la solution titrée lors de l'ajout d'une solution titrante. La réaction support est une réaction acido-basique.
- Le tracé de la courbe obtenue, appelée **courbe de titrage pH-métrique**, relie les variations du pH et le volume de solution titrante versée. Elle est notée $pH = f(V_{\text{solution titrante}})$.

Exploitation de la courbe de titrage

- Avant l'équivalence : le réactif titrant est en défaut. C'est le réactif limitant de l'équation support du titrage. Le pH est imposé par l'espèce titrée.
- À l'équivalence : le réactif titrant et le réactif titré sont introduits dans les proportions stœchiométriques. On observe alors une brusque variation de pH appelé « saut de pH ».
- Le point d'équivalence peut être déterminé par deux méthodes :

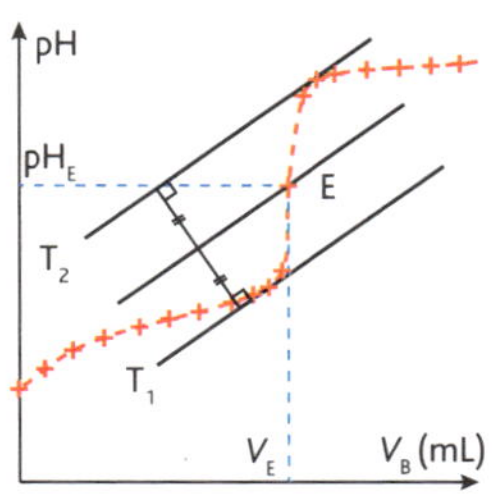

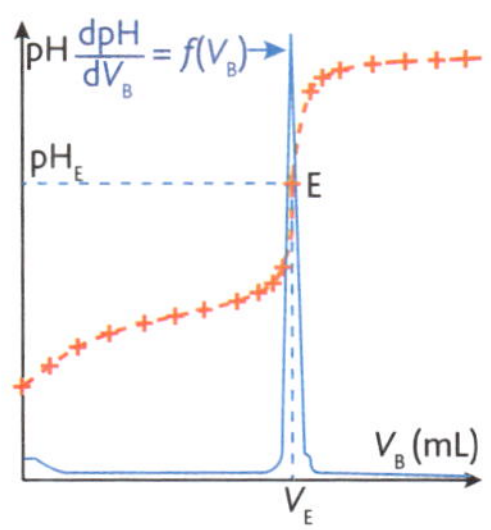

On trace un segment orthogonal à deux tangentes parallèles entre elles, avant et après le point équivalent, et la médiatrice de ce segment. Le point d'intersection entre la courbe et cette médiatrice donne E.

On trace la dérivée du pH en fonction du volume de réactif titrant versé. Cette courbe présente un extremum dont l'abscisse donne le volume équivalent V_E.

À ce moment du titrage, les réactifs (acide et base) ont été introduits dans les proportions stœchiométriques : $\frac{n(AH)}{a} = \frac{n(B)}{b}$ où a et b sont les coefficients stœchiométriques.

Après l'équivalence : le réactif titré est le réactif en défaut.

EXERCICE TYPE CORRIGÉ

Pour réaliser le titrage de l'ibuprofène contenu dans un comprimé « 400 mg » :
– on sépare le principe actif du médicament et on l'ajoute à 40 mL d'eau distillée ;
– le titrage est effectué à l'aide d'une burette graduée contenant une solution aqueuse d'hydroxyde de sodium (Na^+ (aq) + HO^- (aq)) de concentration molaire apportée $C_b = 0{,}20$ mol·L^{-1}. Le titrage est suivi par pH-métrie.

1. Définir l'équivalence d'un titrage.

2. Les courbes tracées suite au titrage pH-métrique sont :

$$\text{pH} = f(V_b) \text{ et } \frac{\text{dpH}}{\text{d}V_b} = g(V_b).$$

Déterminer la valeur du volume équivalent V_E par une méthode de son choix.

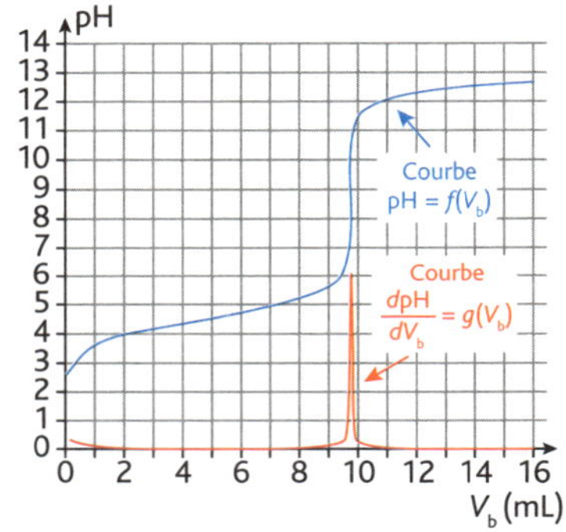

On note, à présent, l'ibuprofène R–COOH.

3. Écrire l'équation de la réaction support de titrage.

4. Quelles caractéristiques doit posséder une réaction chimique pour être utilisée lors d'un titrage ?

5. Déterminer la quantité de matière d'ions hydroxyde $n_E(HO^-)$ versée à l'équivalence et en déduire la quantité de matière n_i(ibu) d'ibuprofène titré.

6. Déduire des résultats précédents la masse m d'ibuprofène titré et comparer cette dernière à la valeur attendue.

Donnée : masse molaire de l'ibuprofène : $M(C_{13}H_{18}O_2) = 206$ g·mol^{-1}.

Corrigé

1. À l'équivalence, le réactif titrant et le réactif titré sont introduits dans les proportions stœchiométriques.

2. La seconde courbe donne $\mathbf{V_E = 9{,}7}$ **mL.**

3. R–COOH (aq) + HO^- (aq) → R–COO^- (aq) + H_2O (ℓ).

4. Elle doit être **rapide, totale et unique**.

5. À l'équivalence :

$n_E(HO^-) = C_b \times V_E$ soit

$n_E(HO^-) = 0{,}20 \times 9{,}7 \times 10^{-3}$

$= 1{,}9 \times 10^{-3}$ mol.

D'après l'équation de la réaction support du titrage, $\mathbf{n_i}$**(ibu) = 1,9 × 10^{-3} mol.**

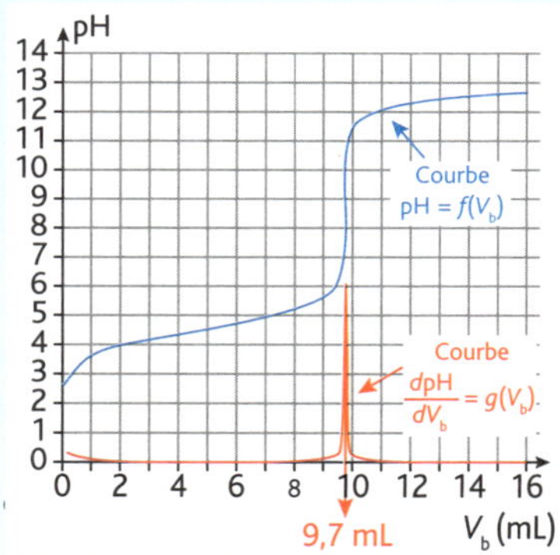

6. On peut maintenant calculer m(ibu), la masse d'ibuprofène titré.

$m = n_i(\text{ibu}) \times M(C_{13}H_{18}O_2)$ soit $\mathbf{m} = 1{,}9 \times 10^{-3} \times 206 = \mathbf{0{,}39}$ **g**.

Ce résultat est conforme à l'indication « ibuprofène 400 mg » (= 0,400 g).

Titrage conductimétrique

LE COURS

Principe de la conductimétrie

• Un conductimètre permet de mesurer la conductivité σ d'une solution, grandeur physique liée à la concentration des espèces ioniques présentes dans la solution. Elle s'exprime en siemens par mètre ($S{\cdot}m^{-1}$).

• Si la solution contient plusieurs ions, la conductivité est donnée par la formule :

$$\sigma = \sum_{\text{ions}} \lambda_i \times [X_{i(aq)}]$$

$$\begin{cases} \lambda_i = \text{conductivité molaire ionique de l'ion } X_i \text{ (en } S.m^2.mol^{-1}) \\ [X_{i(aq)}] = \text{concentration molaire de l'ion } X_i \text{ (en } mol.m^{-3}) \end{cases}$$

La conductivité molaire ionique λ est une grandeur caractéristique de chaque ion.

Tous les ions, même spectateurs, participent à la conductivité de la solution.

Attention, cette relation n'est valable que pour des solutions diluées de concentration inférieure à 10^{-2} $mol{\cdot}L^{-1}$.

Application au titrage

Lors de l'ajout d'une solution titrante à la solution titrée, la conductance σ évolue. Le titrage conductimétrique consiste à suivre cette évolution. La courbe de titrage obtenue $\boldsymbol{\sigma = f(V_{\text{solution titrante}})}$ donne donc la variation de la conductivité en fonction du volume de solution titrante ajoutée.

Exploitation de la courbe

• **Avant l'équivalence :** la conductivité molaire varie, soit par disparition d'un ion, soit par ajout d'un ion de conductivité molaire ionique plus faible.

• **À l'équivalence** : le réactif titrant et le réactif titré sont introduits en proportions stœchiométriques.

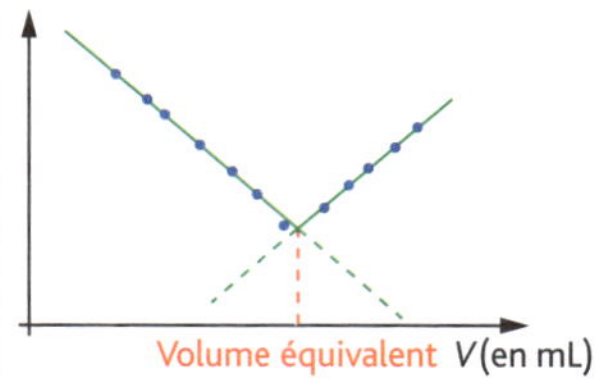

Exemple d'une courbe d'un tirage conductimétrique

• **Après l'équivalence** : les ions apportés par la solution titrante ne réagissent plus et font augmenter la conductivité de la solution.

L'intersection des deux droites (avant et après l'équivalence) donne un point dont l'abscisse correspond au **volume équivalent V_E**.

EXERCICE TYPE CORRIGÉ

On désire vérifier par titrage conductimétrique la masse du chlorure de sodium (Na^+ (aq) + $C\ell^-$ (aq)) dissous dans une lotion capillaire de 1 litre.

Pour cela, on prélève 10,0 mL de lotion qu'on verse dans 200 mL d'eau distillée puis on réalise le titrage des ions chlorure par une solution titrante de nitrate d'argent (Ag^+ (aq) + NO_3^- (aq)) de concentration molaire $C = 2{,}00 \times 10^{-2}$ mol·L^{-1}.

L'équation de la réaction support du titrage s'écrit :

$$Ag^+ \text{(aq)} + C\ell^- \text{(aq)} \rightarrow AgC\ell \text{(s)}$$

On mesure la conductivité σ en fonction du volume de solution titrante et on obtient la courbe ci-contre.

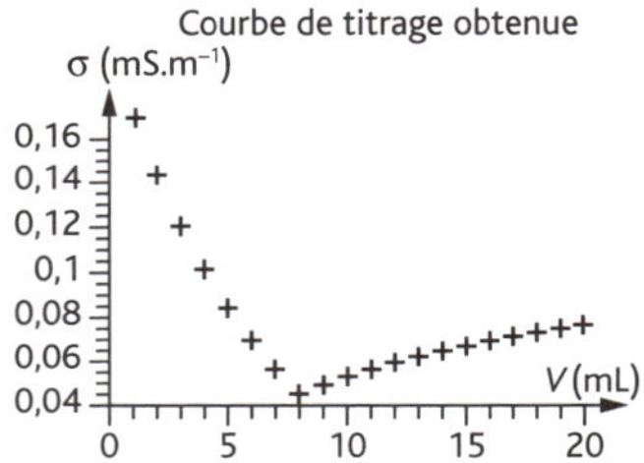

1. Interpréter qualitativement le changement de pente observé sur le graphe $\sigma = f(V)$. (Aide : $\lambda(NO_3^-) < \lambda(C\ell^-)$).
2. Rappeler la définition de l'équivalence d'un titrage.
3. Déterminer le volume équivalent V_E.
4. En déduire la masse de chlorure de sodium dissous ($M(NaC\ell) = 58{,}5$ g.mol^{-1}).

Corrigé

1. • **Avant l'équivalence :** Lorsqu'on verse la solution titrante, on ajoute des ions Ag^+ et des ions nitrate NO_3^-. Les ions argent réagissent immédiatement avec les ions chlorure pour former un précipité de chlorure d'argent $AgC\ell$ solide qui ne participe donc pas à la conductivité de la solution.

La concentration en ions chlorure diminue, mais celle en ions nitrate augmente. Cependant, la conductivité molaire ionique de ces derniers étant plus faible que celle des ions chlorure, la conductivité globale diminue.

• **Après l'équivalence :** Les ions $C\ell$ ont été entièrement consommés. L'ajout de solution titrante introduit des ions Ag^+ et NO_3^- qui ne réagissent pas et font augmenter la conductivité globale de la solution.

5. Lorsque le réactif titré et le réactif titrant sont introduits en proportions stœchiométriques, on parle d'équivalence.

6. Graphiquement, on lit $\boldsymbol{V_E = 7{,}8}$ **mL.**

7. À l'équivalence : $n(Ag^+) = n(C\ell^-)$, soit $n(Ag^+) = C \times V_E$.

$n(Ag^+) = 2{,}00 \times 10^{-2} \times 7{,}8 \times 10^{-3} = 1{,}56 \times 10^{-4}$ mol, donc $n(C\ell^-) = 1{,}56 \times 10^{-4}$ mol.

• D'après l'équation de dissolution du chlorure de sodium ($NaC\ell(s) \rightarrow Na^+ \text{(aq)} + C\ell^- \text{(aq)}$),

$n(C\ell^-) = n(NaC\ell) = 1{,}56 \times 10^{-4}$ mol.

On peut en déduire la masse présente dans l'échantillon :

$\boldsymbol{m(NaC\ell)} = n(NaC\ell) \times M(NaC\ell) = 1{,}56 \times 10^{-4} \times 58{,}5 = \mathbf{9{,}1}$ **mg.**

Pour la solution de volume 1 L, la masse sera de :

$\boldsymbol{m'(NaC\ell)} = 9{,}1 \times 10^{-3} \times 100 = \mathbf{0{,}91}$ **g.**

SUJET DU BAC

Révisez les points clés des fiches 8 à 10

EXERCICE 5 points 50 min

Analyse chimique

Des élèves doivent vérifier la valeur du pourcentage massique en chlorure d'ammonium donné pour des bonbons à la réglisse, soit 4,2 %.

Données :

- Dissolution du chlorure d'ammonium : $NH_4C\ell (s) \rightarrow NH_4^+(aq) + C\ell^-(aq)$
- **Protocole suivi par les élèves**

– **Étape 1 :** Dissoudre un bonbon de masse 1,0 g dans une fiole jaugée de volume 250,0 mL complétée avec de l'eau distillée. On obtient la solution S_0.

– **Étape 2 :** Prélever 40,0 mL de S_0.

– **Étape 3 :** Réaliser un titrage par conductimétrie de ce prélèvement par une solution aqueuse d'hydroxyde de sodium ($Na^+(aq) + HO^-(aq)$) de concentration molaire $1{,}00 \times 10^{-2}$ mol.L^{-1}.

- Équation de la réaction du titrage : $NH_4^+(aq) + HO^-(aq) \rightarrow NH_3(aq) + H_2O$.
- Conductivités molaires ioniques à 25 °C :

Ions	hydroxyde *HO^-*	chlorure $C\ell^-$	ammonium *NH_4^+*	sodium Na^+
λ (mS.m^2.mol^{-1})	19,8	7,7	7,3	5,0

1. La réaction support du titrage peut-elle être qualifiée d'acido-basique ?

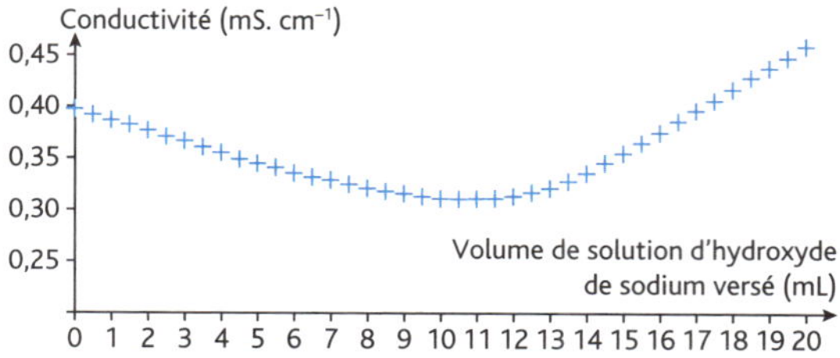

2. Déterminer graphiquement le volume versé à l'équivalence.

3. Interpréter qualitativement le changement de pente observé sur la courbe.

4. Déterminer le pourcentage massique en chlorure d'ammonium dans le bonbon.

5. Proposer deux sources d'erreurs commises par les élèves.

6. La solution titrante a été préparée à partir d'une solution commerciale corrosive de densité 1,38 et de titre massique 35 % en hydroxyde de sodium NaOH. Déterminer la concentration en quantité de matière d'hydroxyde de sodium (NaOH) apporté dans la solution commerciale.

Donnée : M(NaOH) = 40,0 g.mol^{-1}.

Corrigé

1. La réaction support du titrage est acido-basique car il y a **transfert d'un ion hydrogène** H^+ de l'acide NH_4^+ vers la base HO^-.

2. En modélisant la courbe par deux portions de droite, on obtient $\boldsymbol{V_E = 11{,}5}$ **mL.**

3.

Ion X	$C\ell^-$	NH_4^+	HO^-	Na^+
Évolution de [X] Avant l'équivalence	→	↘	= 0	↗
Évolution de [X] Après l'équivalence	→	= 0	↗	↗
Commentaires	Spectateur déjà présent	Espèce titrée	Espèce titrante	Spectateur invité

Avant l'équivalence, la pente est liée à $-\lambda(NH_4^+) + \lambda(Na^+) < 0$: on obtient ici une **portion de droite de pente négative. Après l'équivalence,** la pente est liée à $+\lambda(HO^-) + \lambda(Na^+) > 0$: on obtient ici une **portion de droite de pente positive**.

4. À l'équivalence, le réactif titré NH_4^+ et le réactif titrant HO^- ont été introduits dans les proportions stœchiométriques de l'équation de titrage :

il *n*'en reste donc plus : $\dfrac{n(NH_4^+)_{\text{titrée}}}{1} = \dfrac{n(HO^-)_{\text{versée}}}{1}$ donc :

$$C_A \times V_A = C_B \times V_{BE} \Leftrightarrow C_A = \frac{C_B \times V_{BE}}{V_A} = \frac{1{,}00 \times 10^{-2} \times 11{,}5}{40{,}0} = 2{,}88 \times 10^{-3} \text{mol.L}^{-1}.$$

Le bonbon a été dissous dans 250,0 mL d'eau, ainsi :

$n(NH_4^+)_{\text{fiole}} = C_A \times V_{\text{fiole}} = 2{,}88 \times 10^{-3} \times 250{,}0 \times 10^{-3} = 7{,}20 \times 10^{-4}$ mol.L^{-1}.

D'après l'équation de dissolution du chlorure d'ammonium :

$n(NH_4^+)_{\text{fiole}} = n(NH_4C\ell)_{\text{dans 1 bonbon}}$ donc :

$m(NH_4C\ell)_{\text{dans 1 bonbon}} = n(NH_4C\ell)_{\text{dans 1 bonbon}} \times M(NH_4C\ell)$

$m(NH_4C\ell)_{\text{dans 1 bonbon}} = 7{,}19 \times 10^{-4} \times 53{,}5 = 3{,}85 \times 10^{-2}$ g.

Le pourcentage massique en chlorure d'ammonium est donc :

$$P(NH_4C\ell) = 100 \times \frac{m(NH_4C\ell)_{\text{dans 1 bonbon}}}{m(\text{1 bonbon})}$$

Application numérique : $\boldsymbol{P(NH_4C\ell)} = 100 \times \dfrac{3{,}85 \times 10^{-2}}{1{,}0} = \mathbf{3{,}9\ \%}$.

5. • **Erreurs lors de la dissolution du bonbon** (pertes lors du broyage dans un mortier, dissolution incomplète, respect du trait de jauge) ;

• **Erreurs lors du prélèvement de S_0** (rinçage de la pipette, respect des traits de jauge).

6. Considérons un volume de solution $V_S = 1$ L *(valeur exacte)*.

Ce volume de solution a une masse $m_S = 1{,}38$ kg (car sa densité est 1,38).

Elle contient 35 % en masse de Na*OH*, soit $m(\text{NaOH}) = 0{,}35 \times 1{,}38 = 0{,}483$ kg.

$$n(\text{NaOH}) = \frac{m(\text{NaOH})}{M(\text{NaOH})} = \frac{0{,}483 \times 10^3}{40{,}0} = 12{,}1 \text{ mol}.$$

Ainsi, $\boldsymbol{C(\text{NaOH})} = \dfrac{n(\text{NaOH})}{V_S} = \dfrac{12{,}1}{1} = \mathbf{12{,}1\ mol.L^{-1}}$.

Cinétique chimique

LE COURS

Suivi cinétique d'une transformation

La cinétique chimique est l'étude du déroulement temporel des réactions chimiques. Pour effectuer un **suivi cinétique**, on peut **mesurer une grandeur physique à l'aide d'un capteur** pour en déduire l'évolution de la formation d'un produit ou la disparition d'un réactif.

Grandeur mesurée	Conditions
Absorbance	Un réactif ou un produit **absorbe dans l'UV-visible.**
Conductivité	La réaction **consomme et/ou produit des ions.**
pH	La réaction **consomme et/ou produit** des ions H_3O^+ ou HO^-.
Volume	La réaction **produit un gaz** recueilli par déplacement d'eau.
Pression	La réaction **produit un gaz** dans un récipient fermé.

Facteurs cinétiques

Un facteur cinétique est un paramètre qui agit sur la rapidité d'évolution d'une réaction chimique.

Facteur cinétique	Effets	Exemples
Température	Généralement, plus la température est élevée et plus une réaction est rapide.	Chauffer pour accélérer une réaction ou refroidir pour la ralentir.
Concentration des réactifs	La réaction est plus rapide si les réactifs sont concentrés.	Plus grande efficacité d'un produit ménager concentré. Dilution brutale pour ralentir une réaction.

Remarque : il existe d'autres facteurs cinétiques : lumière, solvant, état de surface d'un réactif solide...

Catalyse et catalyseur

- **Un catalyseur est une substance qui accélère une transformation chimique**. Au cours de la transformation, **il est consommé puis régénéré** : il n'apparaît donc pas dans l'équation de réaction (on peut indiquer sa présence sur la flèche).
- Un catalyseur est **sélectif** : son action est **spécifique à une réaction donnée**.

• La catalyse est **homogène** si les réactifs et le catalyseur sont dans la même phase physique, **hétérogène** dans le cas contraire, **enzymatique** si le catalyseur est une enzyme.

• **Un catalyseur n'est pas un facteur cinétique** car il modifie le mécanisme réactionnel.

EXERCICE TYPE CORRIGÉ

La glucose oxydase (G.O.D.) est un catalyseur de la réaction d'oxydation du glucose en acide gluconique selon l'équation :

$$\underset{glucose}{C_6H_{12}O_6\,(aq)} + H_2O\,(l) + O_2\,(aq) \rightarrow \underset{acide\ gluconique\ +\ eau\ oxygénée}{C_6H_{12}O_7\,(aq) + H_2O_2\,(aq)}$$

Le suivi cinétique est réalisé avec une sonde qui mesure en continu la concentration en dioxygène présent dans l'enceinte du bioréacteur.

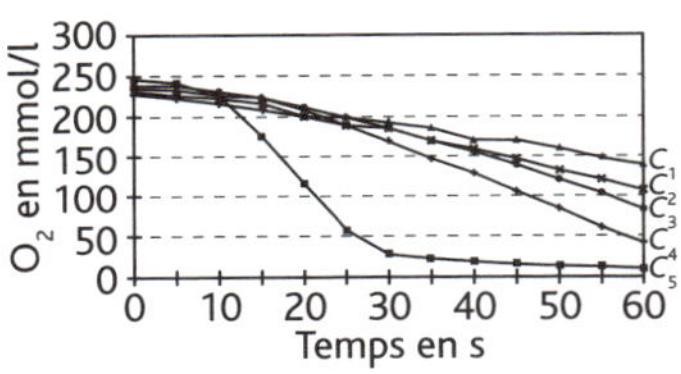

Influence de la concentration *C* en glucose (exp. 1)

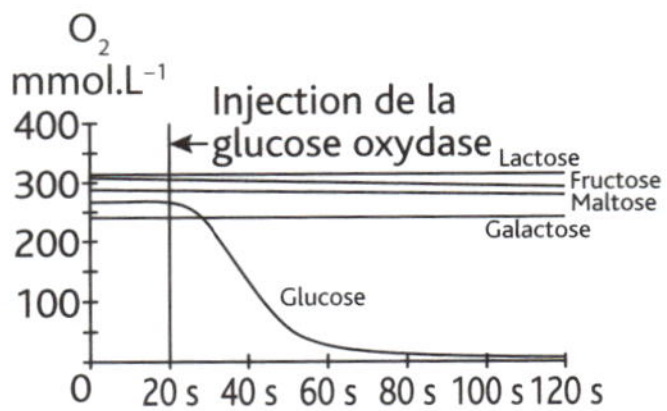

Test de la G.O.D sur différents sucres (exp. 2)

1. Justifier l'allure décroissante des courbes de l'expérience 1.
2. Parmi les différentes concentrations *C*, laquelle est la plus faible ? Justifier.
3. La température a été maintenue égale pour toutes les expériences. Expliquer.
4. Définir un catalyseur.
5. Quelle propriété des catalyseurs est mise en évidence dans l'expérience 2 ?
6. Reste-t-il de la G.O.D au bout de 2 minutes lors de l'oxydation du glucose ?

Corrigé

1. Le dioxygène dissous O_2 (aq) étant un réactif, il est consommé au fur et à mesure que la réaction se produit : **sa concentration diminue donc**.
2. La concentration des réactifs est un facteur cinétique. La réaction est la plus lente pour la concentration C_1 **: c'est donc la concentration la plus faible**.
3. **La température est un facteur cinétique.** Si l'on veut pouvoir comparer l'influence de la concentration en glucose ou l'effet sur différents sucres, il faut que ce paramètre reste inchangé.
4. Un catalyseur est une substance qui accélère une transformation chimique.
5. L'expérience 2 illustre le **caractère sélectif des catalyseurs** : la G.O.D. accélère la décomposition du glucose mais pas la décomposition des autres sucres.
6. Au bout de 2 minutes, l'oxydation du glucose est terminée, donc **la glucose oxydase** (catalyseur) **a été entièrement régénérée**.

Vitesse d'évolution d'un système chimique

LE COURS

Vitesses volumiques de réaction

– Vitesse volumique d'**apparition d'un produit** P : $v_{app}(P) = +\frac{d[P]}{dt}$

– Vitesse volumique de **disparition d'un réactif** R : $v_{dis}(R) = -\frac{d[R]}{dt}$

• Graphiquement, la **vitesse volumique d'apparition** est égale au **coefficient directeur de la tangente** à la courbe [P] = *f*(*t*) et la **vitesse volumique de disparition** est égale à **l'opposé du coefficient directeur** de la **tangente** à la courbe [R] = *f*(*t*).

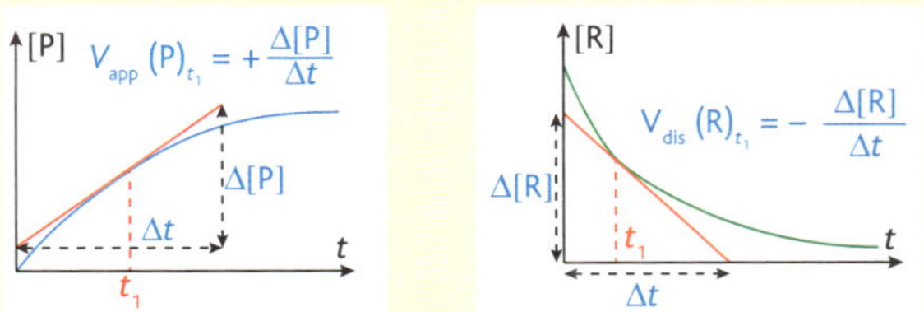

Temps de demi-réaction

• Le temps de demi-réaction $t_{1/2}$ **est la durée nécessaire pour que l'avancement atteigne la moitié de sa valeur finale :** $x(t_{1/2}) = \frac{x_f}{2}$

• **Dans le cas d'une transformation totale** ($x_f = x_{max}$), le temps de demi-réaction $t_{1/2}$ **est la durée nécessaire pour que la moitié du réactif limitant RL ait été consommée.**

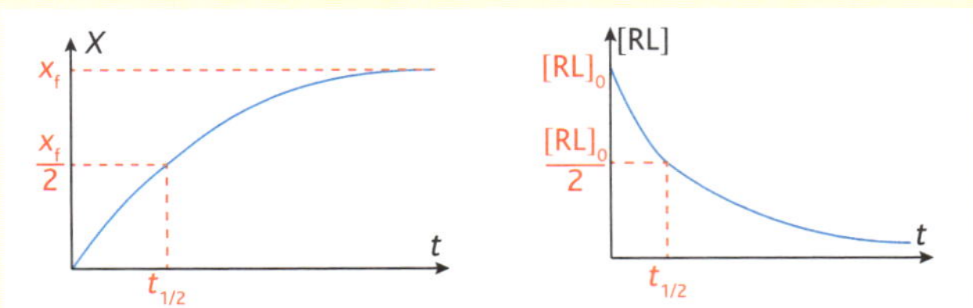

Cas particulier : loi de vitesse d'ordre 1

Si la vitesse de disparition d'un réactif R est proportionnelle à la concentration de ce réactif, on dit que la réaction est d'ordre 1 par rapport au réactif R. On obtient une équation différentielle dont la solution est une exponentielle décroissante :

$$v_{dis}(R)_t = -\frac{d[R]_t}{dt} = k \times [R]_t \text{ donc } [R]_t = [R]_0 \times \exp(-k \times t).$$

Dans ce cas particulier, le temps de demi-réaction $t_{½}$ est le même quelle que soit la concentration initiale de R.

EXERCICE TYPE CORRIGÉ

On étudie la cinétique de la réaction de décomposition de la chloroglycine (que nous désignons par A). Trois expériences ont été réalisées à 25 °C avec des concentrations initiales différentes.

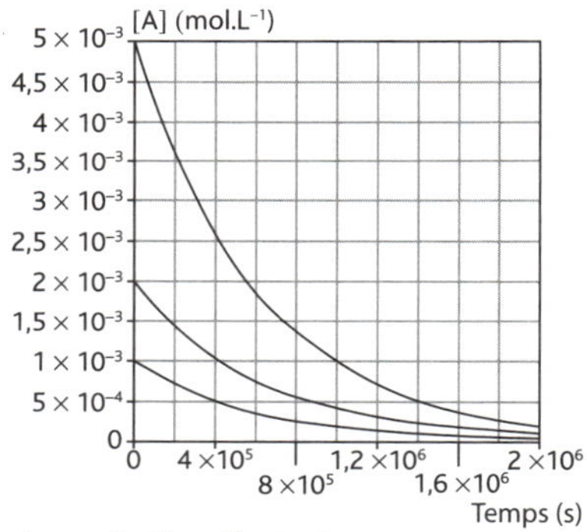

1. Définir le temps de demi-réaction, puis l'estimer pour les trois expériences.

2. Comment évoluerait le temps de demi-réaction à une température plus faible ?

3. Montrer que cette réaction est une réaction d'ordre 1.

4. En déduire l'équation différentielle satisfaite par $[A]_t$ et donner sa solution.

5. Proposer une autre méthode permettant de vérifier que la réaction est d'ordre 1.

6. Déterminer la vitesse de disparition de A à $t = 0$ quand $[A]_0 = 5{,}0 \times 10^{-3}$ mol·L⁻¹.

7. L'université de Weber a obtenu une valeur de k égale à $1{,}65 \times 10^{-6}$ s⁻¹. La valeur trouvée à la question précédente est-elle en accord avec cette valeur ?

Corrigé

1. Voir le cours. La réaction étant totale ($[A]_\infty$ tend vers 0), graphiquement on trouve $\boldsymbol{t_{½} = 4{,}0 \times 10^5}$ **s** pour les trois expériences.

2. La température est un facteur cinétique : **à une température plus faible, la réaction serait plus lente** et $t_{½}$ serait plus élevé.

3. Vu que $t_{½}$ ne dépend pas de $[A]_0$, **la réaction est d'ordre 1.**

4. $v_{dis}(A)_t = -\frac{d[A]_t}{dt} = k \times [A]_t$ donc $\boldsymbol{[A]_t = [A]_0 \times \exp(-k \times t)}$.

5. On peut utiliser un tableur pour vérifier que la courbe $[A]_t$ est en accord avec la relation précédente.

6. On trace la tangente à la courbe à $t = 0$ et on détermine son coefficient directeur :

$$\boldsymbol{v_{dis}(A)_0} \approx -\frac{\Delta[A]_t}{\Delta t} = -\frac{(0 - 5{,}0 \times 10^{-3})\,\text{mol·L}^{-1}}{(6{,}0 \times 10^5 - 0)\ \text{s}} = \boldsymbol{8{,}3 \times 10^{-9}\,\text{mol·L}^{-1}\text{·s}^{-1}}.$$

7. $\boldsymbol{v_{dis}(A)_0} = k \times [A]_0 = 1{,}65 \times 10^{-6} \times 5{,}0 \times 10^{-3} = \boldsymbol{8{,}3 \times 10^{-9}\,\text{mol·L}^{-1}\text{·s}^{-1}}$.
On retrouve la valeur calculée à la question précédente.

Équilibre chimique

LE COURS

État d'équilibre dynamique

On considère un système comportant initialement $n_i(A)$ moles d'une espèce A et $n_i(B)$ mole d'une espèce B. Ce système se transforme avec formation de deux espèces C et D de quantité respective $n(C)$ et $n(D)$ selon l'équation bilan :

$$a\,A\,(aq) + b\,B\,(aq) = c\,C\,(aq) + d\,D\,(aq)$$

(a, b, c, d coefficients stœchiométriques)

Les transformations dans lesquelles au moins un des réactifs disparaît totalement sont dites totales mais dans de nombreux cas, les réactifs et les produits coexistent dans un état appelé **dynamique**. Lorsque les espèces A et B réagissent pour former les espèces C et D (sens direct), celles-ci réagissent pour reformer les réactifs (sens inverse). Les vitesses des deux réactions sont égales et les quantités de matière ainsi que les paramètres macroscopiques (pH...) restent constants.

Taux d'avancement final d'une transformation

Le taux d'avancement τ se définit comme le quotient de l'avancement final x_f sur l'avancement maximal x_{max} :

$$\tau = \frac{x_f}{x_{max}}$$

L'avancement maximal se calcule grâce au tableau d'avancement

L'avancement final se détermine grâce aux paramètres expérimentaux (mesure de pH, conductimétrie...).

Si $\tau = 1$, la transformation est totale, au moins un des réactifs a entièrement disparu.

Si $\tau < 1$, la transformation est équilibrée.

EXERCICE TYPE CORRIGÉ

On introduit dans 50,0 mL d'eau pure $5{,}0 \times 10^{-4}$ mole d'acide chlorhydrique $HC\ell$. Il se forme des ions oxonium H_3O^+. Le pH vaut alors 2,0.

1. Écrire l'équation bilan de cette transformation.
2. Déterminer la concentration en ions oxonium dans la solution.
3. En déduire la quantité de matière d'ions oxonium formée.
4. À l'aide d'un tableau d'avancement, justifier du caractère total de cette transformation.
5. Une solution d'acide éthanoïque de concentration 10^{-2} mol.L^{-1} a un pH de 3,3. La réaction est-elle totale ?

Corrigé

1. $HC\ell\ (aq) + H_2O\ (\ell) \rightleftharpoons H_3O^+\ (aq) + C\ell^-\ (aq)$

2. Calculons la concentration en ions oxonium donnée par la relation : $[H_3O^+] = 10^{-pH}$. Donc $\mathbf{[H_3O^+] = 1{,}0 \times 10^{-2}\ mol{\cdot}L^{-1}}$.

3. $n(H_3O^+) = [H_3O^+] \times V = 1{,}0 \times 10^{-2} \times 50 \times 10^{-3} = \mathbf{5{,}0 \times 10^{-4}\ mol}$.

4. Construisons le tableau d'avancement :

Équation de la réaction		$HC\ell\ (aq)$	$+\ H_2O\ (\ell) \rightleftharpoons$	$H_3O^+\ (aq)\ +$	$C\ell^-\ (aq)$
État du système	Avancement (en mol)	Quantité de matière (en mol)			
État initial	$x = 0$	$5{,}0 \times 10^{-4}$	excès	0	0
État intermédiaire	x	$5{,}0 \times 10^{-4} - x$	excès	x	x
État final si transformation totale	x_{max}	$5{,}0 \times 10^{-4} - x_{max}$	excès	x_{max}	x_{max}
État final réel	x_f	$5{,}0 \times 10^{-4} - x_f$	excès	x_f	x_f

- Calculons x_{max} : $5{,}0 \times 10^{-4} - x_{max} = 0$ soit $x_{max} = 5{,}0 \times 10^{-4}$ mol.
- Calculons x_f : $x_f = n(H_3O^+) = 5{,}0 \times 10^{-4}$ mol.
- Calculons le taux d'avancement de la réaction : $\tau = \dfrac{x_f}{x_{max}} = \dfrac{5{,}0 \times 10^{-4}}{5{,}0 \times 10^{-4}} = 1$.

La réaction est donc totale.

5. Dans le cas de la solution d'acide éthanoïque, nous allons calculer τ.

Reprenons le tableau d'avancement :

Équation de la réaction		$CH_3CO_2H\ (aq)$	$+\ H_2O\ (\ell) \rightleftharpoons$	$CH_3CO_2^-\ (aq)\ +$	$H_3O^+\ (aq)$
État du système	Avancement (en mol)	Quantité de matière (en mol)			
État initial	$x = 0$	$C \times V$	excès	0	0
État intermédiaire	x	$C \times V - x$	excès	x	x
État final si transformation totale	x_{max}	$C \times V - x_{max}$	excès	x_{max}	x_{max}
État final réel	x_f	$C \times V - x_f$	excès	x_f	x_f

Nous en déduisons : $C \times V - x_{max} = 0$ soit $x_{max} = C \times V$, donc :
$x_f = [H_3O^+] \times V = 10^{-pH} \times V$.

Calculons $\boldsymbol{\tau} = \dfrac{10^{-pH} \times V}{C \times V} = \dfrac{10^{-pH}}{C} = \dfrac{10^{-3,3}}{10^{-2}} = \mathbf{0{,}05}$.

Le taux d'avancement est inférieur à 1. La réaction n'est donc pas totale.

Sens d'évolution spontanée d'un système

LE COURS

Quotient de réaction

Soit un système chimique caractérisé par l'équation bilan :

$$a\ \text{A (aq)} + b\ \text{B (aq)} \rightleftharpoons c\ \text{C (aq)} + d\ \text{D (aq)}$$

(a, b, c, d coefficients stœchiométriques)

• Cette transformation est caractérisée à chaque instant par le **quotient de réaction Q_r** défini par :

$$Q_r = \frac{[\text{C}]^c \times [\text{D}]^d}{[\text{A}]^a \times [\text{B}]^b}$$

En solution aqueuse, lorsqu'un des réactifs (ou produits) est l'eau ou un solide, on remplace leur concentration par 1.

Les concentrations s'expriment en mol·L^{-1} mais Q_r n'a pas d'unité.

• **Lorsque le système est à l'équilibre,** Q_r prend une valeur particulière :

$$Q_{r,\,éq} = \frac{[\text{C}]_{éq}^c \times [\text{D}]_{éq}^d}{[\text{A}]_{éq}^a \times [\text{B}]_{éq}^b} = K$$

Cette valeur est notée K et est appelée constante d'équilibre. Elle ne dépend que de la température T.

Évolution d'un système chimique

Spontanément, un système évolue vers son état d'équilibre, c'est-à-dire que Q_r va tendre vers la valeur K.

Trois cas de figure peuvent se présenter :

- **$Q_r < K$** : la transformation évolue dans le **sens direct**.
- **$Q_r > K$** : la transformation évolue dans le **sens inverse**.
- **$Q_r = K$** : la transformation est **à l'équilibre**.

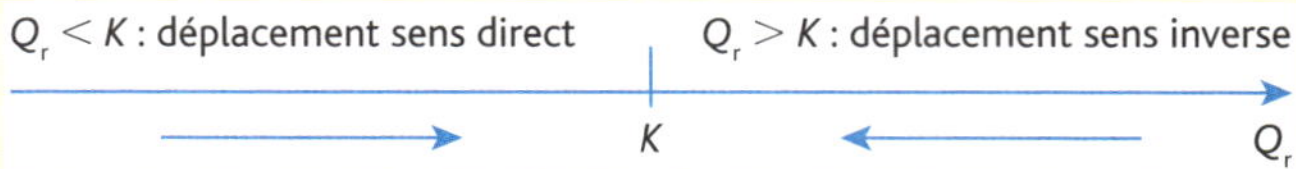

EXERCICE TYPE CORRIGÉ

Données : pK_A des couples acide / base :

Acide méthanoïque HCOOH (aq) / ion méthanoate $HCOO^-$ (aq) : $pK_{A1} = 3{,}8$.

Acide benzoïque C_6H_5COOH (aq) / ion benzoate $C_6H_5COO^-$ (aq) : $pK_{A2} = 4{,}2$.

On dispose de solutions aqueuses d'acide méthanoïque et d'acide benzoïque de même concentration molaire en soluté apporté $c = 1{,}0 \times 10^{-2}\ \text{mol·L}^{-1}$ et de volume $V = 10$ mL.

Étude de la réaction de l'acide méthanoïque avec l'eau

1. Écrire l'équation de cette réaction.

2. Exprimer la constante d'équilibre de cette réaction.

Soit la réaction chimique suivante :

$$HCOOH\ (aq) + C_6H_5COO^-\ (aq) \rightleftharpoons HCOO^-\ (aq) + C_6H_5COOH\ (aq)$$

3. Exprimer la constante d'équilibre de cette réaction puis calculer sa valeur.

Corrigé

1. $HCOOH(aq) + H_2O(\ell) \rightleftharpoons HCOO^-(aq) + H_3O^+(aq)$

2. Tous les coefficients stœchiométriques valent 1 et la concentration de l'eau (solvant et réactif) vaut 1.

$$K_{A1} = \frac{[HCOO^-]_{éq} \times [H_3O^+]_{éq}}{[HCOOH]_{éq}}$$

3. La constante d'équilibre K s'écrit elle aussi avec les concentrations atteintes à l'équilibre :

$$K = \frac{[C_6H_5COOH]_{éq} \times [HCOO^-]_{éq}}{[C_6H_5COO^-]_{éq} \times [HCOOH]_{éq}}$$

On fait apparaitre les constantes K_{A1} et K_{A2} :

Avant cela, on exprime K_{A2}, constante d'équilibre de la réaction de dissociation de l'acide benzoïque dans l'eau :

$$C_6H_5COOH\ (aq) + H_2O\ (\ell) \rightleftharpoons C_6H_5COO^-\ (aq) + H_3O^+\ (aq)$$

$$K_{A2} = \frac{[C_6H_5COO^-]_{éq} \times [H_3O^+]_{éq}}{[C_6H_5COOH]_{éq}}.$$

On multiple l'expression de K par $\frac{[H_3O^+]}{[H_3O^+]}$ (ce qui équivaut à multiplier par 1) :

$$K = \frac{[C_6H_5COOH]_{éq} \times [HCOO^-]_{éq}}{[C_6H_5COO^-]_{éq} \times [HCOOH]_{éq}} \times \frac{[H_3O^+]}{[H_3O^+]}$$

$$K = \frac{[C_6H_5COOH]_{éq}}{[C_6H_5COO^-]_{éq} \times [H_3O^+]} \times \frac{[HCOO^-]_{éq} \times [H_3O^+]}{[HCOOH]_{éq}}$$

$$K = \frac{1}{K_{A2}} \times K_{A1}.$$

Donc $K = \dfrac{K_{A1}}{K_{A2}} = \dfrac{10^{-pK_{A1}}}{10^{-pK_{A2}}} = 10^{(pK_{A2}-pK_{A1})}$

$\mathbf{K} = 10^{4,2-3,8} = 10^{0,4} = \mathbf{2,5}.$

Constitution et fonctionnement d'une pile

LE COURS

Constitution d'une pile (générateur électrochimique) et tension à vide

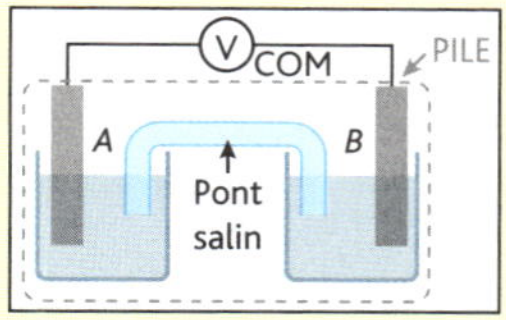

Une pile est constituée de deux compartiments distincts (appelés demi-piles) reliés par un pont salin.

Chaque compartiment contient les deux espèces d'un couple Ox/Red (généralement différent dans chaque demi-pile).

La tension à vide se mesure en branchant un voltmètre entre les deux bornes de la pile lorsque celle-ci ne débite pas de courant. Cette mesure permet de déterminer la polarité de la pile : si $U_{AB} > 0$, A est la borne positive ; si $U_{AB} < 0$, A est la borne négative.

Fonctionnement d'une pile

Lorsqu'une pile débite du courant, il y a un **transfert spontané d'électrons indirect**, via le circuit électrique, depuis la borne négative de la pile vers la borne positive. Ce transfert d'électrons est la conséquence d'une **réaction d'oxydoréduction** entre l'oxydant présent dans une demi-pile et le réducteur présent dans l'autre demi-pile.

Ces deux réactifs sont séparés dans deux compartiments différents pour empêcher tout transfert d'électrons directement entre eux.

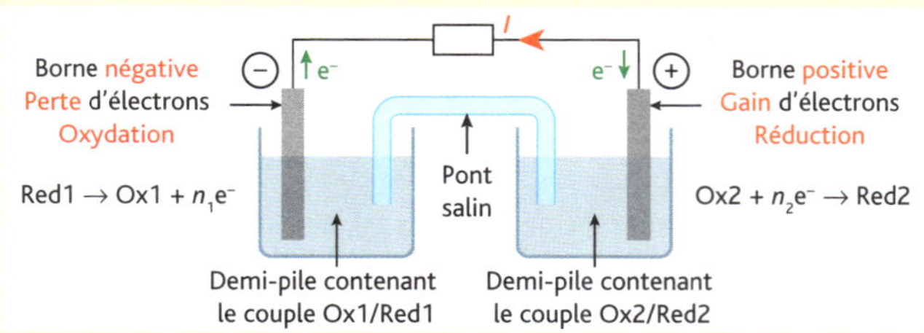

L'équation de fonctionnement impliquant un transfert indirect d'électrons de Red1 vers Ox2 s'écrit de la même manière que le transfert direct.

Rôle du pont salin (ou de la membrane poreuse)

Le pont salin est généralement constitué d'une solution ionique gélifiée.

Son rôle est de :

– **fermer le circuit électrique** (afin d'assurer le passage du courant) ;
– **maintenir la neutralité électrique de chaque demi-pile**.

EXERCICE TYPE CORRIGÉ

Lors d'une activité expérimentale, des élèves réalisent le montage suivant :

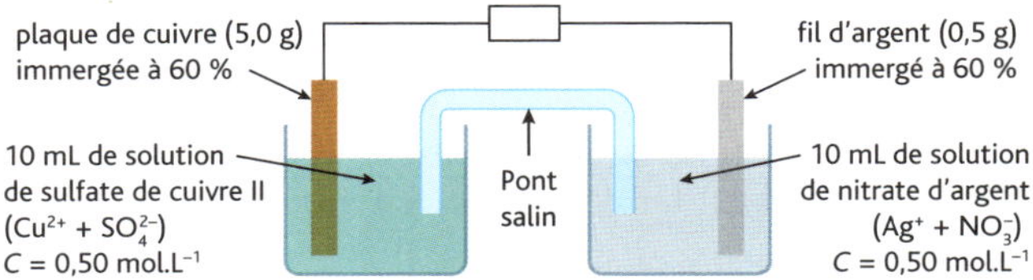

Après une certaine durée de fonctionnement, les élèves notent une intensification de la coloration bleue dans le premier bécher et un dépôt gris métallique se formant sur le fil d'argent.

Données : couples Ox/Red mis en jeu : $Cu^{2+}(aq)/Cu(s)$; $Ag^{+}(aq)/Ag(s)$.

Les ions Cu^{2+} donnent une coloration bleue en solution.

1. Interpréter les observations des élèves et en déduire les équations des réactions se produisant aux électrodes.
2. En déduire la polarité de la pile.
3. Proposer une autre méthode permettant de déterminer la polarité de la pile.
4. Quel est le rôle du pont salin ?
5. Déterminer l'équation de fonctionnement global de la pile cuivre-argent lorsqu'elle débite.
6. Pourquoi ne pas avoir mis directement les réactifs en présence dans un seul bécher ?

Corrigé

1. L'intensification de la coloration bleue signifie qu'il y a formation d'ions cuivre $Cu^{2+}(aq)$.
La réaction ayant lieu est donc : $Cu(s) \rightarrow Cu^{2+}(aq) + 2\ e^{-}$ ($\times 1$). C'est une oxydation.
Le dépôt gris métallique ne peut être que de l'argent métallique.
La réaction ayant lieu est donc : $Ag^{+}(aq) + e^{-} \rightarrow Ag(s)$ ($\times 2$). C'est une réduction.

2. **L'électrode de cuivre** cède des électrons à travers le circuit extérieur : il s'agit de la **borne négative** de la pile. L'**électrode d'argent** capte des électrons arrivant par le circuit extérieur : il s'agit de la **borne positive** de la pile.

3. On peut également mesurer la tension à vide aux bornes de la pile en débranchant d'abord la résistance pour ne pas que la pile débite. Si elle est positive, la borne COM est reliée à la borne négative de la pile.

4. Le **rôle du pont salin** est de **fermer le circuit électrique** et de maintenir la neutralité électrique de chaque demi-pile.

5. En combinant les deux équations aux électrodes :

$$Cu(s) + 2\,Ag^{+}(aq) \rightarrow Cu^{2+}(aq) + 2\,Ag(s)$$

6. Si l'on avait mis directement une tige de cuivre dans une solution contenant des ions argent, la réaction se serait bien produite, mais le transfert d'électrons aurait eu lieu directement entre les réactifs et n'aurait pas généré de courant électrique.

Capacité électrique d'une pile

Fiche 17

LE COURS

Intensité du courant et quantité d'électricité

L'intensité du courant étant un débit de charges électriques : $i = \frac{dq}{dt}$

Si l'intensité du courant fourni par une pile reste constante pendant une durée Δt, on peut écrire :

$$I = \frac{Q}{\Delta t}$$

(A → I ; C → Q ; s → Δt)

où Q est la charge électrique (ou quantité d'électricité) ayant circulé pendant la durée Δt.

Q s'exprime en C (coulomb) mais est souvent exprimée en A·h (ampère-heure) : 1 A·h = 3 600 C.

Quantité d'électricité et quantité d'électrons

Dans le circuit, la quantité d'électricité qui circule est liée aux électrons transférés du réducteur vers l'oxydant :

$$Q = n(e^-) \times F$$

(C → Q ; mol → $n(e^-)$; C.mol⁻¹ → F)

où F est la charge d'une mole d'électrons.

Remarque : $F = N_A \times e = 96\,500\ C{\cdot}mol^{-1}$ est appelé constante de Faraday.

Usure d'une pile et capacité électrique d'une pile

Une pile qui débite est un système hors équilibre qui tend vers l'équilibre. Pour simplifier, on considère qu'**une pile est usée quand le réactif limitant de son équation de fonctionnement est épuisé.**

On définit la **capacité électrique Q_{max} d'une pile** comme la **quantité d'électricité maximale qu'une pile peut fournir.**

La connaissance de la quantité de matière du réactif limitant (RL) et de l'équation à l'électrode où a lieu sa consommation permet de déterminer la quantité maximale d'électrons correspondante et d'en déduire la capacité électrique de la pile.

Exemple : considérons la réaction entre Red 1 et Ox 2 :

Cas n° 1 : le réducteur Red1 est le RL	**Cas n° 2** : l'oxydant Ox 2 est le RL
Red 1 → Ox 1 + k_1e⁻	Ox 2 + k_2e⁻ → Red 2
donc $n(e^-)_{max} = k_1 \times n(\text{Red 1})_i$	donc $n(e^-)_{max} = k_2 \times n(\text{Ox 2})_i$
$Q_{max} = n(e^-)_{max} \times F$	$Q_{max} = n(e^-)_{max} \times F$
$= k_1 \times n(\text{Red 1})_i \times F$	$= k_2 \times n(\text{Ox 2})_i \times F$

EXERCICE TYPE CORRIGÉ

Lors d'une activité expérimentale, des élèves ont réalisé le montage suivant :

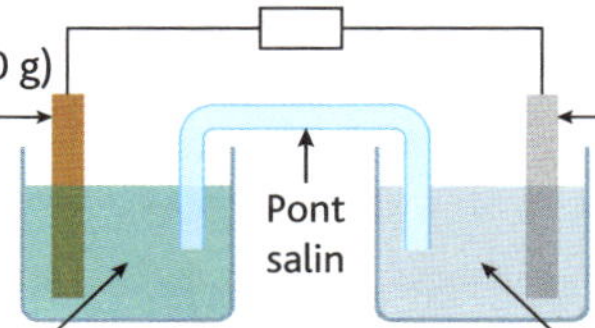

Ils ont établi que les réactions ayant lieu aux électrodes sont : $Cu\,(s) \rightarrow Cu^{2+}(aq) + 2\,e^-$ à l'électrode de cuivre et $Ag^+(aq) + e^- \rightarrow Ag\,(s)$ à l'électrode d'argent. L'équation globale de fonctionnement de la pile étant :

$$Cu\,(s) + 2\,Ag^+(aq) \rightarrow Cu^{2+}(aq) + 2\,Ag\,(s)$$

Données : $M(Cu) = 63{,}5$ g·mol⁻¹ ; $M(Ag) = 107{,}9$ g·mol⁻¹ ; F = 96 500 C·mol⁻¹ ; 1 A·h = 3 600 C.

1. Définir la capacité électrique d'une pile.
2. Déterminer sa valeur.
3. Estimer la durée de fonctionnement de cette pile si elle fournit une intensité constante de 75 mA.

Corrigé

1. La capacité électrique Q_{max} d'une pile est la quantité d'électricité maximale qu'une pile peut fournir.

2. $Q_{max} = n(e^-)_{max} \times F$. Pour trouver la quantité maximale d'électrons pouvant être transférés, il faut d'abord déterminer le réactif limitant.

$$n(Cu)_i = 0{,}60 \times \frac{m(Cu)_i}{M(Cu)} = 0{,}60 \times \frac{5{,}0}{63{,}5} = 0{,}047 \text{ mol}$$

(seul 60 % de la plaque est immergée)

$$n(Ag^+)_i = C \times V = 0{,}50 \times 10 \times 10^{-3} = 5{,}0 \times 10^{-3} \text{mol}.$$

En tenant compte des nombres stœchiométriques de l'équation de fonctionnement :

$$\frac{n(Cu)_i}{1} > \frac{n(Ag^+)_i}{2}$$ donc Ag^+ est le réactif limitant.

D'après l'équation de consommation de Ag^+, $Ag^+(aq) + e^- \rightarrow Ag\,(s)$, on peut écrire :

$n(e^-)_{max} = n(Ag^+)_i$ donc $\boldsymbol{Q_{max}} = 5{,}0 \times 10^{-3} \times 9{,}65 \times 10^4 = \mathbf{4{,}8 \times 10^2\,C}$.

3. $I = \frac{Q}{\Delta t} \Leftrightarrow \boldsymbol{\Delta t} = \frac{Q}{I} = \frac{4{,}8 \times 10^2}{75 \times 10^{-3}} = \mathbf{6{,}4 \times 10^3\,s}$ **(soit 1,8 h)**.

Constante d'équilibre K_A et produit ionique de l'eau

LE COURS

L'eau, solvant ampholyte

• L'eau est une espèce ampholyte, c'est-à-dire qu'elle est **à la fois une espèce acide (dans le couple H_2O / HO^-) et une espèce basique (dans le couple H_3O^+ / H_2O)**. Deux molécules d'eau vont donc pouvoir réagir ensemble selon l'équation :

$$2\ H_2O(\ell) \rightleftharpoons OH^-(aq) + H_3O^+(aq)$$

• Une des molécules d'eau joue ici de rôle de base (selon la définition de Brønsted) tandis que l'autre joue le rôle d'acide. On obtient donc des ions oxonium et hydroxyde. Cette réaction équilibrée s'appelle **autoprotolyse** de l'eau et est caractérisée par une constante de réaction K_e, appelée produit ionique de l'eau telle que :

$$K_e = [OH^-] \times [H_3O^+]$$

À 25 °C, K_e =1,0 × 10^{-14}.

On définit le pK_e tel que : $pK_e = -\log K_e$

À 25 °C, pK_e = 14.

Remarque : cette réaction est très limitée ; la concentration de ces ions dans l'eau pure vaut 10^{-7} mol·L^{-1}, d'où une valeur de pH de 7.

Constante d'acidité K_A

• Soit un couple acide base AH / A^-. Mis en solution, l'acide réagit avec l'eau selon l'équation :

$$AH\ (aq) + H_2O\ (\ell) \rightleftharpoons A^-\ (aq) + H_3O^+\ (aq)$$

La constante d'équilibre associée à cette réaction notée K_A est définie par :

$$K_A = \frac{[A^-]_{éq} \times [H_3O^+]_{éq}}{[AH]_{éq}}$$

Cette constante est sans unité et ne dépend que de la température. Les concentrations sont celles lorsque l'équilibre est atteint.

• Pour définir un couple acide-base, on utilise souvent le pK_A :

$$pK_A = -\log K_A \text{ ou } K_A = 10^{-pK_A}$$

Ainsi, plus le pK_A d'un couple est grand, plus l'acide AH est faible.

EXERCICE TYPE CORRIGÉ

Étude de l'équilibre chimique d'une solution d'ammoniac

Données :

• Produit ionique de l'eau : K_e = 1,0 × 10^{-14}.

• pK_A du couple acide / base : NH_4^+ (aq) / NH_3 (aq) : pK_{A1} = 9,2.

1. Donner l'équation bilan de la réaction liée à la constante K_{A1}.

2. Donner l'expression littérale de la constante d'acidité K_{A1}.
On considère un volume $V = 1{,}0$ L d'une solution S d'ammoniac NH_3 (aq) de concentration $C_S = 1{,}1 \times 10^{-2}$ mol·L⁻¹.

Réaction acido-basique dans S
L'équation bilan de la réaction entre l'ammoniac et l'eau est :

$$NH_3\,(aq) + H_2O\,(\ell) \rightleftharpoons NH_4^+\,(aq) + HO^-\,(aq)$$

3. Donner l'expression littérale de la constante d'équilibre K associée à l'équation de cette réaction.

4. Exprimer K en fonction de K_e et K_{A1}. Calculer K.

Corrigé

1. La réaction liée à K_{A1} correspond à la la réaction entre l'ion ammonium et l'eau :

$$NH_4^+\,(aq) + H_2O\,(\ell) \rightleftharpoons NH_3\,(aq) + H_3O^+\,(aq)$$

2. La constante liée à cette réaction s'écrit :

$$K_{A1} = \frac{[NH_{3\,(aq)}]_{éq} \times [H_3O^+_{(aq)}]_{éq}}{[NH^+_{4\,(aq)}]_{éq}}.$$

3. La constante liée à cette réaction s'écrit :

$$K = \frac{[NH^+_{4\,(aq)}]_{éq} \times [HO^-_{(aq)}]_{éq}}{[NH_{3(aq)}]_{éq}}.$$

4. Pour faire apparaître les constantes K_{A1} et K_e, on va multiplier K par :

$\dfrac{[H_3O^+_{(aq)}]}{[H_3O^+_{(aq)}]}$, ce qui équivaut à multiplier par 1.

$$K = \frac{[NH^+_{4(aq)}]_{éq} \times [OH^-_{aq}]_{éq} \times [H_3O^+_{(aq)}]}{[NH_{3(aq)}]_{éq} \times [H_3O^+_{(aq)}]}$$

$$= \frac{K_e}{K_{A1}}$$

Application numérique :

$$\boldsymbol{K} = \frac{10^{-pK_e}}{10^{-pK_{A1}}} = 10^{(pK_{A1}-pK_e)}\text{, soit } K = 10^{9{,}2-14} = \mathbf{1{,}6 \times 10^{-5}}.$$

Force des acides et des bases

LE COURS

Acide fort, base forte

- Un acide est une espèce chimique susceptible de **céder un ion H^+. Un acide est « fort » s'il réagit totalement avec l'eau** selon l'équation :

$$AH\ (aq) + H_2O\ (\ell) \rightarrow A^-\ (aq) + H_3O^+\ (aq)$$

Le pH d'une solution d'acide fort de concentration C_0 est donné par la relation :

$$pH = -\log\left(\frac{[H_3O^+]}{c^0}\right) = -\log C_0$$

Inversement, on peut déterminer la concentration en ions oxonium si on connaît le pH grâce à la relation : $[H_3O^+] = 10^{-pH}$.

- Une base est une espèce chimique susceptible de **capter un ion H^+. Une base est « forte »** si elle **réagit totalement avec l'eau** selon l'équation :

$$A^-\ (aq) + H_2O\ (\ell) \rightarrow AH\ (aq) + HO^-\ (aq)$$

Le pH d'une solution de base forte de concentration C_0 est donné par la relation : $pH = pK_e + \log C_0$. À 25 °C, $\mathbf{pH = 14 + \log C_0}$.

Acide faible, base faible

- **Définitions**

– **Un acide est dit « faible » s'il réagit partiellement avec l'eau :**

$$AH\ (aq) + H_2O\ (\ell) \rightleftharpoons A^-\ (aq) + H_3O^+\ (aq)$$

– **Une base est dite « faible » si elle réagit partiellement avec l'eau :**

$$B\ (aq) + H_2O\ (\ell) \rightleftharpoons BH^+\ (aq) + HO^-\ (aq)$$

- **Relation entre pH d'une solution et pK_A d'un coupe acide base.**

Soit un couple acide base AH / A^-. Mis en solution, l'acide réagit avec l'eau selon l'équation :

$$AH\ (aq) + H_2O\ (\ell) \rightarrow A^-\ (aq) + H_3O^+\ (aq)$$

La constante d'équilibre associée à cette réaction notée K_A s'écrit :

$$K_A = \frac{[A^-]_{éq} \times [H_3O^+]_{éq}}{[AH]_{éq}}$$

Cette constante est sans unité et ne dépend que de la température. Les concentrations sont celles lorsque l'équilibre est atteint.

On a aussi la relation : $\mathbf{pK_A = -\log K_A}$. On peut donc écrire :

$$pK_A = -\log \frac{[A^-] \times [H_3O^+]}{[AH]}$$

En utilisant les propriétés de la fonction logarithme, on obtient :

$$pH = pK_A + \log \frac{[A^-]}{[AH]}$$

EXERCICE TYPE CORRIGÉ

L'éthanamine C_2H_7N est une base faible dans l'eau. Gazeuse à température ambiante, elle est miscible en toutes proportions à l'eau.
On dissout $5{,}0 \times 10^{-2}$ mol d'éthanamine dans un volume $V = 1{,}0$L d'eau pure. Le pH de la solution vaut 12,2.
Donnée : $K_e = 1{,}0 \times 10^{-14}$.

1. À quel couple acide-base appartient l'éthanamine ?
2. Écrire l'équation de la réaction entre l'éthanamine et l'eau.
3. Calculer la concentration $[H_3O^+]$ dans la solution à l'équilibre.
4. En déduire la concentration $[HO^-]$ dans la solution.
5. Définir la constante d'acidité K_A du couple de la question 1. et en déduire la relation entre pH et pK_A.
6. La constante d'acidité K_A vaut $1{,}9 \times 10^{-11}$. En déduire le pK_A.

Corrigé

1. L'éthanamine appartient au couple : $C_2H_8N^+ / C_2H_7N$.
2. L'éthanamine est une base faible, elle réagit avec l'eau selon :

$$C_2H_7N\,(aq) + H_2O\,(\ell) \rightleftharpoons C_2H_8N^+\,(aq) + HO^-\,(aq)$$

3. On utilise la relation $[H_3O^+] = 10^{-pH}$, donc $[H_3O^+] = 10^{-12{,}2}$ soit $\mathbf{[H_3O^+] = 6{,}3 \times 10^{-13}\,mol{\cdot}L^{-1}}$.
4. On utilise le produit ionique de l'eau : $K_e = [H_3O^+] \times [HO^-]$.

$$[HO^-] = \frac{K_e}{[H_3O^+]} = \frac{1{,}0 \times 10^{-14}}{10^{-12{,}2}} = 1{,}0 \times 10^{-1{,}8} = \mathbf{1{,}6 \times 10^{-2}\,mol{\cdot}L^{-1}}.$$

5. K_A est la constante d'équilibre caractérisant la réaction du couple $C_2H_8N^+ / C_2H_7N$ avec l'eau :

$$C_2H_8N^+\,(aq) + H_2O\,(\ell) \rightleftharpoons C_2H_7N\,(aq) + H_3O^+\,(aq)$$

On a $K_A = \dfrac{[C_2H_7N] \times [H_3O^+]}{[C_2H_8N^+]}$.

Relation entre pH et pK_A : p$K_A = -\log K_A$,

donc p$K_A = -\log \dfrac{[C_2H_7N] \times [H_3O^+]}{[C_2H_8N^+]}$.

p$K_A = -\log [H_3O^+] - \log \dfrac{[C_2H_7N]}{[C_2H_8N^+]}$

soit $\mathbf{pH = pK_A + \log \dfrac{[C_2H_7N]}{[C_2H_8N^+]}}$.

6. $\mathbf{pK_A} = -\log K_A = -\log(1{,}9 \times 10^{-11}) = \mathbf{10{,}7}$.

Diagrammes de prédominance et de distribution d'un couple acide-base

LE COURS

Diagramme de prédominance

La relation vue dans la fiche précédente **pH = pK_A + log** $\frac{[A^-]}{[AH]}$ fait apparaître trois cas de figure :

- $[AH] = [A^-]$ alors **pH = pK_A** : les deux espèces sont présentes dans les mêmes quantités.
- $[AH] > [A^-]$ alors **pH < pK_A** : l'espèce acide AH prédomine.
- $[AH] < [A^-]$ alors **pH > pK_A** : l'espèce basique A^- prédomine.

On résume ces informations sur un diagramme de prédominance.

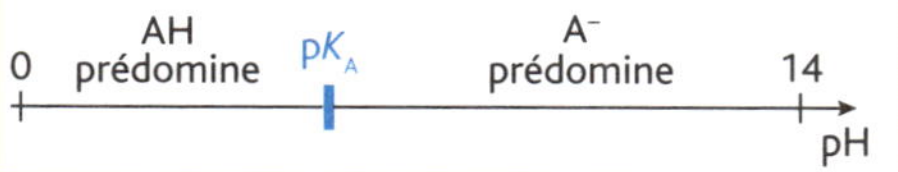

Diagramme de distribution d'espèces acido-basiques en fonction du pH

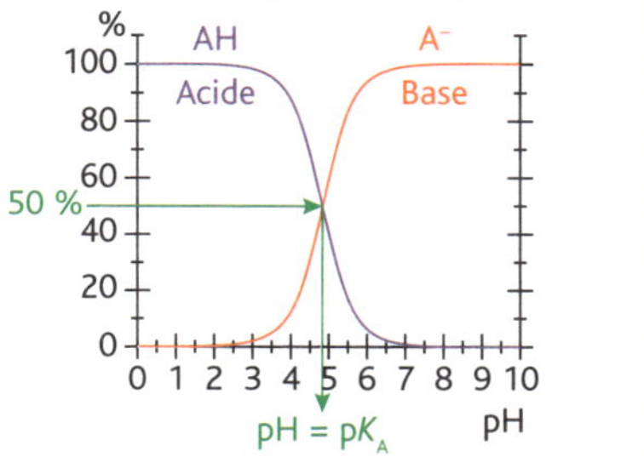

Diagramme de distribution de l'acide éthanoïque en fonction du pH

Un diagramme de distribution d'une espèce acido-basique donne la répartition en pourcentage d'une espèce acide et de sa base conjuguée dans une solution en fonction du pH.

En reprenant l'expression précédente, on observe là aussi trois domaines.

Ce diagramme de distribution nous permet de déterminer facilement le pK_A d'un couple acido-basique

Indicateur coloré : application aux titrage acido-basiques

- Un indicateur coloré acido-basique est un couple acide-base (noté IndH / Ind^-) caractérisé par un pK_A et dont les formes acide et basique ont des teintes différentes.

– Si pH < pK_A, la solution prendra la teinte de la forme acide.

– Si pH > pK_A, la solution prendra la teinte de la forme basique.

- La zone de pH autour du pK_A de l'indicateur est appelée **zone de virage**. Un indicateur coloré est donc adapté à un titrage si sa zone de virage encadre le pH à l'équivalence de l'espèce titrée.

Les acides alpha-aminés

Les acides α-aminés sont des molécules possédant une fonction acide carboxylique (groupe –COOH) leur conférant un caractère acide et une fonction amine (groupe $-NH_2$) qui a un caractère basique.
Chaque acide α-aminé est caractérisé par deux pK_A. Le diagramme de prédominance en solution comporte donc **trois domaines** :

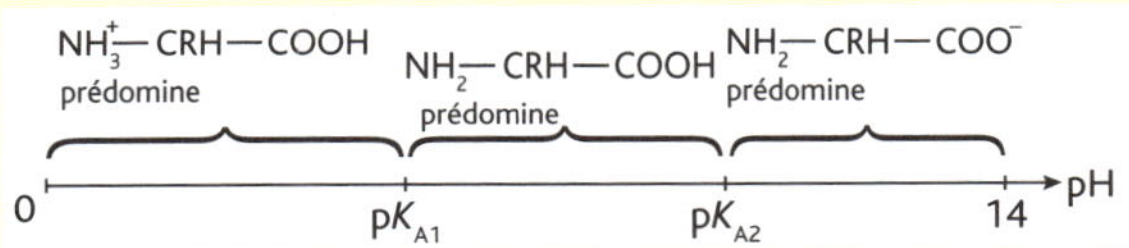

Les solutions tampons

Les solutions tampon sont des solutions dont le pH varie peu lors d'ajout de faibles quantités d'acide, de base ou d'une dilution modérée.

EXERCICE TYPE CORRIGÉ

Soit un volume V = 0,60 L d'une solution aqueuse d'acide lactique de concentration molaire en soluté apporté c = 1,0 mol·L^{-1} dont le pH a comme valeur 1,9.
On notera AH la molécule d'acide lactique
Donnée : K_A à 25 °C du couple acide lactique / ion lactate : $1{,}3 \times 10^{-4}$.

1. Écrire l'équation de la réaction de l'acide lactique avec l'eau.
2. Donner l'expression de la constante d'acidité K_A du couple acide lactique / ion lactate.
3. À partir de l'expression de K_A, calculer le rapport $\dfrac{[A^-]_f}{[AH]_f}$.
4. En déduire l'espèce qui prédomine dans la solution.
5. Construire le diagramme de prédominance de l'espèce considérée.

Corrigé

1. $AH\,(aq) + H_2O\,(\ell) \rightleftharpoons A^-\,(aq) + H_3O^+\,(aq)$
2. Constante d'acidité de l'acide lactique : $K_A = \dfrac{[A^-]_f \times [H_3O^+]_f}{[AH]_f}$
3. $\dfrac{[A^-]_f}{[AH]_f} = \dfrac{K_A}{[H_3O^+]_f}$, donc $\dfrac{[A^-]_f}{[AH]_f} = \dfrac{K_A}{10^{-pH}}$, soit $\dfrac{[A^-]_f}{[AH]_f} = K_A \times 10^{pH}$.

Donc $\mathbf{\dfrac{[A^-]_f}{[AH]_f}} = 1{,}3 \times 10^{-4} \times 10^{1{,}9} = \mathbf{1{,}0 \times 10^{-2}}$.

4. $\dfrac{[A^-]_f}{[AH]_f} < 1$ donc **l'espèce qui prédomine dans la solution est AH (aq)**.
5. Il faut établir le diagramme de prédominance de l'espèce chimique considérée.

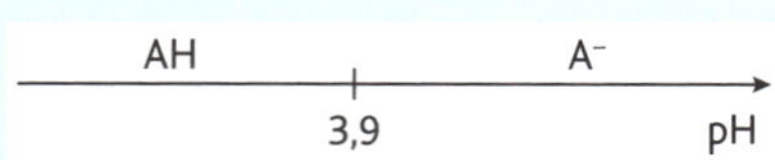

Pour cela, il faut calculer le pK_A du couple AH / A$^-$.
p$K_A = -\log K_A = -\log(1{,}3 \times 10^{-4}) = 3{,}9$.

SUJET DU BAC

Révisez les points clés des fiches 12 à 20

EXERCICE 9 points 1 h 30 min

Fermentation malolactique

Après récolte et pressage des raisins, deux fermentations ont lieu : d'abord la fermentation alcoolique, puis la fermentation malolactique. Pour qu'un vin puisse être mis en bouteilles, il convient de vérifier que la fermentation malolactique est terminée.

La fermentation malolactique, généralement assurée par une espèce de bactérie lactique, *Œnococcus œni*, désigne la désacidification biologique du vin. Lors de cette transformation, l'acide malique présent dans le vin se transforme en acide lactique avec production de dioxyde de carbone à l'état gazeux ; transformation modélisée par la réaction d'équation suivante :

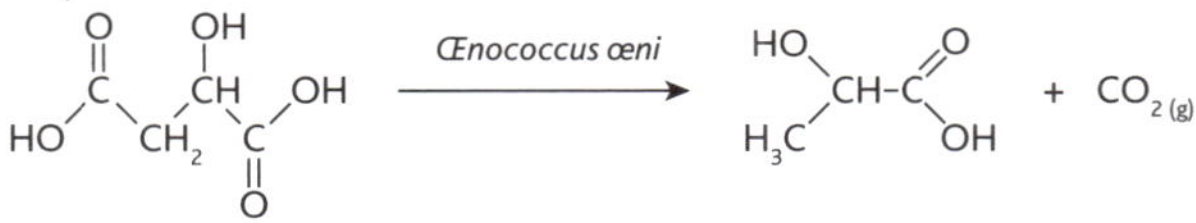

Acide malique — Acide lactique

D'après www.vignevin-sudouest.com et http://www.futura-sciences.com

Présentation de la situation initiale : Le 10 octobre 2016, un vigneron suit la fermentation malolactique de 10 m^3 d'un vin contenu dans une cuve. La température ambiante est de 20 °C lorsque la fermentation malolactique débute. Le pH du vin à cette date est 3,24. La concentration massique initiale en acide malique dans le vin est de 3,0 $g.L^{-1}$.

Avertissement : afin d'éviter des écritures inutilement trop lourdes, cet exercice n'utilise pas la notion de concentration standard c^0.

Données :

- Dans le cas d'un diacide comme l'acide malique, on peut considérer que la force de l'acide n'est liée qu'au premier couple acide-base ;
- masse molaire de l'acide malique : $M_{mal} = 134{,}0\ g.mol^{-1}$;
- masse molaire de l'acide lactique : $M_{lac} = 90{,}0\ g.mol^{-1}$;
- pour simplifier les écritures, on notera les couples acido-basiques de l'acide malique : AH_2 / AH^- $pK_{A1} = 3{,}46$; AH^- / A^{2-} $pK_{A2} = 5{,}10$.

1 À propos de l'acide malique

L'acide malique est un diacide que l'on notera AH_2 par la suite pour alléger l'écriture. Il peut apparaître sous différentes formes en fonction du pH de la solution.

1.1. Entourer et nommer les groupes caractéristiques présents dans la molécule d'acide malique.

1.2. Définir la notion d'acide au sens de Brønsted. Justifier alors que l'acide malique est un diacide.
1.3. Représenter un diagramme de prédominance des différentes formes de l'acide malique et en déduire la forme prédominante de l'acide malique dans le vin en début de fermentation malolactique.

2 À propos de l'acide lactique

L'acide lactique est un acide que l'on notera par la suite BH pour alléger l'écriture. On mesure le pH d'une solution d'acide lactique, de concentration en acide apporté $C = 8{,}00 \times 10^{-3}$ mol.L^{-1}. On obtient pH = 3,01.
2.1. En déduire que l'acide lactique est un acide faible.
2.2. Écrire l'équation de la réaction de l'acide lactique avec l'eau.
2.3. À l'aide d'un tableau d'avancement, montrer que la constante d'acidité du couple BH/B$^-$ peut s'écrire : $K_A = \dfrac{10^{-2\times pH}}{(C - 10^{-pH})}$.
2.4. Déterminer la valeur du pK_A du couple BH/B$^-$.
2.5. En déduire un élément d'interprétation à « *la désacidification résultant de la fermentation malolactique* » indiquée dans le texte d'introduction.

3 Suivi de la fermentation malolactique

L'évolution au cours du temps de la masse d'acide lactique formé dans la cuve est donnée par le graphique ci-dessous.

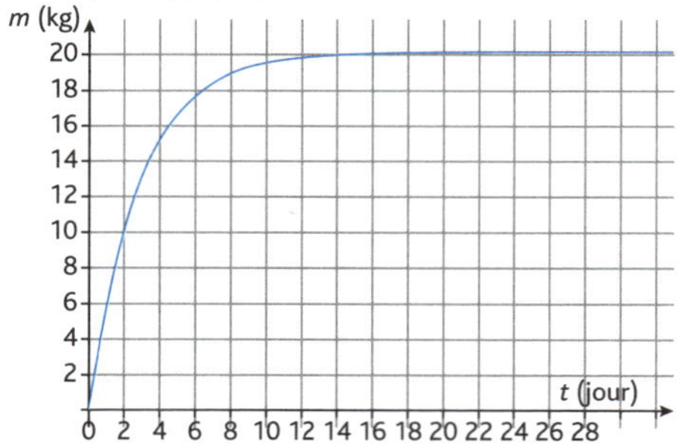

3.1. Proposer une méthode de suivi de la fermentation malolactique à partir de la mesure en continu d'une grandeur physique.
3.2. Montrer que la quantité de matière initiale en acide malique dans la cuve est de $2{,}2 \times 10^2$ mol.
3.3. En s'appuyant sur le graphique, déterminer la quantité de matière d'acide lactique formé à l'état final.
3.4. Montrer que le graphique permet de confirmer que la fermentation malolactique est une transformation chimique totale.
3.5. Donner l'expression de la vitesse volumique d'apparition de l'acide lactique.
3.6. Déterminer sa valeur à l'instant initial en précisant l'unité choisie.
3.7. Expliquer, sans calculs, comment évolue la vitesse de formation de l'acide lactique au cours du temps et proposer une explication.
3.8. Définir, puis déterminer le temps de demi-réaction $t_{1/2}$.

3.9. À partir de quelle date le viticulteur pourra-t-il mettre en bouteilles le vin de sa cuve ? Justifier.

3.10. Représenter sur le graphique l'allure de la courbe de suivi de la fermentation malolactique si la température ambiante était de 15 °C. Justifier.

Corrigé

1.1.

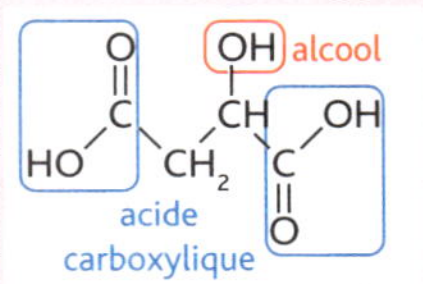

1.2. Un acide au sens de Brønsted est une espèce chimique capable de céder un ion hydrogène H^+. L'acide malique possède deux fonctions « acide carboxylique », il peut donc céder deux ions H^+ : **c'est un diacide.**

1.3.

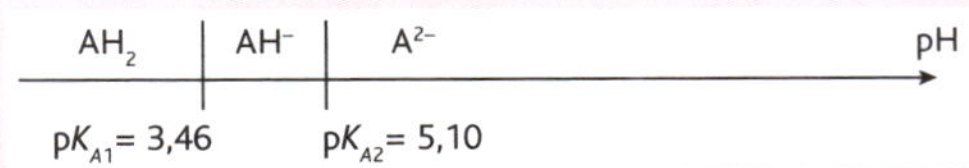

Au début de fermentation malolactique, le pH vaut 3,24 donc la **forme prédominante** de l'acide malique dans le vin est $\mathbf{AH_2}$.

2.1. Pour une solution d'acide fort de concentration C, $pH = -\log C$.
Cela donnerait ici $pH = -\log(8{,}00 \times 10^{-3}) = 2{,}10$; or pH = 3,01 donc l'acide lactique est bien un acide faible (sa réaction avec l'eau *n*'est pas totale).

2.2. Équation	$BH_{(aq)} + H_2O_{(l)} \rightleftharpoons B^-_{(aq)} + H_3O^+_{(aq)}$				
2.3.	Avancement x	Quantités de matière (en mol)			
État initial du système	0	$n(BH)_i = C \times V$	excès	$n(B^-)_i = 0$	$n(H_3O^+)_i \approx 0$
État final (réel)	x_f	$C \times V - x_f$	excès	x_f	x_f

- Par définition, $K_A = \dfrac{[B^-]_f \times [H_3O^+]_f}{[BH]_f}$.
- D'après le tableau, $[B^-]_f = \dfrac{n(B^-)_f}{V} = \dfrac{x_f}{V} = \dfrac{n(H_3O^+)_f}{V} = [H_3O^+]_f$.
- D'après le tableau, $[BH]_f = \dfrac{n(BH)_f}{V} = \dfrac{C \times V - x_f}{V} = C - \dfrac{x_f}{V} = C - [H_3O^+]_f$.
- Or $[H_3O^+]_f = 10^{-pH}$ par définition, donc l'expression de K_A devient ici :

$$\mathbf{K_A} = \frac{[H_3O^+]_f \times [H_3O^+]_f}{C - [H_3O^+]_f} = \frac{10^{-pH} \times 10^{-pH}}{C - 10^{-pH}} = \mathbf{\frac{10^{-2 \times pH}}{C - 10^{-pH}}}.$$

2.4. On en déduit $K_A = \dfrac{10^{-2 \times 3{,}01}}{8{,}00 \times 10^{-3} - 10^{-3{,}01}} = 1{,}36 \times 10^{-4}$.

Donc $\mathbf{pK_A} = -\log K_A = -\log 1{,}36 \times 10^{-4} = \mathbf{3{,}87}$.

2.5. On peut interpréter *« la désacidification »* de deux manières :
- un diacide (l'acide malique) est remplacé par un monoacide (l'acide lactique) ;
- le pK_A de l'acide lactique est plus élevé que le (1er) pK_A de l'acide malique **: il est donc plus faible.**

3.1. Comme la réaction de fermentation malolactique produit un gaz, on peut suivre son évolution en mesurant la **pression de l'air dans la cuve** (supposée étanche).

3.2. $n(\text{mal})_i = \dfrac{m(\text{mal})_i}{M(\text{mal})}$ et $m(\text{mal})_i = C(\text{mal})_i \times V$

donc $\boldsymbol{n(\text{mal})_i} = \dfrac{C(\text{mal})_i \times V}{M(\text{mal})} = \dfrac{3{,}0 \times 10 \times 10^3}{134{,}0} = \mathbf{2{,}2 \times 10^2\ mol}$.

3.3. D'après le graphique, $m(\text{lac})_f = 20$ kg ;

$\boldsymbol{n(\text{lac})_f} = \dfrac{m(\text{lac})_f}{M(\text{lac})} = \dfrac{20 \times 10^3}{90{,}0} = \mathbf{2{,}2 \times 10^2\ mol}$.

3.4. D'après les résultats précédents, $\dfrac{n(\text{mal})_i}{1} = \dfrac{n(\text{lac})_f}{1}$, donc la fermentation malolactique est une transformation chimique totale.

3.5. $\boldsymbol{v_{\text{app}}(\text{lac})} = \dfrac{d[\text{lac}]}{dt} = \dfrac{\mathbf{1}}{\boldsymbol{V}} \times \dfrac{\mathbf{d}(\boldsymbol{n}\mathbf{(lac)})}{\mathbf{dt}}$ car V = constante.

3.6. $v_{\text{app}}(\text{lac})_{t=0} \approx \dfrac{1}{V} \times \left(\dfrac{\Delta(n(\text{lac}))}{\Delta t}\right)_{t=0} = \dfrac{1}{V} \times \left(\dfrac{\Delta(m(\text{lac}))}{M(\text{lac}) \times \Delta t}\right)_{t=0}$

On trace la tangente à la courbe à $t = 0$ pour déterminer le coefficient directeur de la tangente à la courbe $m(\text{lac}) = f(t)$.

$\boldsymbol{v_{\text{app}}(\text{lac})_{t=0}} = \dfrac{1}{10\ \text{m}^3} \times \left(\dfrac{(21 \times 10^3 - 0)\ \text{g}}{90{,}0\ \text{g.mol}^{-1} \times (3{,}0 - 0)\ \text{j}}\right) = \mathbf{7{,}8\ mol.m^{-3}.j^{-1}}$.

3.7. Graphiquement, on constate que la pente de la tangente à la courbe diminue au cours du temps, donc la vitesse volumique de formation diminue au fur et à mesure que la réaction avance dans le temps. On peut interpréter cette diminution grâce au facteur cinétique **concentration des réactifs :** au fur et à mesure que les réactifs sont consommés, leurs concentrations diminuent et la réaction est plus lente.

3.8. Le temps de demi-réaction $t_{1/2}$ est la durée nécessaire pour que l'avancement atteigne la moitié de sa valeur finale.

D'après l'équation de réaction, $x_{\text{formée}} = n(\text{lac})_f = \dfrac{m(\text{lac})_f}{M(\text{lac})_{\text{formée}}}$, donc $t_{1/2}$ correspond à la durée pour laquelle la moitié de la masse finale d'acide lactique s'est formée. Graphiquement, on trouve $\boldsymbol{t_{1/2}}$ **= 2 jours.**

3.9. D'après le graphique, la fermentation malolactique est terminée au bout de 20 jours environ ; le viticulteur pourra donc **mettre en bouteilles** le vin de ses cuves **le 30 octobre 2016**.

3.10. La température étant un facteur cinétique, si elle est plus faible, la fermentation malolactique est plus lente (mais l'état final reste inchangé), ce qui impose au viticulteur d'attendre plus longtemps avant de mettre son vin en bouteilles.

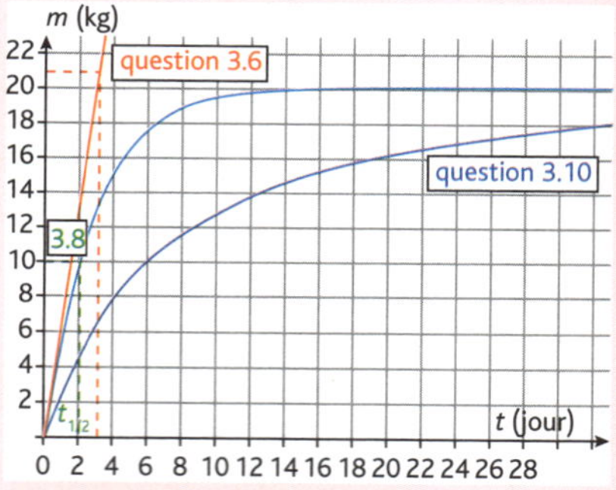

Nomenclature

LE COURS

Familles fonctionnelles

On appelle **groupe fonctionnel** des arrangements particuliers d'atomes. Des molécules différentes possédant un groupe fonctionnel identique auront des propriétés chimiques semblables et seront regroupées dans une même **famille fonctionnelle**.

Noms	Groupes fonctionnels	Familles fonctionnelles
Carboxyle	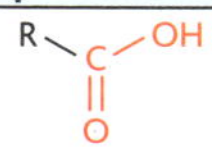	**Acides carboxyliques**
Ester	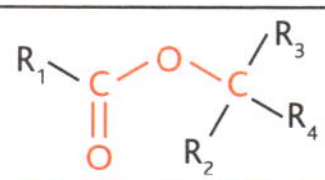	**Esters**
Amide	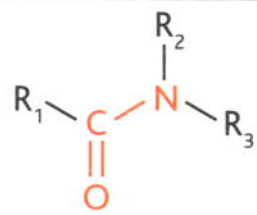	**Amides**
Halogène	— X avec X halogène	**Halogénoalcanes**

R représente une chaîne carbonée comportant uniquement des atomes de carbone et d'hydrogène.

Nomenclature

Généralement, le nom des molécules est de la forme : **préfixe – squelette – suffixe**, le suffixe étant déterminé par la famille fonctionnelle (avec indication de la position si besoin), le squelette par la chaîne carbonée de l'alcane correspondant et le préfixe par les ramifications de la chaîne carbonée (en précisant leur position).

Familles fonctionnelles	Halogénoalcane	Alcool	Aldéhyde	Cétone	Acide carboxylique	Amine primaire
Suffixe	...ane, avec le nom de l'halogène en préfixe	...ol	...al	...one	Acide ...oïque	...amine

– **Amines secondaires et tertiaires** : la chaîne la plus longue donne le nom de l'amine et on considère la ou les chaînes les plus courtes portées par l'azote comme des substituants, qu'on indique dans les préfixes, précédés de la lettre N.

– **Esters** : un ester est composé de deux parties distinctes. On nomme la chaîne carbonée attachée au groupement C=O en la terminant par « **oate de** », puis on nomme la chaîne attachée à l'atome O et on la termine par « **yle** ».
– **Amides** : le nom des amides est obtenu à partir du nom de l'acide carboxylique dont ils dérivent, en remplaçant la terminaison « oïque » par « **amide** ». Si l'azote est substitué, on nomme les substituants comme pour les amines secondaires ou tertiaires.

EXERCICE TYPE CORRIGÉ

Nommer la molécule suivante :

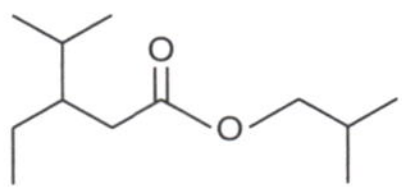

Corrigé

Le groupe fonctionnel porté par cette molécule est le groupe fonctionnel **ester**, cette molécule est donc un **ester** :

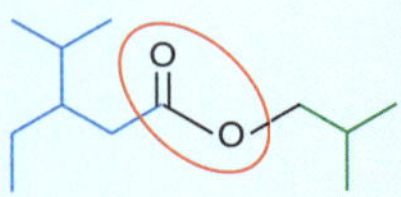

Le nom de cette molécule est donc composé de deux parties, la partie bleue et la partie verte :

– La chaîne carbonée bleue est constituée de 5 atomes de carbone, c'est donc un pentane. Deux atomes d'hydrogène sont substitués par un groupement éthyle (2 C) sur le carbone 3 et un groupement méthyle (1 C) sur le carbone 4 :

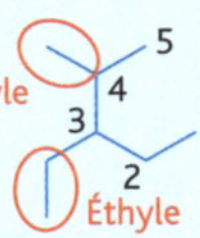

3-éthyl-4-méthylpentane

– La chaîne carbonée verte est constituée de 3 atomes de carbone, c'est donc un propane. Un atome d'hydrogène est substitué par un groupement méthyle (1 C) sur le carbone 2 :

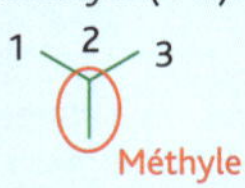

2-méthylpropane

La molécule est donc du **3-éthyl-4-méthylpentan**oate de **2-méthylpropan**yle.

Spectroscopie infrarouge

LE COURS

Principe de la spectroscopie IR

La spectroscopie infrarouge va permettre de **déterminer quelles sont les liaisons présentes dans une espèce, identifiant ainsi les groupes fonctionnels**.

Exemple de spectre infrarouge

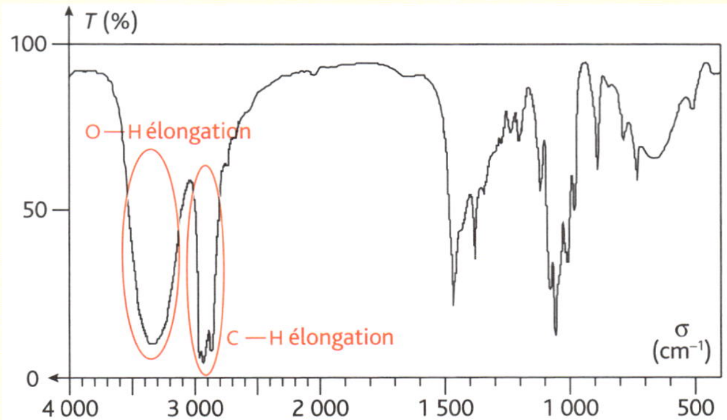

• En abscisse, la grandeur portée est le **nombre d'onde σ**, qui correspond à l'inverse de la longueur d'onde. Le nombre d'onde s'exprime en cm^{-1} car on doit utiliser la longueur d'onde en cm :

$$\sigma(cm^{-1}) = \frac{1}{\lambda(cm)}$$

• En ordonnée, la grandeur portée est la **transmittance** T :

$T = 10^{-A}$, avec A l'absorbance.

On l'exprime généralement en pourcentage, en multipliant la relation précédente par 100.

• Chaque bande d'absorption est caractérisée par une **forme** (fine, large, moyenne) qui décrit sa largeur et une **intensité** (intense ou moyenne) qui décrit sa taille. **Les bandes ont toutes été tabulées** (voir tableau ci-après).

Caractéristiques des bandes d'absorption de quelques liaisons

Liaisons	C–H élongation Alcane	C–H déformation Alcane	O–H élongation Alcool	O–H élongation Acide	C=O élongation	N–H élongation
Nombres d'onde (cm^{-1})	2 850-3 000	1 450-1 470	3 600	2 500-3 300 (large)	1 670-1 740	3 100-3 500
Intensité	forte	forte	moyenne ou forte	forte	forte	forte

EXERCICE TYPE CORRIGÉ

La molécule de formule brute $C_7H_{14}O_2$ se présente sous la forme d'un liquide transparent incolore, à l'odeur de banane

Le spectre infrarouge de cette molécule est donné ci-contre.

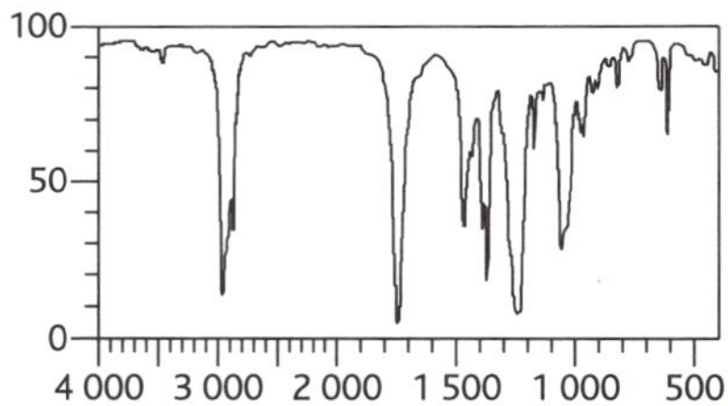

1. Quelle(s) bande(s) d'absorption est (sont) toujours présente(s), quel que soit le spectre infrarouge ?

2. Sachant que cette molécule ne comporte qu'un seul groupe fonctionnel, quelles sont donc les différentes familles fonctionnelles possibles (voir *fiche 22*) ?

3. Identifier le groupe fonctionnel de cette molécule.

Données : voir le tableau de référence ci-dessus dans la partie Cours.

Corrigé

1. Dans toutes les molécules organiques, il y a des liaisons C–H. Ainsi, dans tous les spectres infrarouges, on doit avoir une bande vers 2 900 cm^{-1} (élongation) et une autre vers 1 460 cm^{-1} (déformation). Ces deux bandes sont effectivement présentes.

2. Cette molécule comporte 2 atomes d'oxygène. Les deux seuls groupes fonctionnels avec 2 oxygènes sont les groupes **carboxyle** et **ester**. La molécule recherchée est donc soit un **acide carboxylique**, soit un **ester**.

3. Dans le spectre, on observe une bande fine et intense vers 1 730 cm^{-1}. Cette bande correspond à C=O élongation pour un acide, mais aussi pour un ester. On ne peut donc pas trancher avec cette bande seulement.

Si la molécule est un acide, alors on doit avoir une bande forte et large entre 2 500 et 3 300 cm^{-1} correspondant à O–H élongation. Or cette bande n'est pas présente : **la molécule est donc un ester**.

Montages usuels utilisés en chimie organique

LE COURS

Techniques de séparation

- **Solide / Liquide :** on réalise une filtration. Il y a deux possibilités, soit une filtration simple avec un entonnoir (encore appelée filtration sous pression atmosphérique), soit on utilise un montage de filtration sous vide ou **filtration sur Büchner**.

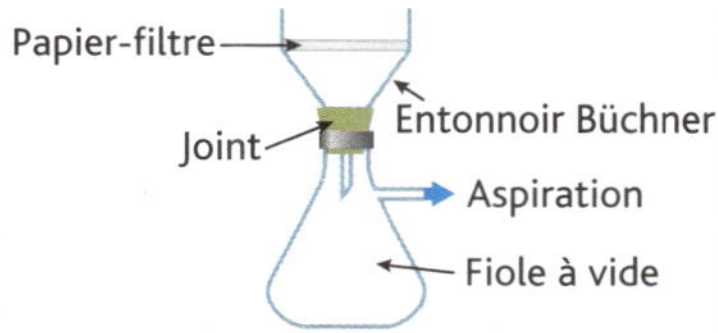

Filtration sous vide

- **Liquides non miscibles :** on utilise une **ampoule à décanter**. Les liquides se placent dans l'ampoule de bas en haut en fonction de leur densité décroissante.

Remarque : cette technique est souvent utilisée lorsqu'on réalise une extraction par solvant.

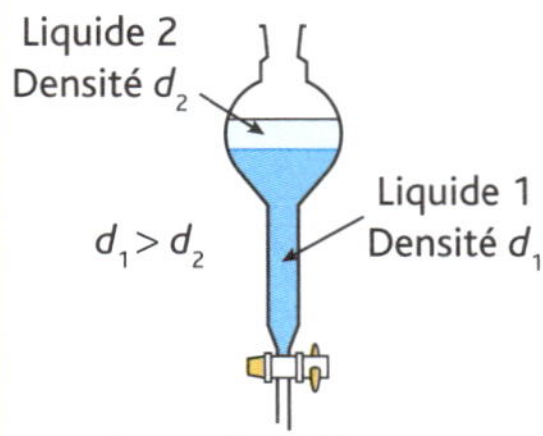

Ampoule à décanter

- **Liquides miscibles :** on réalise une **distillation fractionnée.** Cette technique sera d'autant plus efficace que les températures de vaporisation des liquides sont très différentes les unes des autres.

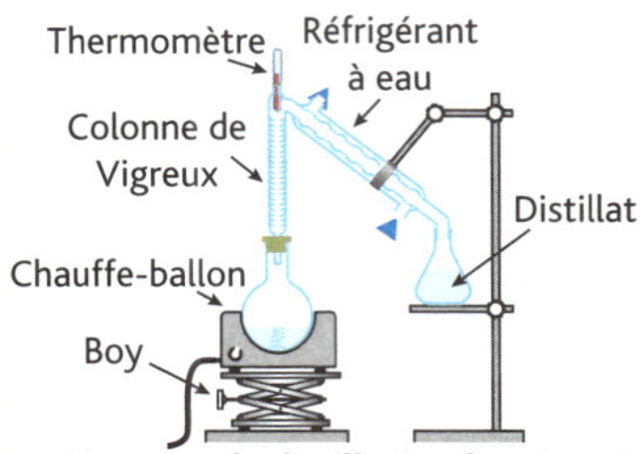

Montage de distillation fractionnée

Techniques de chauffage

On peut utiliser essentiellement deux techniques de chauffage : **chauffage au bain-marie** ou le **chauffage à reflux**. L'avantage du chauffage à reflux, c'est qu'il permet de travailler avec des températures plus élevées (température de vaporisation du composé le plus volatil) sans perte de matière.

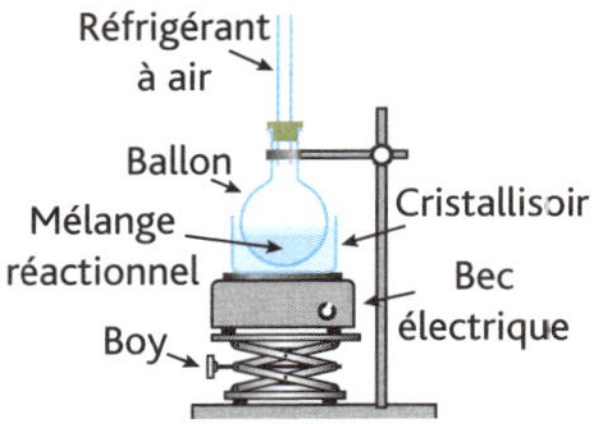

Chauffage au bain-marie

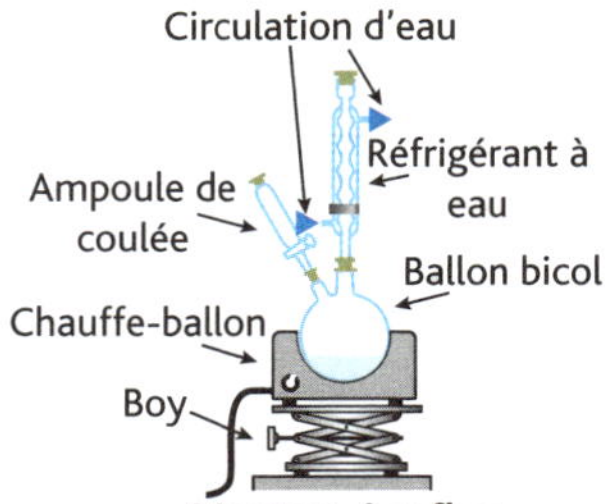

Montage à reflux

Remarque : on peut ajouter une ampoule de coulée si l'on souhaite ajouter un des réactifs progressivement.

EXERCICE TYPE CORRIGÉ

Légender les deux schémas ci-dessous :

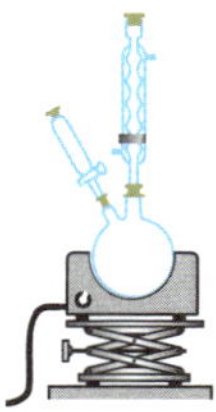

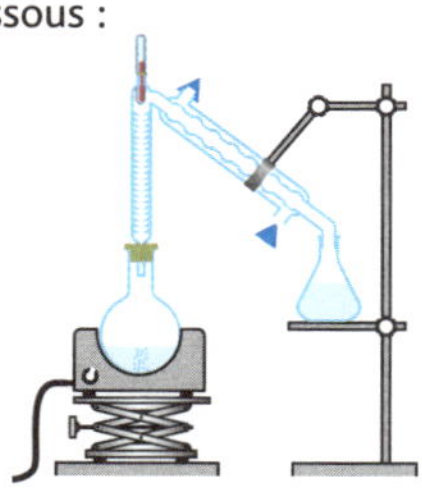

Corrigé

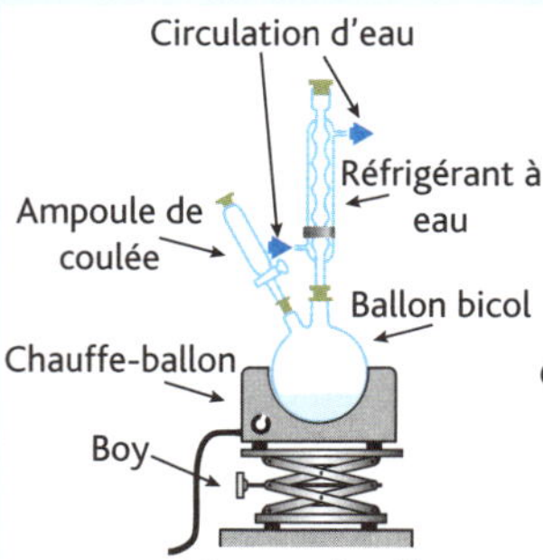

Montage à reflux

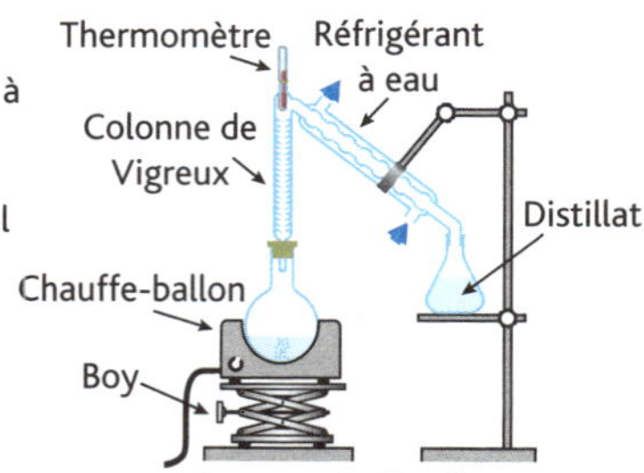

Montage de distillation

Structure des molécules

LE COURS

• À une même formule brute peuvent correspondre plusieurs formules développées différentes. On parle alors d'**isomérie**. Il existe différents types d'isomérie :

– une **isomérie de position** si la place d'un substituant diffère le long de la chaîne carbonée ;

– une **isomérie de constitution** si les enchaînements d'atomes sont différents.

• Il existe **trois types de chaînes carbonées** :

– les **chaînes linéaires** pour lesquelles les atomes de carbone sont sur une seule chaîne ;

– les **chaînes ramifiées** pour lesquelles des atomes d'hydrogène sont remplacés par des atomes de carbone ;

– les **chaînes cycliques** ;

• Par réactions d'addition successives en très grand nombre de la même molécule, qu'on appelle **monomère**, on obtient un **polymère**. En fonction du monomère, on obtient différents polymères aux propriétés différentes :

Monomères	Polymères	Utilisations
Éthylène $H_2C=CH_2$	Polyéthylène PE $H-(CH_2-CH_2)_n-H$	Emballages
Propylène $H_2C=CH-CH_3$	Polypropylène PP $H-(CH_2-CH(CH_3))_n-H$	Plomberie
Chlorure de vinyle $H_2C=CH-Cl$	Polychlorure de vinyle PVC $H-(CH_2-CH(Cl))_n-H$	Tubes, vêtements
Tétrafluoroéthylène $F_2C=CF_2$	Polytétrafluoroéthylène PTFE $H-(CF_2-CF_2)_n-H$	Plus connu sous le nom de Téflon®

Styrène 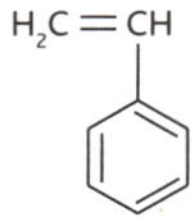	Polystyrène PS 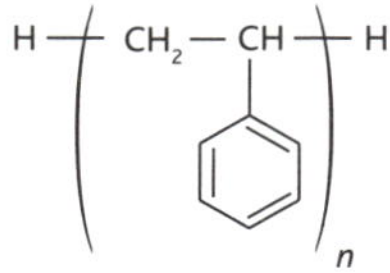	Emballages
Méthacrylate de méthyle 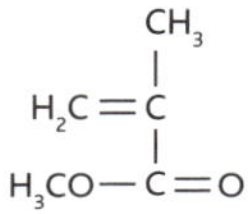	Polyméthacrylate de méthyle PMMA 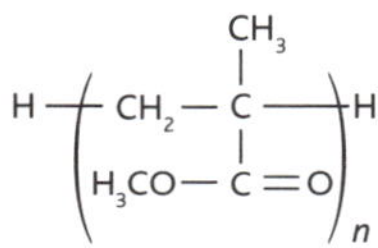	Fabrication du Plexiglas®
Acides aminés 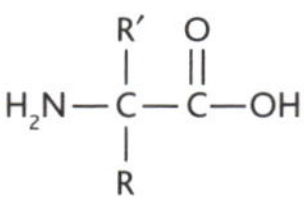	Polyamides 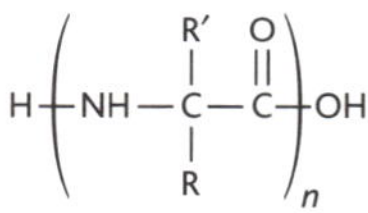	Fibres synthétiques, dont le nylon

Dans la formule du polymère, *n* est appelé **degré de polymérisation**, c'est-à-dire le nombre de fois où le motif se répète dans la macromolécule (*n* très grand).

EXERCICE TYPE CORRIGÉ

Quel monomère donne le polymère suivant 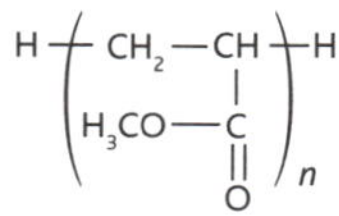 ?

Corrigé

Un polymère s'obtient à partir de l'addition d'une très grande quantité de monomère. Les réactions d'addition nécessitant la présence d'une double liaison, un monomère doit contenir une insaturation. D'après la formule du polymère, les molécules s'additionnent sur les carbones en rouge de la représentation ci-après : 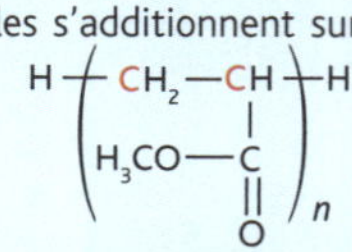 . C'est donc entre ces deux atomes qu'est située la double liaison du monomère. Le monomère est donc le but-3-ène-2-one $H_2C{=}CH{-}C({=}O){-}OCH_3$.

Optimisation d'une étape de synthèse

LE COURS

Rendement d'une synthèse

On appelle **rendement *r*** d'une synthèse le rapport entre la quantité de matière de produit effectivement obtenu n_{exp} après purification et la quantité de matière maximale qui pourrait se former n_{max} :

$$r = \frac{n_{exp}}{n_{max}}$$

Il peut aussi être déterminé à partir des masses obtenue m_{exp} et maximale m_{max} :

$$r = \frac{m_{exp}}{m_{max}}$$

Remarque : On peut parfois exprimer le rendement en pourcentage. Pour cela, il suffit de multiplier *r* par 100.

Optimisation d'une synthèse

On peut optimiser une synthèse en travaillant sur deux axes :

– un **axe cinétique** : on peut augmenter (ou diminuer) la vitesse d'une transformation en jouant sur les facteurs cinétiques (voir *fiche 12* – Cinétique chimique 1) telles que la **concentration initiale des réactifs ou la température**. On peut aussi ajouter un **catalyseur** (voir *fiche 12* – Cinétique chimique 1) ;

– un **axe quantitatif** : si on introduit un **réactif en excès**, on déplace l'équilibre de la transformation dans le sens de formation des produits, augmentant ainsi le rendement. Dans ce cas, le réactif en excès sera celui qui est le moins cher, ou bien celui qu'on peut le plus facilement récupérer. On peut aussi **éliminer l'un des produits au fur et à mesure de sa formation**, augmentant ainsi le rendement par déplacement d'équilibre.

EXERCICE TYPE CORRIGÉ

La fluorescéine a été découverte et synthétisée en 1871 par Adolf von Baeyer à partir de résorcine et d'anhydride phtalique. On se propose d'étudier un extrait du protocole de synthèse :

- Broyer 3,30 g de résorcine et 2,00 g d'anhydride phtalique.
- Les introduire dans un ballon de 100 mL et placer l'ensemble dans un bain d'huile thermostaté à 180 °C.
- Ajouter quelques gouttes d'acide sulfurique concentré.

Données :

- L'équation de la réaction de synthèse est :

$2\ C_6H_6O_2 + C_8H_4O_2 \rightarrow C_{20}H_{12}O_4 + 2\ H_2O$.

- Formules brutes et masses molaires associées :

– Résorcine $C_6H_6O_2$ 110 g·mol^{-1}
– Anhydride phtalique $C_8H_4O_3$ 148 g·mol^{-1}
– Fluorescéine $C_{20}H_{12}O_4$ 332 g·mol^{-1}

1. Montrer que la résorcine est introduite en excès.

2. Pourquoi introduire la résorcine en excès ?

3. Quel est le rôle de l'acide sulfurique ?

4. Une masse de 2,47 g de fluorescéine est obtenue. Quel est le rendement de la synthèse ?

Corrigé

1. La quantité de matière de résorcine est :

$$n_{\text{résorcine}} = \frac{m_{\text{résorcine}}}{M_{\text{résorcine}}} = \frac{3,30}{110} = 3,00 \times 10^{-2} \text{ mol.}$$

La quantité de matière d'anhydride phtalique est :

$$n_{\text{anhydride}} = \frac{m_{\text{anhydride}}}{M_{\text{anhydride}}} = \frac{2,00}{148} = 1,35 \times 10^{-2} \text{ mol.}$$

Le coefficient stœchiométrique de la résorcine étant de 2, il en faut deux pour une molécule d'anhydride phtalique. Pour consommer tout l'anhydride, il faut donc $2 \times n_{\text{anhydride}} = 2,70 \times 10^{-2}$ mol de résorcine. On en a $3,00 \times 10^{-2}$ mol : **la résorcine est donc en excès.**

2. Introduire un réactif en excès décale l'équilibre dans le sens de formation des produits. Ainsi, on augmente le rendement.

3. **L'acide sulfurique est un catalyseur** de la transformation, il augmente la vitesse de la réaction.

4. Le réactif limitant de cette transformation est l'anhydride phtalique. Par conséquent, les coefficients stœchiométriques de l'anhydride et de la fluorescéine étant égaux, on a :

$$n_{\text{fluorescéine}} = n_{\text{anhydride}} = 1,35 \times 10^{-2} \text{ mol.}$$

La masse maximale de fluorescéine que l'on peut former est donc :

$$m_{\text{fluorescéine}} = n_{\text{fluorescéine}} \times M_{\text{fluorescéine}} = 1,35 \times 10^{-2} \times 332 = 4,48 \text{ g.}$$

Le rendement de cette transformation est donc :

$$r = \frac{m_{\text{expérience}}}{m_{\text{fluorescéine}}} = \frac{2,47}{4,48} = 0,551, \text{ soit } \mathbf{55,1\ \%}.$$

Stratégie de synthèse multi-étapes (1)

LE COURS

- Une **synthèse chimique** est le processus d'enchaînement de réactions chimiques permettant d'obtenir un produit souhaité.
- Il existe trois types de chaînes carbonées :
  - les **chaînes linéaires** pour lesquelles les atomes de carbone sont sur une seule chaîne ;
  - les **chaînes ramifiées** pour lesquelles des atomes d'hydrogène sont remplacés par des atomes de carbone ;
  - les **chaînes cycliques**.

Chacune de ces chaînes peut aussi être saturée ou insaturée (présence ou non de double liaison).

- Il existe différents types de réaction, en fonction des réactifs et des produits :
  - une **réaction acide-base** s'il y a un transfert d'ions hydrogène entre les réactifs ;
  - une **réaction d'oxydo-réduction** s'il y a transfert d'électrons entre les réactifs ;
  - une **réaction de substitution** si un atome ou groupe d'atomes (lié à un carbone par une liaison simple) est remplacé par un autre.

Exemple :

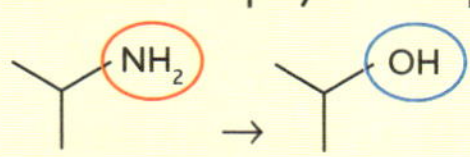

  - une **réaction d'addition** si des atomes ou groupes d'atomes sont ajoutés à une molécule possédant une insaturation.

Exemple :

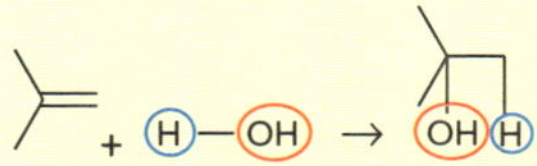

  - une **réaction d'élimination** si des atomes ou groupes d'atomes sont ôtés à une molécule en créant une insaturation ou une cyclisation.

Exemple :

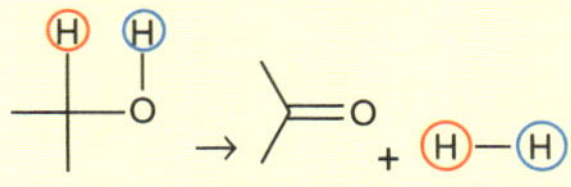

On appelle **insaturation** une double ou une triple liaison.

EXERCICE TYPE CORRIGÉ

Indiquer de quel type de transformation il s'agit dans chacun des exemples ci-dessous :

1. $CH_2{=}CH{-}CH_3 + H_2O \rightarrow HO{-}CH_2{-}CH_2{-}CH_3$.
2. $MnO_4^- + 5Fe^{2+} + 8H^+ \rightarrow Mn^{2+} + 5Fe^{3+} + 4H_2O$.
3. $HO{-}CH_2{-}CH_2{-}CH_3 \rightarrow CH_2{=}CH{-}CH_3 + H_2O$.
4. $C_6H_5{-}COOH + NH_3 \rightarrow C_6H_5{-}COO^- + NH_4^+$.
5. $CH_3{-}CH_2{-}OH + I^- \rightarrow CH_3{-}CH_2{-}I + HO^-$.

Corrigé

1. Cette transformation est une **transformation d'addition**. En effet, on a ajouté à chacun des atomes de carbone de la double liaison des fragments de la molécule d'eau :

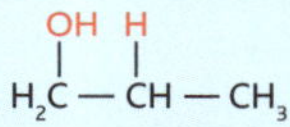

2. Cette transformation est une **transformation d'oxydoréduction**, car, pour passer de Fe^{2+} à Fe^{3+}, l'élément fer doit perdre un électron, il doit s'oxyder.

3. Cette transformation est une **transformation d'élimination**. En effet, on a retiré le groupement OH du premier atome de carbone et un atome d'hydrogène du deuxième atome de carbone et, par conséquent, créé une double liaison entre ces deux atomes de carbone.

4. Cette transformation est une **transformation acide-base**, car, pour passer des réactifs aux produits, il y a un transfert d'ion hydrogène H^+ :

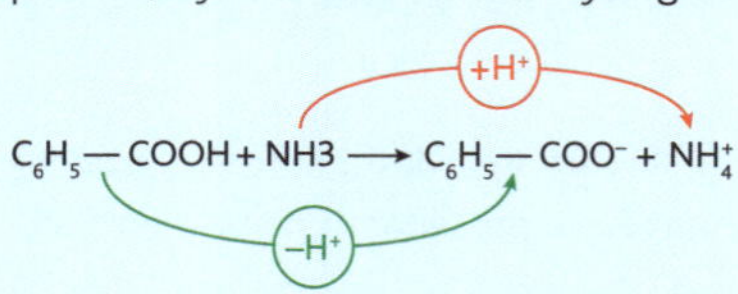

5. Cette transformation est une **transformation de substitution**. En effet, dans cette molécule, on a remplacé un groupement –OH par un groupement –I :

$$CH_3{-}CH_2{-}\text{(OH)} \longrightarrow CH_3{-}CH_2{-}\text{(I)}$$

Stratégie de synthèse multi-étapes (2)

LE COURS

• Il existe différents types de modification des réactifs :

– une **modification de chaîne** : on réalise une modification de chaîne si la transformation utilisée **modifie la chaîne carbonée** de la molécule. On a 3 possibilités de modification :

▶ avec conservation du nombre d'atomes de carbone. C'est alors le type de chaîne qui est modifié.

▶ avec diminution du nombre d'atomes de carbone. On a un raccourcissement de la chaîne.

▶ avec augmentation du nombre d'atomes de carbone. On a alors un allongement de la chaîne carbonée.

– une **modification de groupe caractéristique** : on réalise une modification de groupe caractéristique lorsque la transformation utilisée ajoute, enlève ou remplace un groupe caractéristique sans modifier la chaîne carbonée.

• Au cours des différentes étapes d'une synthèse, on peut avoir besoin de ne modifier qu'une partie de la molécule. Malheureusement, le réactif utilisé peut réagir avec plusieurs fonctions. On doit alors **protéger les fonctions qu'on ne veut pas modifier**. On va ainsi utiliser des réactions réversibles pour protéger les fonctions que l'on souhaite garder, puis faire réagir celles que l'on veut modifier. Une fois la transformation faite, il suffit de déprotéger les fonctions que l'on a bloquées.

• **Synthèses éco-responsables** : afin d'avoir des synthèses plus soucieuses de l'environnement, on recherche de nouvelles voies de synthèse qui vont permettre d'économiser les atomes en limitant le nombre de réactifs, d'utiliser des solvants moins polluants et en plus petite quantité, d'économiser l'énergie nécessaire grâce à l'emploi de biocatalyseurs par exemple. On essaiera le plus possible d'utiliser des agroressources, de valoriser les sous-produits et d'imaginer des voies de recyclage, en s'appuyant tant que faire se peut sur la chimie verte.

EXERCICE TYPE CORRIGÉ

Considérons la synthèse de l'aspirine :

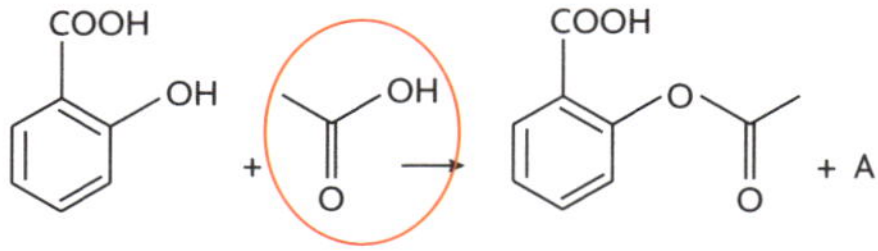

1. Identifier le produit formé A.
2. Identifier les groupes caractéristiques de chaque molécule.
3. Représenter la formule semi-développée de la molécule entourée et la nommer.
4. Cette transformation est-elle une transformation de modification de chaîne ou de groupe fonctionnel ?
5. De quel type de transformation s'agit-il ?
6. Pourquoi introduit-on un des réactifs en excès ?

Corrigé

1. Dans les réactifs, il y a 9 atomes de carbone, 10 atomes d'hydrogène et 5 atomes d'oxygène. Dans les produits, il y a 9 atomes de carbone, 8 atomes d'hydrogène et 4 atomes d'oxygène. Pour équilibrer l'équation, A doit contenir 2 atomes d'hydrogène et un atome d'oxygène. **Le produit formé A** est donc **l'eau H_2O**.

2.

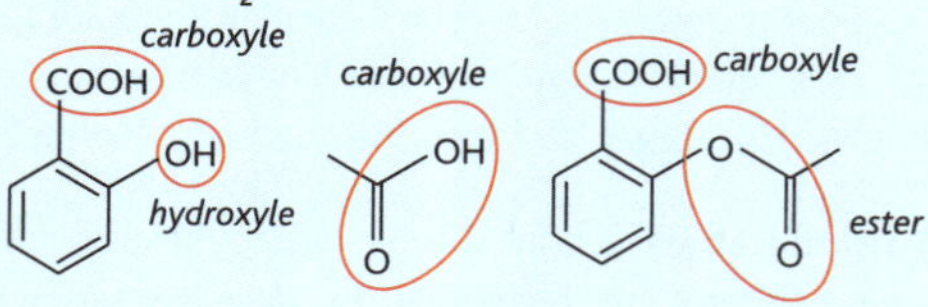

3. La formule semi-développée de la molécule entourée est

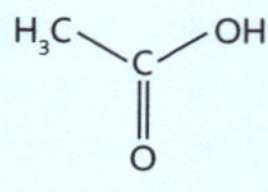

: c'est **l'acide éthanoïque**.

4. Cette transformation allonge la chaîne carbonée : c'est donc une **transformation de modification de chaîne**.

5. On a remplacé un atome d'hydrogène par un groupement $—CO—CH_3$: c'est donc une **transformation de substitution**.

6. Un des réactifs est introduit en excès afin de déplacer l'équilibre et **améliorer le rendement de la transformation**.

SUJET DU BAC

Révisez les points clés des fiches 22 à 28

EXERCICE 5 points 50 min

Chimie organique

L'additif alimentaire E1504 est un liquide couramment utilisé par l'industrie agroalimentaire dans certains arômes fruités. On l'emploie également comme solvant pour les vernis à ongles et certaines colles, en raison de sa faible nocivité et de sa volatilité importante.

Sa synthèse est facilement réalisable au laboratoire selon l'équation de réaction suivante :

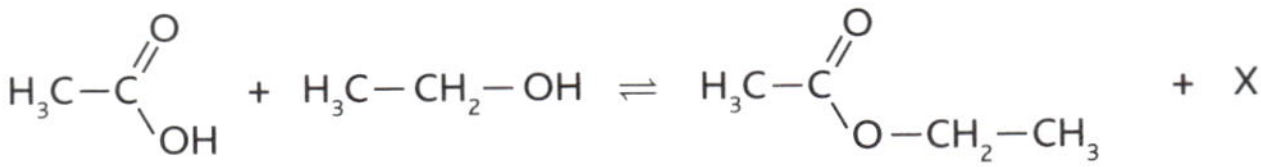

A B C

1 Étude de la réaction

1.1. Identifier l'espèce X

1.2. Nommer A, B et C dans la nomenclature officielle.

1.3. Identifier la catégorie de cette réaction (addition, élimination, substitution).

1.4. Donner la signification de la double flèche $\rightleftharpoons$.

2 Analyse d'un protocole

Un exemple de protocole expérimental est décrit ci-dessous :

Étape 1. Dans un ballon de 100 mL, introduire un mélange équimolaire de 0,10 mol de A et 0,10 mol de B. Y ajouter 0,5 mL d'acide sulfurique concentré (H_2SO_4) et quelques grains de pierre ponce. Porter le mélange à ébullition dans un dispositif de chauffage à reflux pendant 30 minutes.

Étape 2. Laisser refroidir le mélange réactionnel à l'air ambiant, puis dans un bain d'eau froide. Verser le contenu du ballon dans une ampoule à décanter contenant environ 50 mL d'eau salée. Agiter prudemment quelques instants en dégazant régulièrement, puis éliminer la phase aqueuse.

Étape 3. Ajouter alors à la phase organique 60 mL d'une solution aqueuse d'hydrogénocarbonate de sodium ($Na^+_{(aq)} + HCO^-_{3(aq)}$) de concentration molaire 1 $mol.L^{-1}$.

Laisser dégazer et décanter, puis éliminer la phase aqueuse. Recueillir la phase organique dans un bécher.

Sécher cette phase avec du chlorure de calcium anhydre, puis filtrer.

Recueillir le filtrat dans un erlenmeyer propre et sec.

Données :

- L'acide sulfurique est un diacide fort.
- Couples acide/base de l'ion hydrogénocarbonate : $CO_2,H_2O \setminus HCO_3^-$; $HCO_3^- \setminus CO_3^{2-}$.

	A	B	C	eau
Masse molaire ($g.mol^{-1}$)	60,0	46,1	88,1	18
Masse volumique ($g.mL^{-1}$)	1,05	0,789	0,925	1,00
Température d'ébullition (°C)	118	78,4	77,1	100
Solubilité dans l'eau	très grande	très grande	faible	
Solubilité dans l'eau salée	très grande	très grande	presque nulle	

2.1. Proposer un titre pour nommer chacune des trois étapes du protocole.

2.2. Faire le schéma légendé du dispositif expérimental utilisé à l'étape 1.

2.3. Justifier, en argumentant avec une équation de réaction si cela est nécessaire, le choix dans ce protocole des conditions opératoires suivantes :

- ajout d'acide sulfurique concentré ;
- chauffage à reflux ;
- mélange avec de l'eau salée ;
- ajout d'une solution aqueuse d'hydrogénocarbonate de sodium ;
- ajout du chlorure de calcium anhydre et filtration.

2.4. Déterminer le volume de A utilisé lors de ce protocole.

2.5. Déterminer la position de la phase aqueuse dans l'étape 2.

2.6. Proposer une méthode de vérification de la pureté du produit formé (aucun protocole n'est attendu).

3 Rendement

Une synthèse réalisée au laboratoire en suivant le protocole a permis d'obtenir une masse de filtrat égale à 5,3 g.

3.1. Définir, puis calculer le rendement de cette synthèse.

3.2. Proposer deux explications au fait que le rendement soit inférieur à 100 %.

3.3. Proposer une méthode permettant d'augmenter le rendement de la réaction sans modifier le dispositif de chauffage.

3.4. Il est courant de remplacer le chauffage à reflux par un montage de distillation fractionnée pour augmenter le rendement de ce type de synthèse. Cette solution est-elle envisageable ici ? Justifier.

Corrigé

1.1. La conservation de la matière implique que X soit composé de 2 atomes d'hydrogène et de 1 atome d'oxygène : il s'agit de l'**eau H_2O**.
Remarque : ici, l'eau n'est pas le solvant, mais un produit de la réaction.

1.2. **A : acide éthanoïque ; B : éthanol ; C : éthanoate d'éthyle (ester)**.

1.3. Cette réaction est une **substitution** car un atome H est remplacé par CH_3CH_2.

1.4. La double flèche $\rightleftharpoons$ signifie que la **transformation** est **limitée** (non totale) : elle conduit à un équilibre dynamique où la composition du système n'évolue plus, mais où les réactions en sens direct et en sens inverse continuent de se produire mais leurs effets se compensent.

2.1. Étape 1 : **synthèse** du produit brut ; étape 2 : **extraction** du produit brut ; étape 3 : **purification** du produit.

2.2. Voir montage ci-dessous.

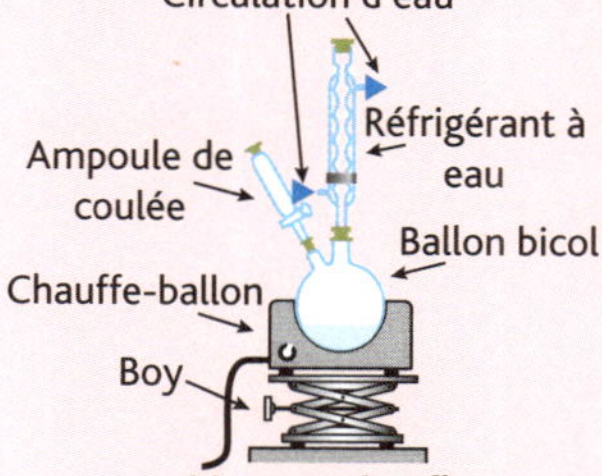

Montage à reflux

2.3. • L'acide sulfurique est un **catalyseur** de la réaction (sa présence réduit la durée de la réaction) ; en effet, le protocole demande d'en ajouter, mais celui-ci n'apparaît pas dans l'équation de la réaction.

• Le chauffage à reflux sert à **réduire la durée de réaction** (facteur cinétique : température) tout en évitant les pertes par ébullition (les vapeurs se condensent et retombent dans le milieu réactionnel).

• Le mélange avec de l'eau salée permet de réaliser une **extraction liquide-liquide**, c'est-à-dire de séparer l'ester C du milieu réactionnel car celui-ci n'est pas soluble dans l'eau salée, tandis que les acides, l'alcool et l'eau sont très solubles dans l'eau salée.

• L'ajout d'une solution aqueuse d'hydrogénocarbonate de sodium permet **d'éliminer les traces d'acides** (éthanoïque et sulfurique) restant dans la phase organique selon l'équation de réaction :

$H^+_{(aq)} + HCO^-_{3(aq)} \rightarrow H_2O,CO_{2(aq)}$ (d'où un dégagement gazeux de CO_2)

Remarque : il était possible d'écrire directement la réaction entre l'acide éthanoïque ou l'acide sulfurique avec l'ion hydrogénocarbonate :

$C_2H_4O_{2(aq)} + HCO^-_{3(aq)} \rightarrow C_2H_3O^-_{2\,(aq)} + H_2O,CO_{2(aq)}$

$H_2SO_{4(\ell)} + 2\ HCO^-_{3(aq)} \rightarrow 2\ H_2O,CO_{2(aq)}$

• L'ajout du chlorure de calcium anhydre sert à **éliminer les traces d'eau** dans la phase organique (séchage de la phase organique) et la filtration permet de **retirer le chlorure de calcium** de la phase organique.

2.4. Par définition, $n(\text{A})_i = \dfrac{m(\text{A})_i}{M(\text{A})} = \dfrac{\rho(\text{A}) \times V(\text{A})}{M(\text{A})}$

donc $\mathbf{V(A)} = \dfrac{n(\text{A})_i \times M(\text{A})}{\rho(\text{A})} = \dfrac{0{,}10 \text{ mol} \times 60{,}0 \text{ g.mol}^{-1}}{1{,}05 \text{ g.mL}^{-1}} = \mathbf{5{,}7\ mL}$.

2.5. La phase aqueuse contenant principalement de l'eau salée, sa densité (bien supérieure à 1) est supérieure à celle de la phase organique contenant principalement l'ester C (de densité 0,925) : la **phase aqueuse** est donc la **phase inférieure**.

2.6. Pour vérifier la pureté du produit formé (qui est un liquide), on peut :
– **faire une CCM** en comparant avec un échantillon de référence ;
– **mesurer la masse volumique** du produit purifié...

3.1. • Par définition du rendement : $r = \dfrac{n(\text{produit})_{exp}}{n(\text{produit})_{max}}$; ici, $\boldsymbol{r} = \dfrac{\boldsymbol{n(\text{C})_{exp}}}{\boldsymbol{n(\text{C})_{max}}}$.

• $n(\text{C})_{exp} = \dfrac{m(\text{C})_{exp}}{M(\text{C})} = \dfrac{5{,}3}{88{,}1} = 6{,}0 \times 10^{-2}$ mol.

• $\dfrac{n(\text{A})_i}{1} = \dfrac{n(\text{B})_i}{1} = 0{,}10$ mol : les réactifs sont introduits dans les proportions stœchiométriques. Les deux réactifs sont limitants.

On en déduit que : $\dfrac{n(\text{C})_{max}}{1} = \dfrac{n(\text{A})_i}{1} = 0{,}10$ mol.

• **Conclusion** : $\boldsymbol{r} = \dfrac{6{,}0 \times 10^{-2}}{0{,}10} = 0{,}60 = \mathbf{60\ \%}$.

3.2. Le rendement est inférieur à 100 % car :
– il y a des **pertes** lors des étapes d'extraction (isolement) et de purification ;
– la **transformation** est **limitée** (équilibre dynamique).

3.3. On peut augmenter le rendement de la réaction en introduisant l'un des réactifs A ou B en excès pour déplacer l'équilibre dans le sens direct.

3.4. Un montage de distillation fractionnée permet d'éliminer l'espèce dont la température d'ébullition est la plus faible. Si l'on veut augmenter le rendement, il faut éliminer un des produits (cela empêche la réaction en sens inverse de se produire). Cela n'est pas possible ici car la température d'ébullition de C (produit) est trop proche de celle de B (réactif).

Décrire un mouvement (1)

LE COURS

Vecteur position

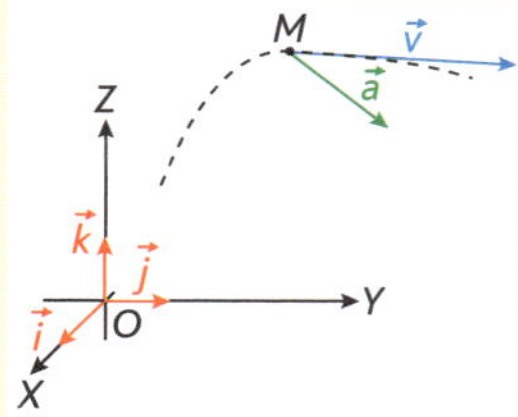

Considérons un système ponctuel, noté M, en mouvement ou immobile dans un référentiel $(O\,;\vec{i},\vec{j},\vec{k})$. On définit ainsi, en se servant de l'origine O du référentiel, le **vecteur position $\overrightarrow{OM}(t)$**, que l'on écrit, en fonction de ses coordonnées :

$$\overrightarrow{OM}(t)\begin{pmatrix} x(t) \\ y(t) \\ z(t) \end{pmatrix} \text{ ou encore } \overrightarrow{OM}(t) = x(t)\cdot\vec{i} + y(t)\cdot\vec{j} + z(t)\cdot\vec{k}$$

Vecteur vitesse

• **Le vecteur vitesse instantanée $\vec{v}(t)$ correspond à la dérivée par rapport au temps du vecteur position $\vec{v}(t) = \dfrac{d\overrightarrow{OM}(t)}{dt}$**. Les coordonnées du vecteur vitesse sont :

$$\vec{v}(t)\begin{pmatrix} v_x(t) \\ v_y(t) \\ v_z(t) \end{pmatrix} \text{ ou } \vec{v}(t) = v_x(t)\cdot\vec{i} + v_y(t)\cdot\vec{j} + v_z(t)\cdot\vec{k}$$

ou encore $\vec{v}(t) = \dfrac{dx(t)}{dt}\cdot\vec{i} + \dfrac{dy(t)}{dt}\cdot\vec{j} + \dfrac{dz(t)}{dt}\cdot\vec{k}$, car $v_x(t) = \dfrac{dx(t)}{dt}$, $v_y(t) = \dfrac{dy(t)}{dt}$ et $v_z(t) = \dfrac{dz(t)}{dt}$, avec $\dfrac{dx(t)}{dt}$ représentant la dérivée par rapport au temps de la coordonnée $x(t)$ du vecteur position, $\dfrac{dy(t)}{dt}$ …

• Le vecteur vitesse est toujours tangent à la trajectoire et dirigé dans le sens du mouvement.

Vecteur accélération

Le vecteur accélération $\vec{a}(t)$ correspond à la dérivée par rapport au temps du vecteur vitesse $\vec{a}(t) = \dfrac{d\vec{v}(t)}{dt} = \dfrac{d^2\overrightarrow{OM}(t)}{dt^2}$, avec $\dfrac{d^2\overrightarrow{OM}(t)}{dt^2}$ dérivée seconde du vecteur position par rapport au temps. Les coordonnées du vecteur accélération sont ainsi :

$$\vec{a}(t)\begin{pmatrix} a_x(t) \\ a_y(t) \\ a_z(t) \end{pmatrix} \quad \text{ou} \quad \vec{a}(t) = a_x(t)\cdot\vec{i} + a_y(t)\cdot\vec{j} + a_z(t)\cdot\vec{k}$$

ou encore $\vec{a}(t) = \frac{dv_x(t)}{dt}\cdot\vec{i} + \frac{dv_y(t)}{dt}\cdot\vec{j} + \frac{dv_z(t)}{dt}\cdot\vec{k}$

$$= \frac{d^2x(t)}{dt^2}\cdot\vec{i} + \frac{d^2y(t)}{dt^2}\cdot\vec{j} + \frac{d^2z(t)}{dt^2}\cdot\vec{k},$$

avec $\frac{dv_x(t)}{dt}$ représentant la dérivée par rapport au temps de la coordonnée $v_x(t)$ du vecteur vitesse et avec $\frac{d^2x(t)}{dt^2}$ représentant la dérivée seconde par rapport au temps de la coordonnée $x(t)$ du vecteur position, etc.

EXERCICE TYPE CORRIGÉ

Lors des championnats de France de pétanque, on a enregistré à l'aide d'un smartphone la phase de « pointer ». On a ensuite, grâce à un logiciel de pointage, repéré la position de la boule au cours de son mouvement. L'origine du repère $(O\,;\,\vec{i}\,,\vec{j}\,)$ utilisé est située au pied du joueur, l'axe horizontal orienté dans le sens du jeu et l'axe vertical orienté vers le haut. La masse de la boule est de 700 g.

Après traitement des pointages, par un logiciel dédié, on obtient les équations paramétriques suivantes :

$$y(t) = -4{,}9 \times t^2 + 6{,}8 \times t + 1{,}4 \quad \text{et} \quad x(t) = 6{,}4 \times t + 0{,}8$$

1. Déterminer les coordonnées du vecteur vitesse.
2. Déterminer les coordonnées du vecteur accélération.

Corrigé

1. Grâce aux équations du mouvement, on sait que les coordonnées du vecteur position sont $\overrightarrow{OM}(t)\begin{pmatrix} 6{,}4 \times t + 0{,}8 \\ -4{,}9 \times t^2 + 6{,}8 \times t + 1{,}4 \end{pmatrix}$. Ainsi, en dérivant par rapport au temps, on obtient le vecteur vitesse de coordonnées :

$v_x(t) = \frac{dx(t)}{dt} = \frac{d(6{,}4 \times t + 0{,}8)}{dt} = 6{,}4$;

$v_y(t) = \frac{dy(t)}{dt} = \frac{d(-4{,}9 \times t^2 + 6{,}8 \times t + 1{,}4)}{dt} = -9{,}8 \times t + 6{,}8$.

Les coordonnées du vecteur vitesse sont donc $\vec{v}(t)\begin{pmatrix} \mathbf{6{,}4} \\ \mathbf{-9{,}8 \times t + 6{,}8} \end{pmatrix}$.

2. En dérivant une seconde fois par rapport au temps, on obtient le vecteur accélération. Ainsi,

$a_x(t) = \frac{dv_x}{dt} = \frac{d(6{,}4)}{dt} = 0$; $a_y(t) = \frac{dv_y}{dt} = \frac{d(-9{,}8 \times t + 6{,}8)}{dt} = -9{,}8$.

Les coordonnées du vecteur accélération sont donc $\vec{a}\begin{pmatrix} \mathbf{0} \\ \mathbf{-9{,}8} \end{pmatrix}$.

Décrire un mouvement (2)

LE COURS

Repère de Frenet

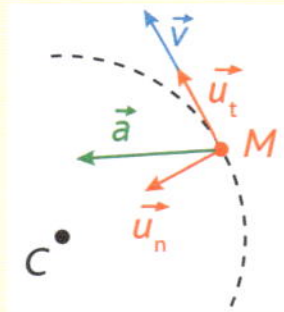

Dans le cas de mouvements circulaires, on utilise un repère « tournant », qui se déplace en même temps que le système sur sa trajectoire. Ce repère, dit **repère de Frenet**, est défini par une origine M (position du mobile à l'instant t) et deux vecteurs unitaires, $\vec{u}_n$ (ou vecteur normal, dirigé vers le centre de la trajectoire) et $\vec{u}_t$ (ou vecteur tangentiel, tangent à la trajectoire, dans le sens du mouvement), et noté $(M\,;\,\vec{u}_t,\,\vec{u}_n)$.

• Le vecteur vitesse étant toujours tangent à la trajectoire, il est dirigé suivant $\vec{u}_t$:

$$\vec{v}(t)\begin{pmatrix} v_t = v \\ v_n = 0 \end{pmatrix} \quad \text{ou} \quad \vec{v}(t) = v\cdot\vec{u}_t$$

• Les coordonnées du vecteur accélération dans ce repère sont :

$$\vec{a}(t)\begin{pmatrix} a_t = \dfrac{dv}{dt} \\ a_n = \dfrac{v^2}{R} \end{pmatrix} \quad \text{ou} \quad \vec{a}(t) = \frac{dv}{dt}\cdot\vec{u}_t + \frac{v^2}{R}\cdot\vec{u}_n,$$

avec R le rayon de la trajectoire, $\dfrac{dv}{dt}$ la dérivée par rapport au temps de la vitesse et v la norme du vecteur vitesse.

Quelques mouvements particuliers

Mouvements	Caractéristiques du vecteur accélération
Rectiligne	Il garde une direction constante, celle de la trajectoire.
Rectiligne uniforme	Il est égal au vecteur nul.
Rectiligne uniformément accéléré	Il est égal à un vecteur constant, dont la direction est celle de la trajectoire. Si c'est un mouvement accéléré, les vecteurs vitesse et accélération sont dans le même sens. Ils sont en sens opposé si le mouvement est ralenti.
Circulaire	Il est dirigé vers l'intérieur de la trajectoire. Si le mouvement est accéléré, l'angle entre les vecteurs vitesse et accélération est inférieur à 90°. L'angle est supérieur à 90° si le mouvement est ralenti.
Circulaire uniforme	Il est dirigé vers le centre de la trajectoire et est normal au vecteur vitesse.

EXERCICE TYPE CORRIGÉ

On considère que le mouvement de la Lune autour de la Terre est un mouvement circulaire uniforme centré sur le centre de la Terre. On considérera que la Lune n'est soumise qu'à une force, la force d'interaction gravitationnelle $\vec{F}$ exercée par la Terre.

1. Faire un schéma de la situation, sans souci d'échelle, en représentant la force d'interaction gravitationnelle.

2. Déterminer, de façon littérale, les coordonnées du vecteur vitesse de la Lune.

3. Déterminer, de façon littérale, les coordonnées du vecteur accélération de la Lune.

Données :

- Distance Terre-Lune : D_{TL}.
- Période orbitale de la Lune : T_L.

Corrigé

1. Schéma :

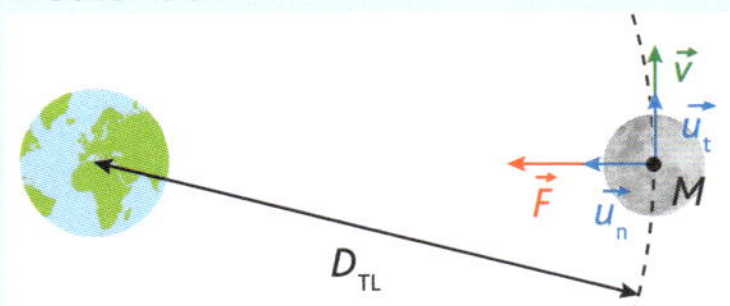

2. La trajectoire de la Lune étant circulaire, on utilisera le repère de Frenet $(M ; \vec{u}_t, \vec{u}_n)$.

Dans ce repère, les coordonnées du vecteur vitesse sont $\vec{v}(t)\begin{pmatrix} v_t = v \\ v_n = 0 \end{pmatrix}$.

Le mouvement étant uniforme, cela signifie que la vitesse est constante et donc que la vitesse instantanée est égale à la vitesse moyenne. Ainsi, $v = \dfrac{d}{\Delta t}$ avec d la distance parcourue et Δt la durée de ce parcours. La Lune parcourt son orbite pendant une durée T_L, ainsi $v = \dfrac{2\pi \times D_{TL}}{T_L}$ et donc $\boldsymbol{\vec{v}(t)}\begin{pmatrix} \dfrac{2\pi \times D_{TL}}{T_L} \\ 0 \end{pmatrix}$.

3. Le mouvement étant circulaire uniforme, les coordonnées du vecteur accélération de la Lune sont $\vec{a}(t)\begin{pmatrix} a_t = 0 \\ a_n = \dfrac{v^2}{R} \end{pmatrix}$ avec R le rayon de la trajectoire, soit D_{TL}. On obtient donc ici :

$$\vec{a}(t)\begin{pmatrix} a_t = 0 \\ a_n = \dfrac{\left(\dfrac{2\pi \times D_{TL}}{T_L}\right)^2}{D_{TL}} \end{pmatrix}, \text{ soit } \boldsymbol{\vec{a}(t)}\begin{pmatrix} \mathbf{0} \\ \dfrac{4\pi^2 \times D_{TL}}{T_L^2} \end{pmatrix}.$$

Deuxième loi de Newton

LE COURS

Centre de masse et centre d'inertie d'un système

Le centre de masse correspond au point particulier du système où s'applique le poids, alors que le centre d'inertie correspond au point d'application des forces à distance. Dans la plupart des études, le centre de masse et le centre d'inertie du système sont confondus.

Référentiels galiléens

- Un référentiel galiléen est un référentiel dans lequel le principe d'inertie s'applique, à savoir que si aucune force ne s'applique sur un corps, ou si celles-ci se compensent, le mouvement de ce corps est un mouvement rectiligne uniforme.
- Tous les référentiels galiléens sont en mouvement de translation rectiligne les uns par rapport aux autres. Tous les référentiels usuels ne sont pas galiléens dans l'absolu, mais ils peuvent être considérés comme quasiment galiléens pour des durées variant de cinq minutes pour le référentiel terrestre, à une journée pour le référentiel géocentrique.

Deuxième loi de Newton

- La **deuxième loi de Newton, ou principe fondamental de la dynamique**, va permettre de déterminer quel va être le mouvement d'un système si on connaît les forces qui agissent sur lui, ou bien, de prédire quelles sont les forces qui agissent sur un système par la connaissance de son mouvement. **Dans un référentiel galiléen, la somme vectorielle des forces extérieures qui s'appliquent sur un système est égale au produit de la masse du système par le vecteur accélération du centre d'inertie du système :**

$$\sum \vec{F}_{ext} = m \times \vec{a}$$

- Ainsi, la première loi de Newton, ou principe d'inertie, est un cas particulier de la deuxième loi de Newton. En effet, si les forces se compensent, alors la somme vectorielle de ces forces est égale au vecteur nul, et donc l'accélération est égale au vecteur nul, le mouvement est un mouvement rectiligne uniforme.

EXERCICE TYPE CORRIGÉ

Considérons un skieur de masse $m = 80$ kg, tracté par un remonte-pente, sans frottement, sur une piste inclinée faisant un angle $\alpha = 30°$ par rapport à l'horizontale. On suppose la direction de la force exercée par le remonte-pente parallèle au sol. Dans un repère avec l'axe (Ox) parallèle au sol et orienté vers le sommet de la piste, les coordonnées du vecteur accélération du centre de masse du skieur sont $\vec{a}\begin{pmatrix} 0,5 \\ 0 \end{pmatrix}$.

Donnée : On prendra g, l'intensité du champ de pesanteur, égale à 9,8 N·kg^{-1}.

1. Faire un bilan des forces s'exerçant sur le skieur.
2. Représenter le schéma de la situation, sans respect d'échelle.
3. Quelle est l'intensité de la force exercée par le remonte-pente ?

Corrigé

1. Il y a trois forces qui s'exercent sur le skieur, **son poids $\vec{P}$, la réaction du support $\vec{R}$ et la force exercée par le remonte-pente $\vec{F}$.**

2. Schéma :

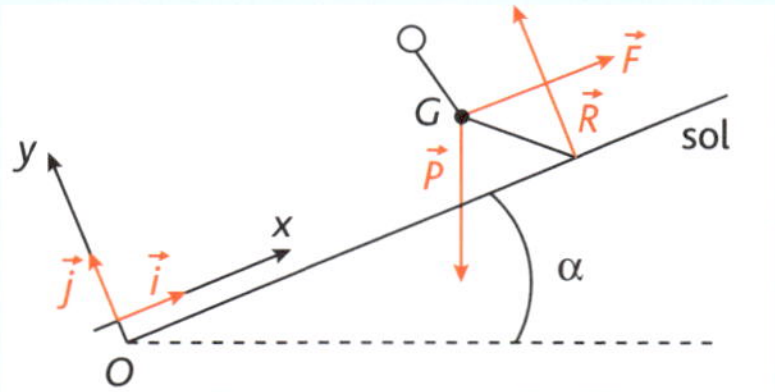

3. *Référentiel d'étude :* référentiel terrestre, supposé galiléen.
Système : skieur de masse $m = 80$ kg.
Bilan des forces : voir question 1.
En utilisant le repère proposé, les coordonnées des différents vecteurs sont :
$\vec{P}\begin{pmatrix} -P \times \sin\alpha \\ -P \times \cos\alpha \end{pmatrix}$, $\vec{F}\begin{pmatrix} F \\ 0 \end{pmatrix}$ et $\vec{R}\begin{pmatrix} 0 \\ R \end{pmatrix}$.
Grâce à la deuxième loi de Newton, ou principe fondamental de la dynamique, on sait que la somme vectorielle des forces extérieures qui s'appliquent au système est égale au produit de la masse du système par le vecteur accélération du centre de masse du système $\boldsymbol{\sum \vec{F}_{ext} = m \times \vec{a}}$.
Ainsi, $\vec{P} + \vec{R} + \vec{F} = m \times \vec{a}$.
En passant aux coordonnées, on a :
$$m \times \vec{a}\begin{pmatrix} a_x \\ a_y \end{pmatrix} = \begin{pmatrix} -P \times \sin\alpha + 0 + F \\ -P \times \cos\alpha + R + 0 \end{pmatrix} = \begin{pmatrix} F - P \times \sin\alpha \\ R - P \times \cos\alpha \end{pmatrix},$$
et par conséquent $80 \times \begin{pmatrix} 0,5 \\ 0 \end{pmatrix} = \begin{pmatrix} 40 \\ 0 \end{pmatrix} = \begin{pmatrix} F - P \times \sin\alpha \\ R - P \times \cos\alpha \end{pmatrix}$.
En utilisant les coordonnées suivant l'axe (Ox), on a donc :
$F - P \times \sin\alpha = 40$, soit $\boldsymbol{F = P \times \sin\alpha + 40}$.
D'où $F = 80 \times 9,8 \times \sin 30 + 40 = \mathbf{4,3 \times 10^2}$ **N.**

Mouvement dans un champ de pesanteur uniforme

LE COURS

Situation étudiée

Dans le **référentiel terrestre** considéré **galiléen**, on étudie le mouvement d'un système assimilé à un point matériel M de masse m dans le cas d'une **chute libre** avec vitesse initiale.

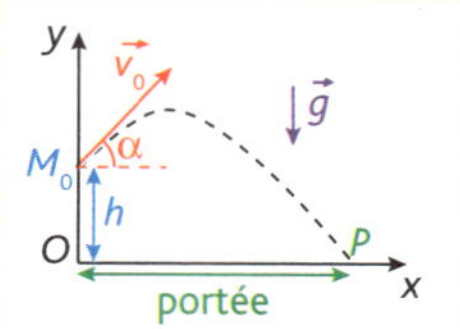

Vecteur champ de pesanteur $\vec{g}\begin{cases} g_x = 0 \\ g_y = -g \end{cases}$

Conditions initiales (C.I.) :

$\overrightarrow{OM_0}\begin{cases} x_0 = 0 \\ y_0 = h \end{cases}$; $\vec{v_0}\begin{cases} v_{0x} = (v_0 \times \cos\alpha) \\ v_{0y} = (v_0 \times \sin\alpha) \end{cases}$

Établissement des équations horaires du mouvement

La **deuxième loi de Newton** ($\sum \vec{F}_{\text{ext}} = m \times \vec{a}$) donne ici

$\vec{P} = m \times \vec{g} = m \times \vec{a}$ donc $\vec{a} = \vec{g}$ soit : $\vec{\boldsymbol{a}}\begin{cases} \boldsymbol{a_x} = \boldsymbol{g_x} = \boldsymbol{0} \\ \boldsymbol{a_y} = \boldsymbol{g_y} = \boldsymbol{-g} \end{cases}$

- $\vec{a}\begin{cases} a_x = 0 \\ a_y = -g \end{cases} \xrightarrow{\vec{a} = \frac{d\vec{v}}{dt} \text{ : on primitive}} \vec{\boldsymbol{v}}\begin{cases} \boldsymbol{v_x} = (\boldsymbol{v_0} \times \boldsymbol{\cos\alpha}) \\ \boldsymbol{v_y} = -\boldsymbol{g} \times \boldsymbol{t} + (\boldsymbol{v_0} \times \boldsymbol{\sin\alpha}) \end{cases}$

- $\vec{v}\begin{cases} v_x = (v_0 \times \cos\alpha) \\ v_y = -g \times t + (v_0 \times \sin\alpha) \end{cases} \xrightarrow[\text{on primitive}]{\vec{v} = \frac{d\overrightarrow{OM}}{dt}:} \overrightarrow{OM}\begin{cases} x(t) = (v_0 \times \cos\alpha) \times t + 0 \\ y(t) = -\frac{1}{2} g \times t^2 + (v_0 \times \sin\alpha) \times t + h \end{cases}$

Équation de la trajectoire

D'où : $\begin{cases} t = \dfrac{x}{(v_0 \times \cos\alpha)} \\ y = -\dfrac{1}{2} g \times \dfrac{x^2}{(v_0 \times \cos\alpha)^2} + (v_0 \times \sin\alpha) \times \dfrac{x}{(v_0 \times \cos\alpha)} + h \end{cases}$

L'équation de la trajectoire est une parabole :

$$\boldsymbol{y(x) = -\frac{1}{2} g \times \frac{x^2}{(v_0 \times \cos\alpha)^2} + (\tan\alpha) \times x + h}.$$

Portée du lancer et durée de la chute

Le système touche le sol (donc $y = 0$) au point P :

- $y(x_P) = 0 = -\dfrac{1}{2} g \times \dfrac{x_P^2}{(v_0 \times \cos\alpha)^2} + (\tan\alpha) \times x_P + h$ à résoudre pour trouver x_P (portée du lancer)

• $y(t_P) = 0 = -\frac{1}{2} g \times t_P^2 + (v_0 \times \sin\alpha) \times t_P + h$ à résoudre pour trouver t_P (durée de la chute)

EXERCICE TYPE CORRIGÉ

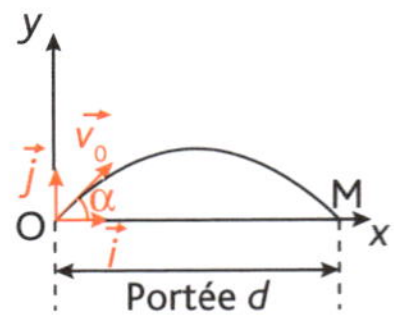

Le mortier d'une galiote pouvait envoyer une bombe de 100 kg à une distance de 3,8 km ; le temps de vol était d'environ 30 s. On souhaite étudier la trajectoire d'une bombe assimilée à un point matériel G. Le repère d'étude est $(O ; \vec{i}, \vec{j})$ et l'origine des dates est choisie à l'instant où la bombe part du point O.
Le vecteur vitesse initiale $\vec{v_0}$ du point G est incliné d'un angle α (appelé angle de tir) par rapport à l'horizontale. Pendant le vol, compte tenu de la masse, de la vitesse et de la forme de la bombe, on fait l'hypothèse que les forces de frottement dans l'air sont négligeables devant le poids.
Donnée : valeur du champ de pesanteur terrestre : $g = 9{,}8 \text{ m·s}^{-2}$; $\alpha = 45°$.

1. Déterminer les coordonnées du vecteur accélération $\vec{a}$.
2. Établir les équations horaires du mouvement.
3. Établir l'équation de la trajectoire.
4. Déterminer l'expression de la portée d en fonction des paramètres du tir.
5. En déduire la valeur de la vitesse initiale v_0.
6. Déterminer la durée de vol théorique de la bombe. Le modèle d'étude proposé est-il validé ou invalidé ?

Corrigé

1., 2. et 3. **Voir résultats du cours avec $h = 0$.**

4. $y(d) = 0 = -\frac{1}{2} g \times \frac{d^2}{(v_0 \times \cos\alpha)^2} + (\tan\alpha) \times d$ (avec $d \neq 0$)

$$\Rightarrow -\frac{1}{2} g \times \frac{d}{(v_0 \times \cos\alpha)^2} + (\tan\alpha) = 0 \Leftrightarrow \boldsymbol{d = \frac{2 \times (\tan\alpha) \times (v_0 \times \cos\alpha)^2}{g}}$$

5. $d = \frac{2 \times (\tan\alpha) \times (v_0 \times \cos\alpha)^2}{g} \Leftrightarrow \boldsymbol{v_0} = \sqrt{\frac{d \times g}{2 \times (\tan\alpha) \times (\cos\alpha)^2}}$

$$= \sqrt{\frac{3{,}8 \times 10^3 \text{ m} \times 9{,}8 \text{ m·s}^{-2}}{2 \times (\tan 45°) \times (\cos 45°)^2}} = \mathbf{1{,}9 \times 10^2 \text{ m·s}^{-1}}$$

6. $y(t_M) = 0 = -\frac{1}{2} g \times t_M^2 + (v_0 \times \sin\alpha) \times t_M$ (avec $t_M \neq 0$)

$$\Rightarrow -\frac{1}{2} g \times t_M + (v_0 \times \sin\alpha) = 0 \Leftrightarrow \boldsymbol{t_M = \frac{2 \times (v_0 \times \sin\alpha)}{g}}$$

$t_M = \frac{2 \times (1{,}9 \times 10^2 \text{ m·s}^{-1} \times \sin 45°)}{9{,}8 \text{ m·s}^{-2}} = \mathbf{27 \text{ s}}$. Cette durée est inférieure (de 10 %) aux 30 secondes annoncées : on peut penser que les frottements ne sont pas négligeables devant le poids.

Mouvement dans un champ électrique uniforme

LE COURS

Champ électrique créé par un condensateur plan

Un condensateur plan est constitué de deux plaques conductrices planes, parallèles et séparées d'une distance d. Lorsqu'on applique une tension électrique U entre les plaques, celles-ci se chargent électriquement et il apparaît entre elles **un champ électrique $\vec{E}$ uniforme** perpendiculaire aux plaques, **dirigé de la plaque chargée positivement vers celle chargée négativement**, et de valeur $E = \dfrac{|U|}{d}$.

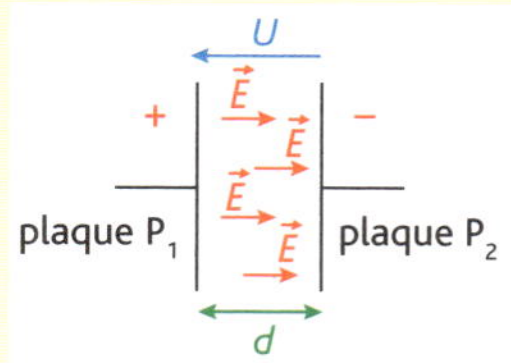

Situation étudiée

Dans le **référentiel terrestre** considéré **galiléen**, on étudie le mouvement d'une particule M de masse m et de charge q arrivant avec une vitesse initiale entre les armatures d'un condensateur plan.

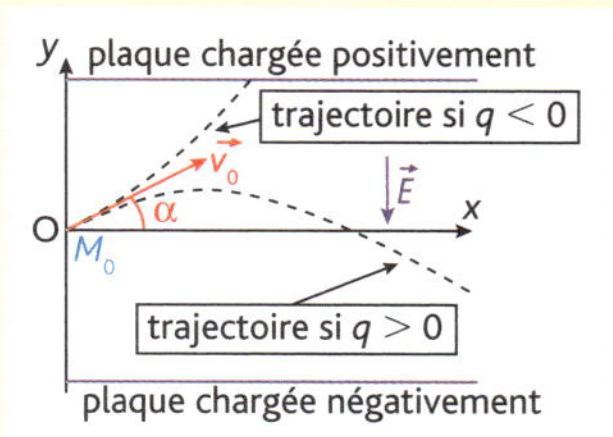

vecteur champ électrique $\vec{E}\begin{cases} E_x = 0 \\ E_y = -E \end{cases}$

Conditions Initiales (C.I.)

$\overrightarrow{OM}\begin{cases} x_0 = 0 \\ y_0 = 0 \end{cases}$ $\vec{v}_0\begin{cases} v_{0x} = (v_0 \times \cos\alpha) \\ v_{0y} = (v_0 \times \sin\alpha) \end{cases}$

Établissement des équations horaires du mouvement

La **2e loi de Newton** donne ici $\vec{F}_e = q \times \vec{E} = m \times \vec{a}$ donc $\vec{a} = \dfrac{q}{m} \times \vec{E}$ soit :

$$\vec{a}\begin{cases} a_x = \dfrac{q}{m} \times E_x = 0 \\ a_y = \dfrac{q}{m} \times E_y = -\dfrac{q \times E}{m} \end{cases}$$

> *Remarque :* le signe − (en violet) provient du sens de $\vec{E}$; si $\vec{E}$ est orienté « vers le haut », − devient +.

$$\vec{a}\begin{cases} a_x = 0 \\ a_y = -\dfrac{q \times E}{m} \end{cases} \xrightarrow[\text{on primitive}]{\vec{a} = \frac{d\vec{v}}{dt}\ :} \vec{v}\begin{cases} v_x = (v_0 \times \cos\alpha) \\ v_y = -\dfrac{q \times E}{m} \times t + (v_0 \times \sin\alpha) \end{cases}$$

$$\vec{v}\begin{cases} v_x = (v_0 \times \cos\alpha) \\ v_y = -\dfrac{q \times E}{m} \times t + (v_0 \times \sin\alpha) \end{cases} \xrightarrow[\text{on primitive}]{\vec{v} = \frac{d\overrightarrow{OM}}{dt}\ :} \overrightarrow{OM}\begin{cases} x(t) = (v_0 \times \cos\alpha) \times t + 0 \\ y(t) = -\dfrac{q \times E}{2m} \times t^2 + (v_0 \times \sin\alpha) \times t + 0 \end{cases}$$

Équation de la trajectoire

D'où : $\begin{cases} t = \dfrac{x}{(v_0 \times \cos\alpha)} \\ y = -\dfrac{q \times E}{2m} \times \dfrac{x^2}{(v_0 \times \cos\alpha)^2} + (v_0 \times \sin\alpha) \times \dfrac{x}{(v_0 \times \cos\alpha)} \end{cases}$

L'équation de la trajectoire est une parabole :

$$\boldsymbol{y(x) = -\frac{q \times E}{2m} \times \frac{x^2}{(v_0 \times \cos\alpha)^2} + (\tan\alpha) \times x}$$

EXERCICE TYPE CORRIGÉ

On étudie la trajectoire d'un électron (de masse m_e et de charge $q = -e$) qui arrive au point O à la date $t = 0$ avec un vecteur vitesse horizontal $\vec{v_0}$ parallèle aux plaques P_1 et P_2 entres lesquelles règne un champ électrique $\vec{E}$.

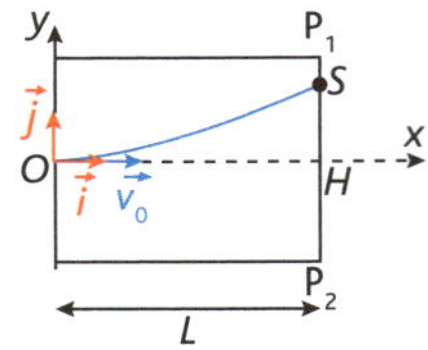

Données : $L = 9{,}0 \times 10^{-2}$ m. $v_0 = 2{,}4 \times 10^7$ m·s^{-1}. $E = 1{,}6 \times 10^4$ V·m^{-1}.

1. Indiquer la direction et le sens du vecteur $\vec{F_e}$ et du vecteur $\vec{E}$ en un point quelconque de la trajectoire. En déduire quelle est la plaque chargée positivement.

2. Déterminer les coordonnées du vecteur accélération $\vec{a}$.

3. Établir les équations horaires du mouvement.

4. Établir l'équation de la trajectoire.

5. À la sortie de la zone entre les plaques, l'électron a subi une déviation verticale SH. On mesure $SH = y_S = 2{,}0 \times 10^{-2}$ m. Déterminer, la valeur du rapport e/m_e de l'électron.

Corrigé

1. Le champ électrique $\vec{E}$ est perpendiculaire aux deux plaques : sa direction est verticale. Vu que la trajectoire de l'électron est courbée vers la plaque P_1 en raison de la force $\vec{F_e}$, cette force a pour sens vers la plaque P_1. Comme $\vec{F_e} = q \times \vec{E} = -e \times \vec{E}$, la direction de $\vec{F_e}$ est verticale et le sens de $\vec{E}$ est vers la plaque P_2. Comme $\vec{E}$ est **dirigé de la plaque chargée positivement vers la plaque chargée négativement**, P_1 est la plaque chargée positivement.

2. et **3. Voir Cours.**

$\vec{a}\begin{cases} a_x = \dfrac{-e}{m_e} \times E_x = 0 \\ a_y = \dfrac{-e}{m_e} \times E_y = +\dfrac{e \times E}{m_e} \end{cases}$. Ici, $\alpha = 0$: $\begin{cases} \boldsymbol{x(t) = v_0 \times t} \\ \boldsymbol{y(t) = \dfrac{e \times E}{2m_e} \times t^2} \end{cases}$

4. En appliquant le cours, on trouve : $\boldsymbol{y(x) = \dfrac{e \times E}{2m_e} \times \dfrac{x^2}{v_0^2}}$

5. $y_S(x_S = L) = \dfrac{e \times E}{2m_e} \times \dfrac{L^2}{v_0^2} \Leftrightarrow \dfrac{e}{m_e} = \dfrac{2y_S \times v_0^2}{E \times L^2}$

$= \dfrac{2 \times 2{,}0 \times 10^{-2} \times (2{,}4 \times 10^7)^2}{1{,}6 \times 10^4 \times (9{,}0 \times 10^{-2})^2} = \boldsymbol{1{,}8 \times 10^{11}}$ **C·kg^{-1}**.

Aspects énergétiques d'un mouvement dans un champ uniforme

Fiche 35

LE COURS

Conservation de l'énergie mécanique

Si un système n'est soumis qu'à des forces conservatives (poids, force électrique,...) **et/ou** à **des forces dont le travail est nul** (réaction normale d'un support, tension d'un fil,...), **son énergie mécanique se conserve**.

Travail du poids – Travail de la force électrique

- **Travail du poids sur un système de masse m pour un déplacement de A à B** :
$W(\vec{P})_{A \to B} = \vec{P}.\overrightarrow{AB} = m \times g \times \left(z_{(A)} - z_{(B)}\right)$.
- **Travail de la force électrique sur une particule de charge q pour un déplacement de A à B** :
$W(\vec{F}_e)_{A \to B} = \vec{F}_e . \overrightarrow{AB} = q \times U_{AB}$ (attention, q et U_{AB} peuvent être négatives).

Théorème de l'énergie cinétique

La variation d'énergie cinétique d'un système en mouvement d'un point A à un point B est égale à la somme des travaux des forces qui s'exercent sur le système entre A et B.

$$\Delta E_{c(A \to B)} = E_{c(B)} - E_{c(A)} = \sum_i W(\vec{F}_i)_{A \to B}$$

Principe de l'accélérateur linéaire de particules chargées

Dans un accélérateur linéaire, un champ électrique permet d'accélérer en ligne droite des particules chargées (électrons, protons, ions).

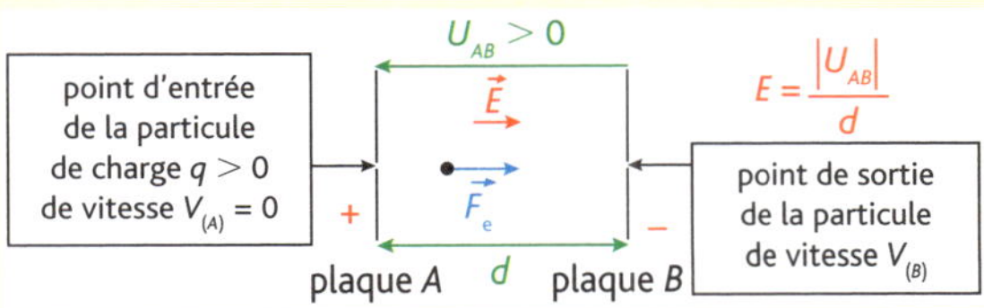

> *Remarque :* Si la particule est chargée négativement ($q < 0$), il faut que $\vec{E}$ soit dans l'autre sens et donc que $U_{AB} < 0$ pour permettre l'accélération.

D'après le théorème de l'énergie cinétique : $E_{c(B)} - E_{c(A)} = W(\vec{F}_e)_{A \to B} = q \times U_{AB}$

donc $\frac{1}{2} m \times v_{(B)}^2 = q \times U_{AB}$ donc $\boldsymbol{v_{(B)} = \sqrt{\frac{2q \times U_{AB}}{m}}}$

EXERCICE TYPE CORRIGÉ

EXERCICE 1 On laisse tomber une boule de pétanque d'une hauteur $h = 1{,}5$ m.

Donnée : Intensité de la pesanteur : $g = 9{,}8\ \text{m}\cdot\text{s}^{-2}$.

1. Par une approche énergétique, déterminer la vitesse de la boule lorsqu'elle touche le sol.
2. Pourquoi cette valeur ne permet pas de déterminer la durée de la chute ?

EXERCICE 2 Dans l'expérience de Davisson-Germer, des électrons émis sans vitesse initiale par un filament passent à travers un accélérateur linéaire où est appliquée une tension électrique de 54 V.

Données : Masse d'un électron : $m = 9{,}11 \times 10^{-31}$ kg.

- Charge électrique élémentaire : $e = 1{,}60 \times 10^{-19}$ C.

1. Décrire le principe d'un accélérateur linéaire de particules chargées.
2. Représenter sur un schéma la force électrique subie par l'électron dans le dispositif et le champ électrostatique. Justifier ces représentations.
3. Déterminer la valeur de la vitesse d'un électron à la sortie de l'accélérateur linéaire.

Corrigé

1 1. On considère que la boule n'est soumise qu'à son poids (pas de frottements), la **conservation de l'énergie mécanique** entre le point du lâcher A ($v_{(A)} = 0$) et le point d'impact sur le sol B ($z_{(B)} = 0$) donne :

$$m \times g \times z_{(A)} = \frac{1}{2} m \times v_{(B)}^2 \Leftrightarrow v_{(B)} = \sqrt{2gh} = \sqrt{2 \times 9{,}8 \times 1{,}5} = \mathbf{5{,}4\ m\cdot s^{-1}}.$$

Remarque : on peut aussi utiliser le théorème de l'énergie cinétique.

2. Cette vitesse n'est pas constante durant la chute, on ne peut donc pas appliquer la relation : $v_{(B)} = \dfrac{h}{\Delta t}$

2 1. Dans un accélérateur linéaire, un champ électrique permet d'accélérer en ligne droite des particules chargées.

2. L'électron étant accéléré en ligne droite entre la plaque A et la plaque B, la force électrique qu'il subit est perpendiculaire aux plaques et orientée de A vers B.

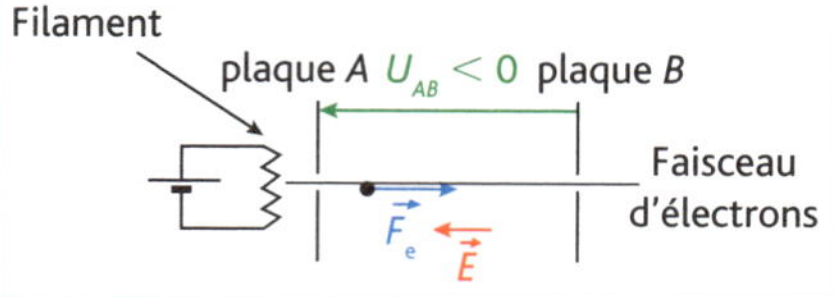

Comme $\vec{F}_e = q \times \vec{E} = -e \times \vec{E}$, $\vec{E}$ à la même direction que $\vec{F}_e$ mais est de sens opposé.

3. En appliquant la relation du cours, on trouve :

$$\mathbf{v}_{(B)} = \sqrt{\frac{2q \times U_{AB}}{m}} = \sqrt{\frac{2 \times (-1{,}60 \times 10^{-19}) \times (-54)}{9{,}11 \times 10^{-31}}} = \mathbf{4{,}4 \times 10^6\ m\cdot s^{-1}}.$$

Lois de Kepler

LE COURS

Première loi de Kepler : loi des orbites

Dans le référentiel héliocentrique, la trajectoire des planètes est une ellipse dont le Soleil occupe un des foyers.

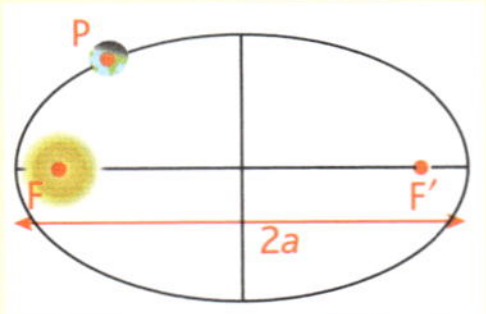

Remarque 1 : aucune compétence mathématique sur les ellipses n'est exigible mais il faut savoir identifier la longueur **2*a*** du grand axe, utile pour la 3e loi de Kepler.

Remarque 2 : un cercle est une ellipse particulière où les deux foyers sont confondus : c'est le centre du cercle ($a = r$).

Deuxième loi de Kepler : loi des aires

Dans le référentiel héliocentrique, le segment reliant une planète au Soleil balaye des aires égales durant des durées égales.

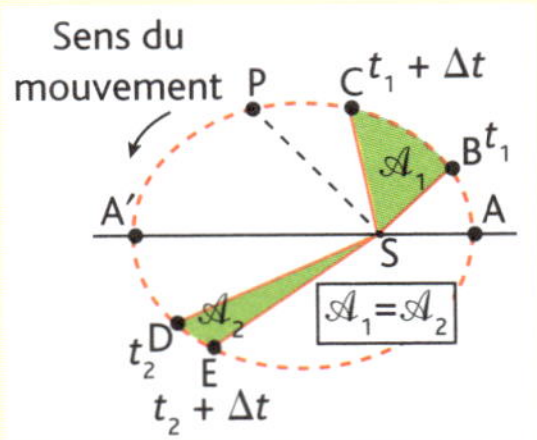

Cet énoncé implique que la vitesse des planètes n'est pas constante (sauf trajectoire circulaire) : elle est **maximale au périhélie**, point le plus proche du Soleil, et **minimale à l'aphélie**, point le plus éloigné du Soleil.

Troisième loi de Kepler : loi des périodes

Pour toutes les planètes du système solaire, le rapport entre le carré de la période de révolution T et le cube du demi-grand axe a est une constante : $\frac{T^2}{a^3} = \text{constante}$.

Cela implique que $\frac{T^2_{\text{Terre}}}{a^3_{\text{Terre}}} = \frac{T^2_{\text{Mars}}}{a^3_{\text{Mars}}} = \frac{T^2_{\text{Jupiter}}}{a^3_{\text{Jupiter}}}$, etc.

Généralisation des lois de Kepler

Par extension, on peut appliquer les lois de Kepler aux satellites en orbite autour d'une planète dans un référentiel astrocentrique adapté : **géocentrique** pour les satellites de la Terre, **marsocentrique** pour les satellites de Mars, etc.

EXERCICE TYPE CORRIGÉ

Avant le survol de Neptune par la sonde *Voyager*-2 en 1989, seuls 2 satellites, Triton et Néréide, étaient connus. Triton a une orbite circulaire de rayon $3{,}547 \times 10^5$ km qu'elle parcourt en 5,877 jours tandis que Néréide gravite sur une orbite elliptique fortement excentrique : de 1,375 millions de km au point le plus proche (péricentre) jusqu'à 9,653 millions de km au point le plus éloigné (apocentre).

1. Représenter l'allure de l'orbite de Néréide autour de Neptune en y indiquant Neptune par un point N. Justifier cette trajectoire à l'aide d'une loi de Kepler.
2. À l'aide de la 2e loi de Kepler, comparer les vitesses de Néréide au péricentre P et à l'apocentre A. Compléter le schéma précédent pour illustrer la démonstration.
3. Utiliser la 3e loi de Kepler pour déterminer la période de révolution de Néréide.
4. La 2e loi de Newton permet de montrer que, dans le cas d'une orbite circulaire de rayon r autour de Neptune, $\dfrac{T^2}{r^3} = \dfrac{4\pi^2}{G \times M_N}$ où M_N est la masse de Neptune. Déterminer la masse de Neptune ($G = 6{,}67 \times 10^{-11}$ S.I.).

Corrigé

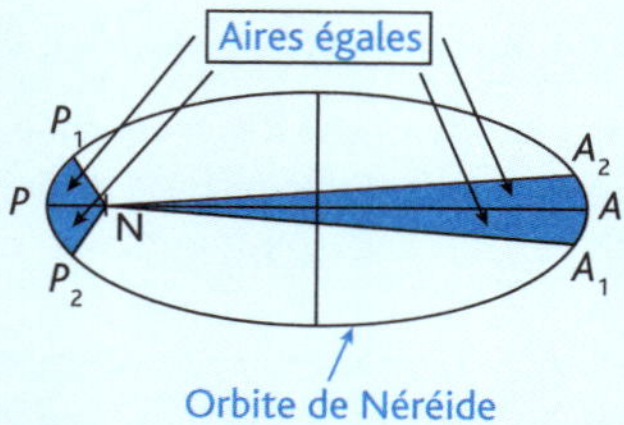

1. D'après la 1re loi de Kepler : dans le référentiel neptunocentrique, la trajectoire d'un satellite de Neptune est une ellipse dont Neptune occupe un des foyers.

2. Dans le référentiel neptunocentrique, le segment reliant un satellite de Neptune à Neptune balaye des aires égales durant des durées égales.

Ainsi, l'arc $\overset{\frown}{A_1A_2}$ et l'arc $\overset{\frown}{P_1P_2}$ sont parcourus pendant la même durée Δt.

Les vitesses moyennes en P et en A sont : $v_A = \dfrac{\overset{\frown}{A_1A_2}}{\Delta t}$ et $v_P = \dfrac{\overset{\frown}{P_1P_2}}{\Delta t}$.

Comme $\overset{\frown}{A_1A_2} < \overset{\frown}{P_1P_2}$, on en déduit que $v_A < v_P$.

3. $\dfrac{T^2}{a^3}$ **= constante**. On peut donc écrire : $\dfrac{T^2_{Néréide}}{a^3_{Néréide}} = \dfrac{T^2_{Triton}}{a^3_{Triton}}$

$$\Leftrightarrow T_{Néréide} = \sqrt{\frac{T^2_{Triton} \times a^3_{Néréide}}{a^3_{Triton}}} = T_{Triton} \times \sqrt{\left(\frac{a_{Néréide}}{a_{Triton}}\right)^3}$$

D'après les données, $a_{Triton} = 3{,}574 \times 10^5$ km (orbite circulaire) et

$$a_{Néréide} = \frac{1{,}375 \times 10^6 + 9{,}653 \times 10^6}{2} \text{ km} = 5{,}514 \times 10^6 \text{ km}.$$

$$\text{Donc } \boldsymbol{T_{Néréide}} = 5{,}877 \text{ jours} \times \sqrt{\left(\frac{5{,}514 \times 10^6 \text{km}}{3{,}547 \times 10^5 \text{km}}\right)^3} = \mathbf{360{,}2\ jours}.$$

4. On applique la relation donnée à Triton :

$$\frac{T^2_{Triton}}{r^3_{Triton}} = \frac{4\pi^2}{G \times M_N} \Leftrightarrow M_N = \frac{4\pi^2 \times r^3_{Triton}}{G \times T^2_{Triton}}$$

$$\text{Donc } M_N = \frac{4\pi^2 \times (3{,}547 \times 10^5 \times 10^3 \text{m})^3}{6{,}67 \times 10^{-11} \text{SI} \times (5{,}877 \times 24 \times 3600 \text{ s})^2} = \mathbf{1{,}02 \times 10^{26}\ kg}.$$

Mouvement circulaire dans un champ de gravitation (1)

Fiche 37

LE COURS

Force de gravitation et champ de gravitation

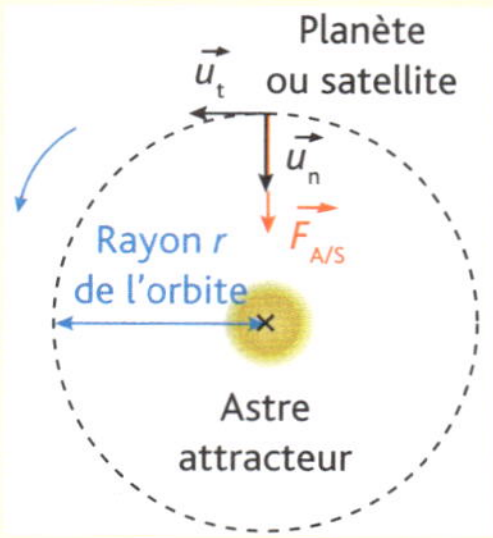

On étudie le mouvement d'une planète ou d'un satellite S de masse m_S dans le cas particulier d'une **orbite circulaire** de rayon r autour d'un astre attracteur A de masse M_A. On travaillera dans le **référentiel astrocentrique** (lié à A) considéré **galiléen**, muni du **repère de Frenet** centré sur S.

Le système S est uniquement soumis à la force d'interaction gravitationnelle exercée par l'astre A : $\overrightarrow{F_{A/S}} = G \times \frac{m_S \times M_A}{r^2} \cdot \overrightarrow{u_n}$

On peut également écrire : $\overrightarrow{F_{A/S}} = m_s \times \vec{\mathcal{G}}$ où $\vec{\mathcal{G}} = G \times \frac{M_A}{r^2} \cdot \overrightarrow{u_n}$ est le vecteur champ de gravitation en S à la distance r de A.

Caractéristiques des vecteurs vitesse et accélération de S

On applique la deuxième loi de Newton au système S : $\sum \overrightarrow{F_{ext}} = m_S \times \vec{a}$.

Donc $G \times \frac{m_S \times M_A}{r^2} \cdot \overrightarrow{u_n} = m_S \times \vec{a} \Leftrightarrow \vec{a} = G \times \frac{M_A}{r^2} \cdot \overrightarrow{u_n}$: le vecteur $\vec{a}$ est donc centripète et de valeur constante.

Dans le repère de Frenet, $\vec{a} = \frac{v^2}{r} \cdot \overrightarrow{u_n} + \frac{dv}{dt} \cdot \overrightarrow{u_t}$

En égalant les deux expressions de $\vec{a}$, on obtient :

– selon $\overrightarrow{u_t}$: $0 = \frac{dv}{dt}$ donc **v = constante** ;

– selon $\overrightarrow{u_n}$: $G \times \frac{M_A}{r^2} = \frac{v^2}{r} \Leftrightarrow v^2 = G \times \frac{M_A}{r} \Leftrightarrow v = \sqrt{G \times \frac{M_A}{r}}$.

L'expression du vecteur vitesse $\vec{v}$ est donc $\vec{v} = \sqrt{G \times \frac{M_A}{r}} \cdot \overrightarrow{u_t}$

EXERCICE TYPE CORRIGÉ

Mars Global Surveyor (MGS) est une sonde spatiale qui a étudié de 1997 à 2006 l'atmosphère et la surface de la planète Mars en circulant sur une orbite quasi circulaire à 378 km d'altitude.

Données : • Constante de gravitation universelle : $G = 6,67 \times 10^{-11}$ S.I.
• Rayon de Mars : $R_M = 3,4 \times 10^3$ km. • Masse de Mars : $M_M = 6,4 \times 10^{23}$ kg

1. Représenter sans souci d'échelle sur le schéma ci-dessous la force d'interaction gravitationnelle $\overrightarrow{F_{M/S}}$ exercée par Mars sur la sonde MGS de masse m, supposée ponctuelle et notée S.

Donner son expression dans le repère de Frenet centré sur S (à rajouter sur le schéma).

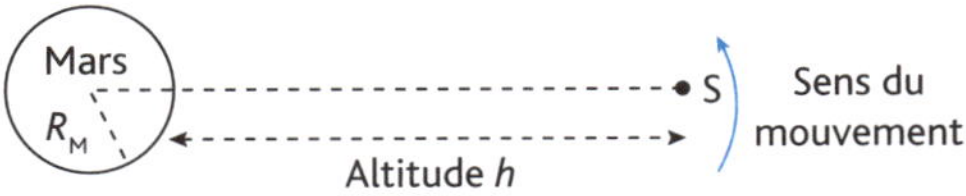

2. Déterminer la valeur du champ de pesanteur à la surface de Mars (on l'assimilera à la valeur du champ de gravitation). Comparer avec la Terre.
3. Déterminer l'expression du vecteur accélération de S et déterminer sa valeur.
4. Déterminer l'expression du vecteur vitesse de S. Commenter, puis calculer sa valeur.
5. Quand MGS est arrivée au voisinage de Mars, sa vitesse était de 5,1 km.s^{-1}. Déterminer l'altitude de son orbite si on avait voulu la placer sur une orbite circulaire sans la freiner. Conclure.

Corrigé

1. $\overrightarrow{F_{M/S}} = G \times \dfrac{m \times M_M}{r^2}.\overrightarrow{u_n}$ avec $r = R_M + h$ pour alléger l'écriture.

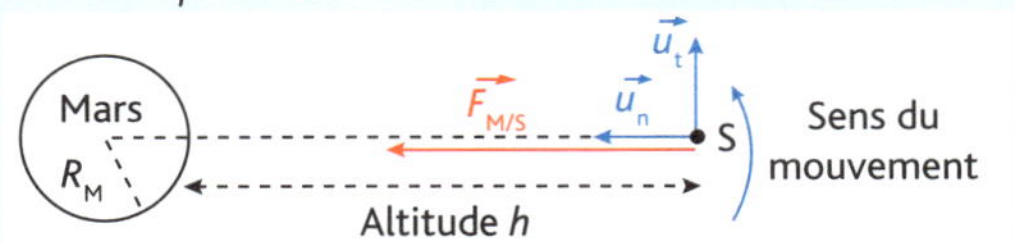

2. $h = 0$ donc $\boldsymbol{g_{MARS}} \approx \mathcal{G} = G \times \dfrac{M_M}{{R_M}^2} = 6{,}61 \times 10^{-11} \times \dfrac{6{,}4 \times 10^{23}\,\text{kg}}{(3{,}4 \times 10^6\,\text{m})^2} = \mathbf{3{,}7\ m.s^{-2}}$

$g_{TERRE} = 9{,}8$ m.s^{-2} : **la pesanteur martienne est 2,6 fois plus faible que la pesanteur terrestre**.

3. **Voir Cours** : en travaillant dans le référentiel **marsocentrique** considéré galiléen : $\vec{a} = G \times \dfrac{M_M}{r^2}.\overrightarrow{u_n}$

$$\boldsymbol{a} = G \times \frac{M_M}{r^2} = 6{,}67 \times 10^{-11} \times \frac{6{,}4 \times 10^{23}\,\text{kg}}{(3{,}4 \times 10^6\,\text{m} + 378 \times 10^3\,\text{m})^2} = \mathbf{3{,}0\ m.s^{-2}}$$

4. **Voir Cours** : $\vec{v} = \sqrt{G \times \dfrac{M_M}{r}}.\overrightarrow{u_t}$; cela implique que le mouvement circulaire est aussi **uniforme**.

$$\boldsymbol{v} = \sqrt{G \times \frac{M_M}{r}} = \sqrt{6{,}67 \times 10^{-11} \times \frac{6{,}4 \times 10^{23}\,\text{kg}}{3{,}4 \times 10^6\,\text{m} + 378 \times 10^3\,\text{m}}} = \mathbf{3{,}4 \times 10^3\,m.s^{-}}$$

5. $v = \sqrt{G \times \dfrac{M_M}{r}} \Leftrightarrow v^2 = G \times \dfrac{M_M}{r} \Leftrightarrow r = G \times \dfrac{M_M}{v^2}$ or $r = R_M + h$ donc

$$\boldsymbol{h} = G \times \frac{M_M}{v^2} - R_M$$
$$= 6{,}61 \times 10^{-11} \times \frac{6{,}4 \times 10^{23}}{(5{,}1 \times 10^3)^2} - 3{,}6 \times 10^6 = \mathbf{-1{,}8 \times 10^6\,m}.$$

Cette altitude est négative : **il est impossible de mettre en orbite circulaire MGS sans diminuer sa vitesse**.

Mouvement circulaire dans un champ de gravitation (2)

LE COURS

Démonstration de la troisième loi de Kepler dans le cas d'une orbite circulaire

La 2ᵉ loi de Newton permet de montrer que, dans le cas d'une orbite circulaire de rayon r, la vitesse d'une planète ou d'un satellite S est constante et son expression est $v = \sqrt{G \times \frac{M_A}{r}}$ (voir fiche précédente).

La vitesse de S étant constante, on peut écrire $v = \frac{d}{\Delta t} = \frac{2\pi \times r}{T}$ pour un tour complet. Ainsi, $\boldsymbol{T = \frac{2\pi \times r}{v}}$

On élève cette expression au carré et on remplace l'expression de v par celle établie plus haut :

$$T^2 = \frac{4\pi^2 \times r^2}{v^2} \Rightarrow T^2 = \frac{4\pi^2 \times r^2}{\frac{G \times M_A}{r}} = \frac{4\pi^2 \times r^3}{G \times M_A}$$

$$\Leftrightarrow \frac{T^2}{r^3} = \frac{4\pi^2}{G \times M_A} = \text{constante}.$$

Ceci constitue la démonstration de la 3ᵉ loi de Kepler $\left(\frac{T^2}{a^3} = \text{constante}\right)$ dans le cas d'un mouvement circulaire ($a = r$) et permet de lier la constante à la masse de l'astre attracteur A.

Important : cette constante, déterminée dans le cas particulier d'une orbite circulaire, reste valable pour des orbites elliptiques.

Satellite géostationnaire

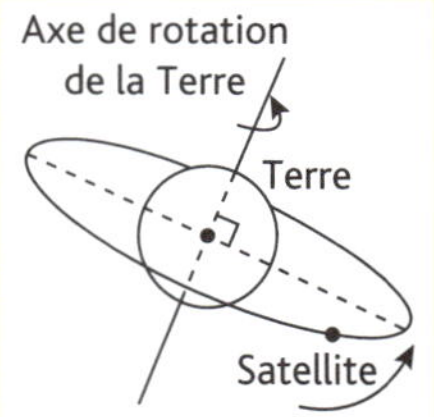

Un satellite géostationnaire est immobile dans le référentiel terrestre. Son orbite est **contenue dans le plan de l'équateur** : c'est un cercle dont le centre est le centre de la Terre et elle est **parcourue dans le même sens que la rotation de la Terre. Sa période de révolution est égale à la période de rotation propre de la Terre : 1 jour sidéral** (23 h 56 min 4 s). Ces conditions imposent une altitude proche de 36 000 km et une vitesse d'environ 3 km.s^{-1}.

EXERCICE TYPE CORRIGÉ

Les satellites de la famille Météosat sont géostationnaires. Ils orbitent autour de la Terre à une altitude h avec une vitesse v et en font le tour en une durée T.

Cet exercice a pour but de trouver les valeurs des trois inconnues h, v et T.

Données : • Constante de gravitation universelle : $G = 6{,}67 \times 10^{-11}$ S.I.

- Rayon moyen de la Terre : $R_T = 6{,}4 \times 10^3$ km.
- Masse de la Terre : $M_T = 5{,}97 \times 10^{24}$ kg .
- Durée du jour sidéral : 86 164 s (23 h 56 min 4 s).

1. Qu'est-ce qu'un satellite géostationnaire ? Préciser les contraintes que sa trajectoire impose et en déduire sans calcul la valeur d'une des trois inconnues.

2. Sachant que la vitesse d'un satellite terrestre sur une orbite circulaire de rayon r est $v = \sqrt{G \times \frac{M_A}{r}}$, établir la 3e loi de Kepler dans le cas d'un mouvement circulaire.

3. En déduire les valeurs des deux inconnues restantes.

Corrigé

1. **Voir le Cours ;** on en déduit que $\boldsymbol{T = 86\,164}$ **s.**

2. **Voir le Cours :** $T = \dfrac{2\pi \times r}{v}$ et $\boldsymbol{\dfrac{T^2}{r^3} = \dfrac{4\pi^2}{G \times M_T}}$ = **constante**.

3. Donc $r^3 = \dfrac{G \times M_T \times T^2}{4\pi^2}$

$r = \sqrt[3]{\dfrac{G \times M_T \times T^2}{4\pi^2}}$ or $r = R_T + h$ donc

$$h = r - R_T = \sqrt[3]{\frac{G \times M_T \times T^2}{4\pi^2}} - R_T$$

$$h = \sqrt[3]{\frac{6{,}67 \times 10^{-11}\ \text{S.I.} \times 5{,}97 \times 10^{24}\ \text{kg} \times (86164\ \text{s})^2}{4\pi^2}} - 6{,}4 \times 10^3 \times 10^3\ \text{m}$$

$$= 3{,}57 \times 10^7\ \text{m}$$

$$v = \frac{2\pi \times r}{T} = \frac{2\pi \times (R_T + h)}{T}$$

$$= \frac{2\pi \times (6{,}4 \times 10^6\ \text{m} + 3{,}57 \times 10^7\ \text{m})}{86\,164}$$

$$= 3{,}07 \times 10^3\ \text{m.s}^{-1}.$$

Conclusion : $\boldsymbol{h = 3{,}57 \times 10^7}$ **m** et $\boldsymbol{v = 3{,}07 \times 10^3}$ **m·s^{-1}**.

SUJET DU BAC

Révisez les points clés des fiches 30 à 38

EXERCICE 10 points 1 h 40 min

Mission *Rosetta*

En 2004, la sonde européenne *Rosetta* a quitté la Terre pour un voyage long de 10 ans. Sa destination était la comète 67P, dont elle s'est approchée au cours de l'année 2014. Une fois à proximité de cette dernière, *Rosetta* a été mise en orbite autour de la comète et a entamé ses observations en juillet 2014. En novembre 2014, la sonde a largué *Philae*, un atterrisseur qui est venu se poser à la surface de la comète. La mission de *Philae* a consisté à analyser la comète sous tous ses aspects : composition du sol, propriétés physiques, niveau d'activité...

Objectif : mieux comprendre comment notre système solaire s'est formé.

Source : CNES (Centre National d'Études Spatiales)

Données :

- Constante de gravitation universelle $G = 6{,}67 \times 10^{-11}\ N.m^2.kg^{-2}$;
- masse de la comète 67P : $M_C = 1{,}0 \times 10^{13}$ kg ;
- masse du système (*Rosetta* + *Philae*) : $M = 3{,}0 \times 10^3$ kg ;
- masse de l'atterrisseur *Philae* : $M_P = 1{,}0 \times 10^2$ kg ;
- distance moyenne Terre-Soleil :
  1 unité astronomique = 1 u.a. = $1{,}50 \times 10^8$ km ;
- la comète 67P est modélisée par une sphère de rayon R égal à 2,0 km.

1 Comète 67P Churyumov-Gerasimenko

Découverte en septembre 1969, elle tourne autour du Soleil avec une vitesse qui varie entre 5 et 35 $km.s^{-1}$ environ dans le référentiel héliocentrique.

© ESA/Rosetta/NAVCAM

Comète 67P

Année de découverte : 1969

Découvreurs : Churyumov et Gerasimenko

Trajectoire autour du Soleil :

- ellipse
- distance au plus près du Soleil (périhélie) : 1,24 u.a.
- distance au plus loin du Soleil (aphélie) : 5,68 u.a.
- grand axe de l'ellipse : distance entre l'aphélie et le périhélie

Comète 67P vue par la caméra Osiris de *Rosetta* le 3 aout 2014.

1.1. Représenter la trajectoire de la comète autour du Soleil en précisant les positions du Soleil, de l'aphélie et du périhélie.

1.2. Expliquer, en utilisant une des lois de Kepler, pourquoi la vitesse de la comète n'est pas constante sur sa trajectoire. On complètera le schéma précédent pour expliciter la loi utilisée.

Préciser, sur ce même schéma, la position de la comète pour laquelle la valeur de sa vitesse est la plus grande. Justifier.

1.3. En utilisant la 3e loi de Kepler et une donnée utile, déterminer la valeur de la période de révolution de la comète autour du Soleil en années.

2 Satellisation de *Rosetta*

Au cours des mois d'août et septembre 2014, la sonde *Rosetta* arrive à proximité de la comète et est mise en orbite autour de celle-ci sur une trajectoire que l'on considère circulaire à une altitude h de 20 km.

Le référentiel d'étude dans cette partie est le référentiel dont l'origine est le centre de la comète et dont les trois axes pointent vers des étoiles lointaines. Ce référentiel est supposé galiléen.

2.1. Faire un schéma de *Rosetta* en orbite autour de la comète et rajouter le vecteur modélisant la force d'interaction gravitationnelle exercée par la comète sur *Rosetta*.

Donner l'expression vectorielle de cette force gravitationnelle en fonction des données en utilisant un repère de Frenet adapté.

2.2. En supposant que le poids de *Rosetta* est égal à la force d'interaction gravitationnelle qu'elle subit, donner l'expression vectorielle de l'intensité de la pesanteur g au voisinage de la comète en fonction des données.

2.3. En supposant que *Rosetta* n'est soumise qu'à l'interaction gravitationnelle avec la comète 67P, établir l'expression vectorielle de l'accélération $\overrightarrow{a_R}$ de *Rosetta* en fonction des données.

2.4. Montrer que, dans l'approximation d'un mouvement circulaire, la valeur v de la vitesse de *Rosetta* a pour expression : $v = \sqrt{\dfrac{G \times M_C}{(R+h)}}$

2.5. Calculer la valeur v de la vitesse.

2.6. En combien de jours *Rosetta* fait-elle un tour complet de la comète ?

3 Chute de *Philae*

L'atterrisseur *Philae* s'est détaché de la sonde *Rosetta* le 12 novembre 2014 pour effectuer une chute libre de 20 km sans vitesse initiale et se poser sur la comète. Cette descente a duré plusieurs heures.

Chute libre de Philae

On modélise la chute de *Philae* par une chute libre, c'est-à-dire que *Philae* n'est soumis qu'à son poids. Le référentiel d'étude est supposé galiléen.

On utilise un axe (Oy) vertical dirigé vers le haut, l'origine O étant au niveau du sol de la comète.

Le champ de pesanteur de la comète est considéré uniforme, d'intensité moyenne $g = 1{,}5 \times 10^{-5}$ m.s^{-2}.

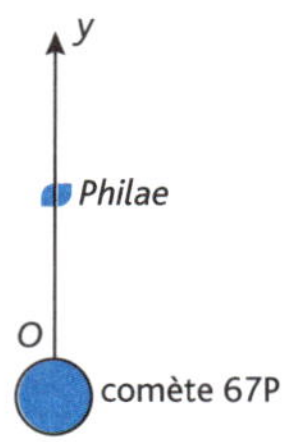

3.1. Déterminer la durée de la descente et la vitesse à l'atterrissage.

3.2. Par une méthode énergétique, déterminer la hauteur de chute conduisant à cette même vitesse d'impact sur Terre. Commenter.

3.3. En réalité, la durée de la chute est de 7 h. Dans le modèle utilisé, quelle est l'hypothèse la plus discutable ? Justifier à l'aide d'un calcul.

Corrigé

1.1. D'après la 1re loi de Kepler : dans le référentiel héliocentrique, la trajectoire de la comète est une ellipse dont le Soleil occupe l'un des foyers.

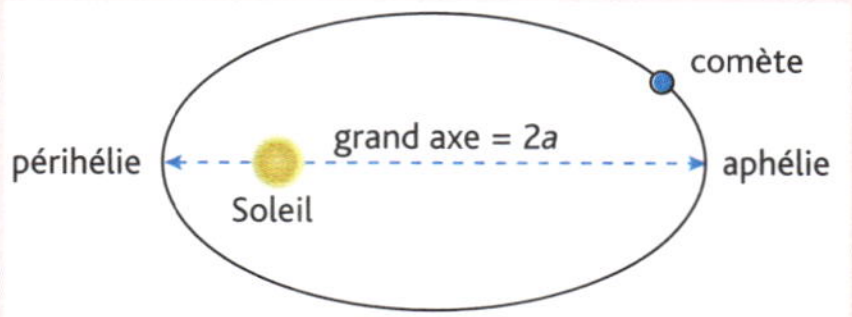

1.2. D'après la 2e loi de Kepler : dans le référentiel héliocentrique, le segment qui relie le Soleil et la comète balaie des aires égales durant des durées égales.

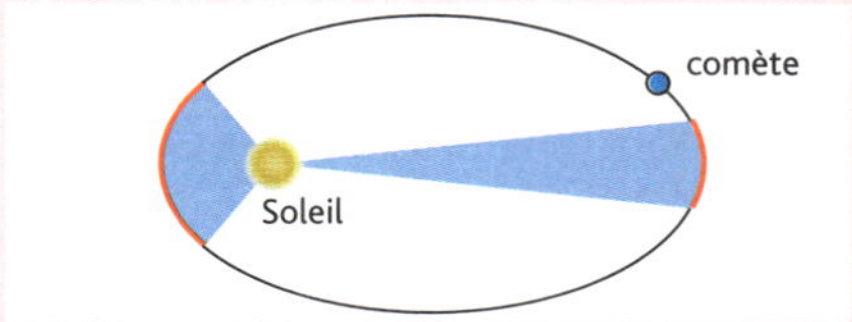

La trajectoire n'étant pas un cercle, cela implique que la vitesse de la comète n'est pas constante.

Ainsi, la comète va **le plus vite au périhélie** car la distance parcourue sur l'ellipse pendant la même durée est plus importante (**en rouge** sur le schéma).

1.3. D'après la 3e loi de Kepler, pour tous les astres en orbite autour du Soleil,

$$\frac{T^2}{a^3} = \text{Constante}, \text{ donc } \frac{T^2_{\text{comète}}}{a^3_{\text{comète}}} = \frac{T^2_{\text{Terre}}}{a^3_{\text{Terre}}}.$$

Ainsi, $T^2_{\text{comète}} = \dfrac{T^2_{\text{Terre}} \times a^3_{\text{comète}}}{a^3_{\text{Terre}}} \Leftrightarrow T_{\text{comète}} = \sqrt{\dfrac{T^2_{\text{Terre}} \times a^3_{\text{comète}}}{a^3_{\text{Terre}}}}$.

Pour la Terre, $T_{\text{Terre}} = 1$ an et $a_{\text{Terre}} = 1$ u.a. (orbite considérée circulaire).

Pour la comète, d'après les données, $2a_{\text{comète}} = (1{,}24 + 5{,}68)$ u.a.

$$T_{\text{comète}} = \sqrt{\frac{1^2 \times \left(\dfrac{1{,}24 + 5{,}68}{2}\right)^3}{1^3}} = \mathbf{6{,}44 \text{ années.}}$$

2.1. La force exercée par la comète sur la sonde *Rosetta* est la force d'interaction gravitationnelle :

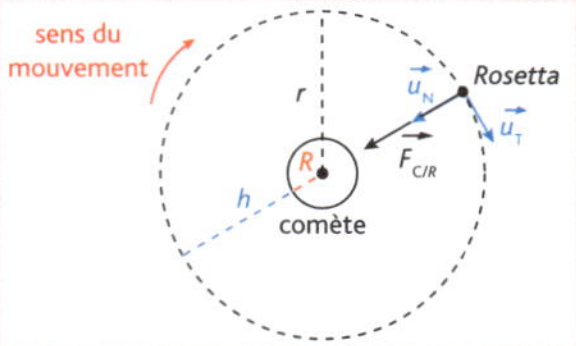

$$\overrightarrow{F_{C/R}} = G \times \frac{M_C \times M}{(R+h)^2}.\overrightarrow{u_N}$$

2.2. $\vec{P} = \overrightarrow{F_{C/R}}$, donc $M \times \vec{g} = G \times \dfrac{M_C \times M}{(R+h)^2}.\overrightarrow{u_N}$

donc $\vec{g} = G \times \dfrac{M_C}{(R+h)^2}.\overrightarrow{u_N}$.

2.3. D'après la 2e loi de Newton appliquée au système {*Rosetta*} dans le référentiel lié à la comète, supposé galiléen, $\Sigma\vec{F} = M \times \overrightarrow{a_R}$.

Ainsi, $\overrightarrow{F_{C/R}} = M \times \overrightarrow{a_R}$, soit $G \times \dfrac{M_C \times M}{(R+h)}.\overrightarrow{u_N} = M \times \overrightarrow{a_R}$ donc $\overrightarrow{a_R} = G \times \dfrac{M_C}{(R+h)^2}.\overrightarrow{u_N}$

2.4. Dans le repère de Frenet, on a $\overrightarrow{a_R} = \dfrac{v^2}{(R+h)}.\overrightarrow{u_N} + \dfrac{dv}{dt}.\overrightarrow{u_T}$.

Par identification avec la relation trouvée à la question précédente :

• selon $\overrightarrow{u_T}$: $\frac{dv}{dt} = 0$, donc v est constante : le mouvement est uniforme ;

• selon $\overrightarrow{u_N}$: $\frac{v^2}{(R+h)} = G \times \frac{M_C}{(R+h)^2}$, donc $\boldsymbol{v = \sqrt{\frac{G \times M_C}{(R+h)}}}$

2.5. $\boldsymbol{v} = \sqrt{\frac{6{,}67 \times 10^{-11} \times 1{,}0 \times 10^{13}}{(2{,}0+20) \times 10^3}} = \boldsymbol{0{,}17\ m.s^{-1}}$.

2.6. $v = \frac{d}{\Delta t} = \frac{2\pi \times r}{T}$ pour un tour complet, donc $T = \frac{2\pi \times r}{v} = \frac{2\pi \times (R+h)}{v}$

$\boldsymbol{T} = \frac{2\pi \times (20+2{,}0) \times 10^3}{0{,}17} = 8{,}1 \times 10^5$ s soit **9,4 jours.**

3.1. D'après la 2e loi de Newton appliquée au système {*Philae*} dans le référentiel lié à la comète, supposé galiléen, $\Sigma \vec{F} = M \times \vec{a}$ ·

Ici, le système n'est soumis qu'à son poids, ainsi $M_P \times \vec{g} = M_P \times \vec{a}$ donc $\boldsymbol{\vec{a} = \vec{g}}$

En projetant sur l'axe Oy : $a_y = g_y = -g$.

Par définition, $\vec{a} = \frac{d\vec{v}}{dt}$ donc $a_y = \frac{dv_y}{dt}$; on primitive a_y pour trouver v_y :

$v_y = -g \times t + C_1 = -g \times t$ car, à $t = 0$, $v_{0y} = 0$.

Par définition, $\vec{v} = \frac{d\overrightarrow{OM}}{dt}$ donc $v_y = \frac{dy}{dt}$; on primitive v_y pour trouver y :

$y = -\frac{1}{2} g \times t^2 + C_2 = -\frac{1}{2} g \times t^2 + h$ car, à $t = 0$, $y_0 = h$ (avec $h = 20$ km)

Philae touche le sol pour $y(t_f) = 0$

donc $0 = -\frac{1}{2} \times g \times t_f^2 + h \Leftrightarrow \frac{1}{2} \times g \times t_f^2 = h \Leftrightarrow \boldsymbol{t_f = \sqrt{\frac{2 \times h}{g}}}$

$\boldsymbol{t_f} = \sqrt{\frac{2 \times 20 \times 10^3}{1{,}5 \times 10^{-5}}} = 5{,}2 \times 10^4$ s soit environ **14 h**.

La vitesse de *Philae* est alors : $v(t_f) = \sqrt{v_x^2(t_f) + v_y^2(t_f)} = +g \times t_f$

donc $\boldsymbol{v(t_f)} = \sqrt{2 \times 1{,}5 \times 10^{-5} \times 20 \times 10^3} = \boldsymbol{0{,}77\ m.s^{-1}}$.

3.2. La conservation de l'énergie mécanique lors d'une chute libre de A vers B ($z_B = 0$) implique que $E_C(A) + E_{pp}(A) = E_C(B) + E_{pp}(B)$, soit $E_{pp}(A) = E_C(B)$.

Donc $m \times g \times z_A = \frac{1}{2} m \times v_B^2 \Leftrightarrow \boldsymbol{z_A = \frac{v_B^2}{2g}} = \frac{0{,}77^2}{2 \times 9{,}8} = 0{,}030$ m, soit **3,0 cm** !

On explique cette différence s'explique par le fait que l'accélération de la pesanteur est environ 650 000 fois plus faible au voisinage de la comète que sur Terre.

3.3. Si la durée de chute est de 7 h contre 14 h trouvée avec le modèle utilisé, celui-ci n'est pas valide : la vitesse de *Philae* a donc augmenté plus rapidement que prévu. Le champ de pesanteur n'était pas uniforme durant les 20 km de chute.

On vérifie en utilisant le résultat de la question **2.2.** :

$g = G \times \frac{M_C}{(R+h)^2}$, donc à la surface de la comète : $g(h=0) = G \times \frac{M_C}{R^2}$

$g(h=0) = 6{,}67 \times 10^{-11} \times \frac{1{,}0 \times 10^{13}}{(2{,}0 \times 10^3)^2} = 1{,}7 \times 10^{-4}\ m.s^{-2}$, soit 11 fois plus que la valeur proposée en hypothèse.

Premier principe de la thermodynamique

LE COURS

La thermodynamique

La thermodynamique est la partie de la physique qui étudie les échanges d'énergie et de chaleur entre différents corps, appelés systèmes. Un système se définit donc comme un **grand nombre de particules microscopiques constituant un ensemble**. Tout ce qui n'est pas le système est appelé « extérieur ».
Ce système peut être ouvert s'il peut échanger de l'énergie et de la matière avec l'extérieur. S'il ne peut échanger que de l'énergie, il est dit « fermé ».

Énergies d'un système

- **Énergie interne**

Un système est donc composé de particules à la fois en mouvement les unes par rapport aux autres et en interaction entre elles. Ces mouvements leur procurent une énergie cinétique microscopique E_c qui se traduit par une agitation thermique, tandis que les interactions créent une énergie potentielle microscopique E_p.
On rassemble toutes ces énergies sous un seul terme : l'énergie interne U.
Ainsi, l'énergie interne U est la **somme des énergies cinétiques et potentielles de toutes les composantes microscopiques** du système :

$$U = E_c + E_p \text{ (en joule)}$$

- **Énergie totale du système**

L'énergie totale d'un système est donc la **somme des énergies intervenant à l'échelle macroscopique** (énergies cinétique E_c et potentielle E_p, regroupées sous le terme d'énergie mécanique E_m) **et microscopique** (regroupées sous le terme d'énergie interne U) :

$$E_{tot} = E_m + U$$

- **Variation d'énergie d'un système**

Une variation d'énergie totale d'un système est donc égale à la somme des variations des énergies microscopiques et macroscopiques :

$$\Delta E_{tot} = \Delta E_m + \Delta U$$

Cependant, **pour un système au repos**, la variation d'énergie mécanique est nulle. La variation d'énergie du système sera donc uniquement due à la variation d'énergie interne :

$$\Delta E_{tot} = \Delta U$$

Premier principe de la thermodynamique

• Le premier principe de la thermodynamique stipule que l'énergie interne U d'un système ne peut varier qu'en échangeant avec le milieu extérieur du travail W (en joule) ou de la chaleur Q (en joule) :

$$\Delta U = W + Q$$

Le travail et la chaleur seront **comptés positivement s'ils sont apportés au système** et **négativement si le système les cède au milieu extérieur**.

EXERCICE TYPE CORRIGÉ

Soit une tasse contenant du café. Cette tasse, trop chaude, est laissée dans une salle à température ambiante. La tasse et son contenu refroidissent progressivement.

1. Quel est le système étudié ici ?
2. Donner la définition du premier principe de la thermodynamique.
3. Quelle est l'origine microscopique de la variation d'énergie interne dans le cas présent ?
4. Le travail est reçu par le café, perdu par le café ou nul ?
5. Dans le cas de cette transformation, la quantité de chaleur est reçue par le café, perdue par le café ou nulle ?
6. L'énergie interne augmente, reste constante ou diminue ?

Corrigé

1. Le système étudié est la tasse et le café qu'elle contient.
2. Le premier principe de la thermodynamique stipule que l'énergie interne d'un système ne peut varier que par échange de travail ou de chaleur avec l'extérieur : $\Delta U = W + Q$.
3. C'est la somme des énergies cinétiques microscopiques et des énergies potentielles microscopiques.
4. Il n'y a pas d'échange de travail, ni électrique ni mécanique, avec l'extérieur. **Le travail est donc nul.**
5. Le système refroidit progressivement : la température finale est donc plus basse que la température initiale. **La chaleur est alors perdue par le système.**
6. Le travail échangé par le système avec l'extérieur est nul mais la chaleur échangée, elle, est négative : **son énergie interne diminue donc.**

Variation d'énergie interne d'un système incompressible

LE COURS

Énergie interne et variation de température

• Pour augmenter la température d'un système incompressible (solide ou liquide incompressible), on doit modifier son énergie interne ΔU en lui apportant une énergie sous forme de chaleur Q.
La quantité d'énergie à fournir est alors fonction :
– de la masse m du système ;
– de la variation de température à effectuer ;
– de la nature du matériau.
Donc :

$$Q = \Delta U = m \times c \times \Delta T = m \times c \times (T_f - T_i)$$

avec :
T_i : température initiale (en °C ou en K) ;
T_f : température finale ;
m : masse de solide ou de liquide (en kg) ;
Q = chaleur à fournir (en J) ;
ΔU = variation d'énergie interne (en J) ;
c : capacité thermique massique (en $J{\cdot}kg^{-1}{\cdot}K^{-1}$).

• Si le système subit une élévation de température, la température finale T_f sera supérieure à la température initiale T_i. La différence de température sera alors positive et la chaleur Q sera comptée positivement.

• À l'inverse, si le système subit une baisse de température, T_f sera inférieure à T_i. La différence de température sera négative et la chaleur Q sera comptée négativement.

• Si $\Delta T = 0$, il n'y a pas d'échange de chaleur : le système et le milieu extérieur sont à l'équilibre thermique.

• Cette formule n'est valable que si le corps ne change pas d'état physique.

Capacité thermique massique

Tous les corps n'accumulent pas l'énergie thermique de la même façon car leurs capacités thermiques massiques c sont différentes.
La capacité thermique massique d'un corps dépend de la nature de la matière constituant le système.

Exemples :

État	**Solide**				**Liquide**		
Substance	fer	verre	béton	bois	eau	huile	pétrole
c ($J{\cdot}kg^{-1}{\cdot}K^{-1}$)	460	830	880	2 400	4 180	2 000	2 100

Il faut ainsi 4 180 J pour augmenter d'un degré la température d'un kilogramme d'eau contre 460 J pour augmenter la température d'un kilogramme de fer dans les mêmes proportions.

EXERCICE TYPE CORRIGÉ

Reprenons la tasse de café de l'exercice de la *fiche 40* : soit une tasse contenant du café. Cette tasse, trop chaude, est laissée dans une salle à température ambiante. La tasse et son contenu refroidissent progressivement. Le volume de café est de 300 mL et sa température initiale 338 K. La température ambiante est de 293 K.

Données :

- ρ(café) = 1,0 kg.L^{-1}.
- Capacité thermique massique du café c = 4 200 S.I. (unité du système international).

1. À l'aide d'une analyse dimensionnelle, retrouver l'unité de c.

2. Déterminer la variation d'énergie interne du liquide. Discuter du signe de cette valeur.

On souhaite réchauffer ce café : pour cela, on va utiliser un four à micro-ondes, supposé bien isolé de puissance P = 900 W.

3. Au bout de combien de temps le café aura-t-il atteint une température de 313 K ? (*Rappel :* $\Delta E = P \times \Delta t$.)

Corrigé

1. La relation $Q = m \times c \times \Delta T$ va nous permettre d'exprimer c :

$$c = \frac{Q}{m \times \Delta T} \quad \begin{matrix} \leftarrow \text{J} \\ \text{kg} \rightarrow m, \quad \Delta T \leftarrow \text{K} \end{matrix}$$

c s'exprimera donc en J·kg^{-1}·K^{-1}.

2. Ici, il n'y a pas de travail W : la variation d'énergie interne n'est donc fonction que de la variation de chaleur :

$\Delta U = Q$

$\Delta U = m \times c \times \Delta T = \rho \times V \times c(T_f - T_i)$

$\boldsymbol{\Delta U} = 1{,}0 \times 0{,}300 \times 4\,200 \times (293 - 338) = \mathbf{-5{,}7 \times 10^4\ J}$.

L'énergie interne a ici une valeur négative : c'est cohérent car le système (le café) perd de l'énergie en refroidissant.

3. Pour passer de 293 K à 313 K, le système a besoin de recevoir de l'énergie qui va lui être apportée par le four à micro-ondes :

$\Delta E = \Delta U$

$P \times \Delta t = m \times c \times \Delta T$

$$\Delta t = \frac{m \times c \times \Delta T}{P} = \frac{0{,}30 \times 4200 \times (313 - 293)}{900}$$

$\mathbf{\Delta t = 28\ s}$.

Transferts thermiques entre deux systèmes

LE COURS

On appelle transfert thermique l'**échange de chaleur d'un corps chaud vers un corps froid** jusqu'à l'équilibre thermique, c'est-à-dire jusqu'à obtenir la même température finale pour les deux corps.

Les modes de transferts thermiques

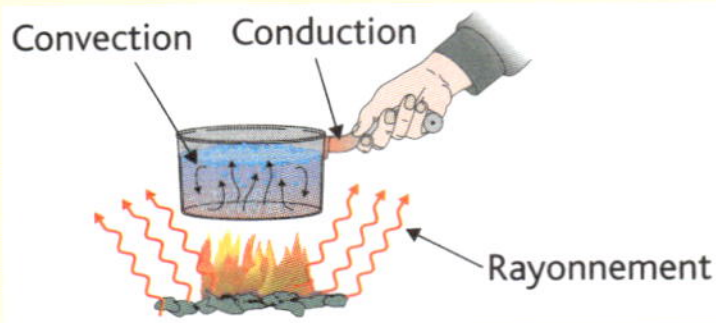

- **La conduction thermique :** dans ce mode de transfert, l'agitation thermique des atomes passe de proche en proche. Ce mode de transfert se fait sans transfert de matière et concerne les solides.
- **La convection :** lorsqu'on chauffe un fluide, on diminue sa densité. Celui-ci va donc monter et, en se mélangeant avec le fluide froid, homogénéiser la température de l'ensemble (courant de convection). Ce mode de transfert se fait avec transport de matière.
- **Le rayonnement :** tout corps à une température *T* émet un rayonnement électromagnétique pouvant se déplacer dans le vide et susceptible d'être absorbé par un autre corps.

La conduction thermique et la résistance thermique

- **La conductivité thermique d'un matériau**, notée λ, désigne sa capacité à laisser passer la chaleur. Elle s'exprime en $W{\cdot}m^{-1}{\cdot}K^{-1}$.
- **La résistance thermique R_{th} d'une paroi** de surface *S* décrit sa capacité à s'opposer au passage de la chaleur.

Pour un matériau d'épaisseur *e* et de conductivité λ, elle est définie par :

$$R_{th} = \frac{e}{\lambda \times S}$$

(R_{th} en $K{\cdot}W^{-1}$; *e* en m ; λ en $W{\cdot}m^{-1}{\cdot}K^{-1}$; *S* en m^2)

Remarque : la résistance d'une paroi composée de différentes couches de matériaux est égale à la somme des résistances thermiques de chacune des couches.

Le flux thermique

Soit une paroi rectangulaire constituée de deux surfaces *S* et d'épaisseur *e*. Si les deux surfaces sont soumises à des températures T_1 et T_2 différentes, un transfert thermique va se faire spontanément du côté le plus chaud vers le côté le plus froid. On définit alors le flux thermique Φ comme la **quantité de chaleur Q transférée par conduction** par unité de temps Δt à travers ce matériau : $\Phi = \dfrac{Q}{\Delta t}$ avec : Φ (W), Q (J) et Δt (s).

Lorsque le flux est constant (on parle de régime permanent), Φ est proportionnel à la différence de température $T_2 - T_1$: c'est la loi de Fourier.

$$\Phi = \frac{(T_2 - T_1)}{R_{th}}$$ avec :

Φ : flux thermique à travers la paroi (W)

T_2 et T_1 : températures de part et d'autre de la paroi ($T_2 > T_1$) (K ou °C)

R_{th} : résistance thermique de la paroi (K·W^{-1})

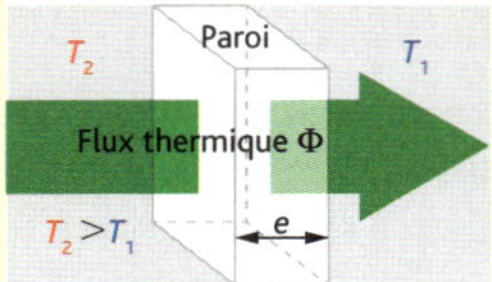

L'énergie est transférée de la pièce chaude vers la pièce froide

EXERCICE TYPE CORRIGÉ

Un mur de 6,0 m de longueur sur 3,0 m de hauteur est constitué d'une épaisseur de 20 cm de parpaing.

1. Calculer la résistance thermique de ce mur.
2. La température extérieure est de 30 °C et la température intérieure de 16 °C. Calculer le flux thermique à travers ce mur.

Le propriétaire veut isoler ce mur en ajoutant un bardage en bois constitué d'une lame d'air de 3 cm et d'une épaisseur de bois de 2 cm.

3. Calculer la nouvelle résistance thermique R_{th}.
4. Calculer le nouveau flux thermique.
5. L'isolation du mur est-elle efficace ?

Données :

Conductivité thermique en W·m^{-1}·K^{-1} : $\lambda_{parpaing} = 0{,}9$; $\lambda_{air} = 0{,}025$; $\lambda_{bois} = 0{,}04$.

Corrigé

1. $R_{th} = \dfrac{e}{\lambda_{parpaing} \times S}$, donc $\mathbf{R_{th}} = \dfrac{0{,}20}{0{,}9 \times 18} = \mathbf{1{,}2 \times 10^{-2} \times K{\cdot}W^{-1}}$.

2. On utilise la loi de Fourier : $\Phi = \dfrac{(T_2 - T_1)}{R_{th}} = \dfrac{(30 - 16)}{1{,}2 \times 10^{-2}}$, $\mathbf{\Phi = 1{,}2 \times 10^3}$ **W.**

3. La nouvelle résistance est la somme des résistances de chacun des trois matériaux constituant le mur : $R_{th(mur)} = R_{th(parpaing)} + R_{th(air)} + R_{th(bois)}$

$$R_{th(mur)} = \left(\frac{e}{\lambda_{parpaing}} + \frac{e'}{\lambda_{bois}} + \frac{e''}{\lambda_{air}}\right) \times \frac{1}{S} = \left(\frac{0{,}20}{0{,}9} + \frac{0{,}03}{0{,}025} + \frac{0{,}02}{0{,}04}\right) \times \frac{1}{18}$$

$\mathbf{R_{th(mur)} = 1{,}1 \times 10^{-1}}$ **K·W^{-1}.**

4. $\Phi_2 = \dfrac{(30 - 16)}{1{,}1 \times 10^{-1}}$ soit $\mathbf{\Phi_2 = 1{,}3 \times 10^2}$ **W.**

5. On calcule le rapport entre les deux flux, avant et après isolation.

R = $\dfrac{\Phi}{\Phi_2}$ donc $\mathbf{R = \dfrac{1{,}2 \times 10^3}{1{,}3 \times 10^2}}$ **≈ 9,2. Le flux est neuf fois moins important après isolation du mur : l'isolation est donc efficace.**

Bilan thermique du système Terre-atmosphère

LE COURS

Faire le bilan radiatif de la Terre consiste à faire la différence entre l'énergie émise par le Soleil et reçue par la planète, et l'énergie renvoyée vers l'espace.

Puissance émise par le Soleil

Pour la calculer, on assimilera la Terre et le Soleil à des corps noirs. Ces corps, à température constante, réémettent toute l'énergie reçue sous forme de rayonnement électromagnétique dont la puissance est donnée par la loi de Stefan-Boltzmann :

$$\mathcal{P} = \sigma \times S \times T^4$$

avec : $\mathcal{P}$ puissance émise par le corps en watt

$\sigma = 5{,}67 \times 10^{-8}\,\text{W}\cdot\text{m}^{-2}\cdot\text{K}^{-4}$, constante de Stefan-Boltzmann

S : surface du corps en m^2, T température du corps en K

La température à la surface du Soleil est de 5 800 K et son rayon est de l'ordre de 7×10^8 m. Pour le Soleil, $\mathcal{P}$ = **$3{,}95 \times 10^{26}$ W**.

Puissance reçue par la Terre

- Cette puissance, émise à partir d'une sphère et constante, va se propager sous forme sphérique dans toutes les directions.
- Cherchons la puissance reçue par unité de surface par la Terre située à une distance moyenne $D = 1{,}50 \times 10^{11}$ m du Soleil.

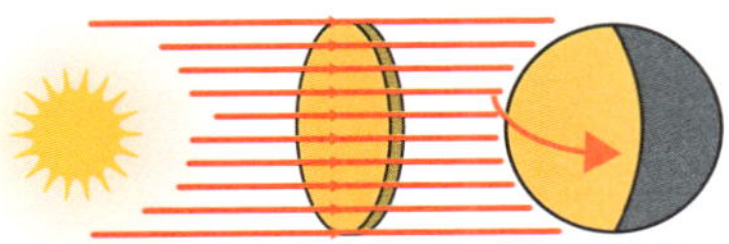

$$\mathcal{P}_s = \frac{\mathcal{P}}{S_{\text{sphère}}} = \frac{\mathcal{P}}{4 \times \pi \times D^2} = \frac{3{,}95 \times 10^{26}}{4 \times \pi \times \left(1{,}5 \times 10^{11}\right)^2} = \mathbf{1\,397\ W\cdot m^{-2}}$$

La puissance ainsi reçue par la Terre correspond à la puissance traversant un disque de rayon équivalent. Cette puissance va être répartie sur toute la surface terrestre :

$$\mathcal{P} = \mathcal{P}_s \times \frac{S_{\text{disque}}}{S_{\text{sphère}}} = \mathcal{P}_s \times \frac{\pi \times R_T^2}{4 \times \pi \times R_T^2} = \frac{\mathcal{P}_s}{4} = \mathbf{349\ W\cdot m^{-2}}$$

L'albédo terrestre et l'effet de serre

- **L'albédo terrestre :** on appelle albedo **la fraction du rayonnement**

solaire reçue par la Terre et réfléchie vers l'espace sans être absorbée. Sur Terre, l'albédo moyen est d'environ **30 %**.

- **L'effet de serre :** la Terre et son atmosphère absorbent l'énergie solaire et réémettent vers l'espace un rayonnement infrarouge. **Une partie de ce rayonnement est piégée par l'atmosphère qui est ainsi réchauffée :** c'est l'effet de serre.

EXERCICE TYPE CORRIGÉ

Soit une planète de rayon R, en orbite circulaire de rayon a autour de son étoile. On considère cette planète à l'équilibre thermodynamique et sa température T_p constante. La planète réfléchit une fraction A du rayonnement solaire, et en absorbe une fraction $(1 - A)$, où A est l'albédo. $\mathcal{P}_p$ est la puissance reçue par la planète, $\mathcal{P}_A$ la puissance absorbée et $\mathcal{P}_r$ la puissance réfléchie.

1. Montrer que la puissance reçue par la planète vaut $\mathcal{P}_p = \mathcal{P} \times \dfrac{R^2}{4a^2}$ où $\mathcal{P}$ est la puissance du rayonnement émis par l'étoile.

2. Exprimer $\mathcal{P}_A$ et $\mathcal{P}_r$ en fonction de $\mathcal{P}_p$ et de A.

3. À l'aide de la loi de Stefan-Boltzmann, montrer que la température de la planète peut s'écrire :

$T_p = (1 - A)^{\frac{1}{4}} \times \left(\dfrac{R_e}{2a}\right)^{\frac{1}{2}} \times T_e$ où T_e est la température de l'étoile et R_e son rayon.

Corrigé

1. La puissance émise par l'étoile s'étend sur une surface de $4\pi a^2$.
La puissance reçue par la planète correspond à la puissance traversant un disque de surface πR^2.
La fraction de la puissance totale touchant la planète vaut donc $\dfrac{\mathcal{P}_p}{\mathcal{P}} = \dfrac{\pi R^2}{4\pi a^2}$.
D'où $\boldsymbol{\mathcal{P}_p = \mathcal{P} \times \dfrac{R^2}{4a^2}}$.

2. La planète est à l'équilibre thermodynamique, donc $\mathcal{P}_p = \mathcal{P}_a + \mathcal{P}_r$.
D'après la définition de l'albédo : $\boldsymbol{\mathcal{P}_r = A \times \mathcal{P}_p}$ **et** $\boldsymbol{\mathcal{P}_a = (1 - A) \times \mathcal{P}_p}$.

3. • La loi de Stefan-Boltzmann s'écrit : $\mathcal{P}_A = \sigma \times S \times T^4$ soit :
$\mathcal{P}_A = 4 \times \pi \times R^2 \times \sigma \times T_p^4 \quad (1)$
• De plus, $\mathcal{P}_A = (1 - A) \times \mathcal{P}_p = (1 - A) \times \mathcal{P} \times \dfrac{R^2}{4a^2} \quad (2)$
• La puissance émise par l'étoile peut aussi s'exprimer grâce à la loi de Stefan-Boltzmann : $\mathcal{P} = 4 \times \pi \times R_e^2 \times \sigma \times T_e^4 \quad (3)$
• En combinant les équations (1) et (3), on obtient :
$\mathcal{P}_A = (1 - A) \times \dfrac{R^2}{4a^2} \times 4 \times \pi \times R_e^2 \times \sigma \times T_e^4 \quad (4)$
• Enfin, en combinant les équations (1) et (4), on obtient :
$\boldsymbol{T_p^4 = (1 - A) \times \left(\dfrac{R_e}{2a}\right)^2 \times T_e^4}$ **soit** $\boldsymbol{T_p = (1 - A)^{\frac{1}{4}} \times \left(\dfrac{R_e}{2a}\right)^{\frac{1}{2}} \times T_e}$.

Loi phénoménologique de Newton

LE COURS

Modèle de la loi de Newton

Soit un système, solide, en contact avec le milieu extérieur fluide dont la température T_e est supposée constante (thermostat). Ce système a une surface d'échange S avec ce milieu extérieur et on suppose que **les transferts thermiques se font principalement par convection.**

Ces transferts thermiques sont modélisés par la loi phénoménologique de Newton : $$\Phi = h \times S \times (T_e - T)$$

avec :

Φ : flux thermique convectif en W

h : coefficient d'échange convectif en $W \cdot K^{-1} \cdot m^{-2}$

S : surface d'échange en m^2

T_e : température du thermostat en kelvin

T : température du système en kelvin

Remarque : la température peut aussi s'exprimer en °C car on s'intéresse ici à une différence de température.

Évolution de la température du système au contact du thermostat

Le système considéré n'échange que de la chaleur Q avec le milieu extérieur.

Pendant une durée Δt, le système et le thermostat échangent donc :

$$Q = \Phi \times \Delta t = h \times S \times (T_e - T) \times \Delta t.$$

D'après le premier principe de la thermodynamique, $\Delta U = Q$.

Cet échange de chaleur peut aussi s'écrire sous la forme : $Q = m \times c \times \Delta T$ où m représente la masse du système (en kg) et c sa capacité thermique massique (en $J \cdot kg^{-1} \cdot K^{-1}$).

On peut alors écrire : $h \times S \times (T_e - T) \times \Delta t = m \times c \times \Delta T$

Si $\Delta t \to 0$, on obtient : $$\frac{dT}{dt} = -\frac{h \times S}{m \times c} \times T + \frac{h \times S}{m \times c} \times T_e$$

L'équation obtenue est une équation différentielle dont les solutions sont de la forme : $T = A \times e^{\frac{-h \times S \times t}{m \times c}} + T_e$ **où A est une constante.**

Pour déterminer A, on utilise les conditions initiales sur la température : à $t = 0$, $T = T_0$. La solution de l'équation différentielle est donc :

$$T = (T_0 - T_e) \times e^{\frac{-t}{\tau}} + T_e$$

où $\tau = \frac{m \times c}{h \times S}$ **est le temps caractéristique** exprimé en seconde.

EXERCICE TYPE CORRIGÉ

Pour se préparer un thé, on verse dans une tasse munie d'un couvercle, 220 mL d'eau chauffée à une température initiale de 80 °C. La température ambiante est de 20 °C. On suppose que les échanges de chaleur ne se font que par convection.

1. En appliquant le premier principe de la thermodynamique et la loi phénoménologique de Newton, établir l'équation différentielle caractérisant l'évolution de la température du système.

2. Résoudre cette équation.

3. Ce thé sera consommable lorsque sa température aura atteint 60 °C. Au bout de quelle durée cela sera-t-il possible ?

Données :
- Masse volumique de l'eau : $\rho(\text{eau}) = 1{,}0\ \text{g·mL}^{-1}$.
- Masse de la tasse vide : 300 g.
- Surface d'échange : $S = 2{,}8 \times 10^{-2}\ \text{m}^2$.
- Capacité thermique massique du système (tasse + eau) : $c = 2{,}2 \times 10^3\ \text{J·kg}^{-1}\text{·K}^{-1}$.
- $h = 10\ \text{W·m}^{-2}\text{·°C}^{-1}$.

Corrigé

1. Ici, le seul transfert d'énergie entre le système et l'extérieur se fait sous forme de chaleur : $\Delta U = Q$.

Pendant la durée Δt, la chaleur échangée entre le système et l'extérieur s'écrit : $Q = \Phi \times \Delta t = h \times S \times (\theta_e - \theta) \times \Delta t$.

La chaleur échangée s'écrit aussi : $Q = m \times c \times \Delta\theta$.

Pendant une durée très courte (dt), on a une variation dθ.

On obtient alors l'équation différentielle :

$$\frac{\mathrm{d}\theta}{\mathrm{d}t} = -\frac{h \times S}{m \times c} \times \theta + \frac{h \times S}{m \times c} \times \theta_e$$

2. La solution de l'équation différentielle est donc : $\boldsymbol{\theta = (\theta_0 - \theta_e) \times e^{\frac{-t}{\tau}} + \theta_e}$

où $\tau = \dfrac{m \times c}{h \times S}$ et θ_0, la température à $t = 0$.

Calcul de la masse du système : $m = m(\text{eau}) + m(\text{tasse})$ donc :

$m = 220 \times 1 + 300 = 520$ soit $\boldsymbol{m = 0{,}520\ \text{kg}}$.

Calcul de τ : $\boldsymbol{\tau} = \dfrac{0{,}520 \times 2{,}2 \times 10^3}{10 \times 2{,}8 \times 10^{-2}}$ $\boldsymbol{= 4{,}1 \times 10^3\ \text{s}}$.

On obtient : $\boldsymbol{\theta = 60 \times e^{\frac{-1}{4{,}1 \times 10^3} \times t} + 20}$.

3. Estimation de la durée nécessaire pour le refroidissement du système jusqu'à 60 °C :

$$e^{\frac{-t}{\tau}} = \frac{\theta - \theta_e}{\theta_0 - \theta_e} \text{ donc } \frac{-t}{\tau} = \ln\left(\frac{\theta - \theta_e}{\theta_0 - \theta_e}\right) \text{ d'où } t = -\tau \times \ln\left(\frac{\theta - \theta_e}{\theta_0 - \theta_e}\right) \text{ soit}$$

$t = -4{,}1 \times 10^3 \times \ln\left(\dfrac{60 - 20}{80 - 20}\right)$ soit $\boldsymbol{t = 1{,}6 \times 10^3\ \text{s}}$.

Cela correspond à une durée de 28 min.

SUJET DU BAC

Révisez les points clés des fiches 40 à 44

EXERCICE 6 points 60 min

Thermodynamique

1 Principe d'un chauffe-eau solaire

Pour réaliser des économies d'énergie, Jack veut produire son eau chaude sanitaire en tirant profit de l'énergie solaire. Il se documente sur le principe d'un chauffe-eau solaire individuel. Voici le résultat de ses recherches :

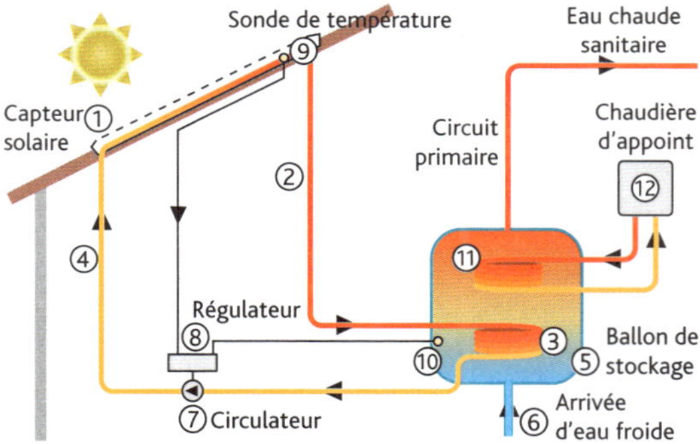

Chauffe-eau solaire à éléments séparés avec chauffage d'appoint (modèle avec circulation forcée)

Schéma du principe d'un chauffe-eau solaire individuel (d'après Ademe)
Un chauffe-eau solaire se compose d'un capteur solaire thermique (qui se comporte comme une mini serre) (1). Dans le circuit primaire (2) calorifugé circule le liquide caloporteur (eau + glycol). Ce liquide s'échauffe lorsqu'il passe dans les tubes du capteur solaire et se dirige vers le ballon de stockage (5) de l'eau sanitaire. Le liquide caloporteur cède sa chaleur à l'eau sanitaire par l'intermédiaire d'un échangeur thermique (3). Une fois refroidi, le liquide caloporteur repart vers le capteur solaire où il sera à nouveau chauffé. Une pompe électrique (7) met en mouvement le liquide caloporteur lorsque la température de celui-ci est supérieure à celle de l'eau sanitaire du ballon. L'énergie solaire ne peut pas assurer la production d'eau chaude quelle que soit la saison. C'est pourquoi le ballon de stockage est également équipé d'un dispositif de chauffage d'appoint (ensemble (11) et (12)).

1.1. Citer les trois modes de transfert thermique. Les présenter brièvement (milieux concernés et interprétation à l'échelle microscopique).

1.2. Quel mode de transfert thermique intervient en (1), en (3) et en (5) ?

1.3. Quel mode de transfert d'énergie est illustré par le fonctionnement de la pompe électrique (7) ?

1.4. Le fluide caloporteur s'échauffe lorsqu'il passe dans le capteur solaire. Comment varie son énergie interne ? Pourquoi ?

2 Choix d'un isolant thermique

Jack décide d'améliorer l'isolation thermique de son habitation. Sa maison possédant un grenier non chauffé, il décide d'en isoler le sol.

Données : • Température du grenier : $\theta_1 = 5,0$ °C.

• Température de la maison : $\theta_2 = 20$ °C.

• Surface du sol du grenier : $S = 80$ m^2.

• Résistance thermique du sol du grenier : $R = 7,5 \times 10^{-3}$ K.W^{-1}.

• Résistance thermique d'une paroi plane d'épaisseur e et de surface S :

$R_{th} = \dfrac{e}{\lambda \times S}$ où λ est la conductivité thermique du matériau utilisé.

2.1. Dans quel sens s'effectuera le transfert thermique entre la maison et le grenier ? Justifier.

2.2. Calculer la valeur du flux thermique Φ à travers le sol du grenier.

2.3. En déduire l'énergie transférée durant 24 h en kW.h.

Jack consulte de la documentation sur l'isolation thermique. Il existe de nombreux matériaux isolants caractérisés par leur conductivité thermique notée λ. Plus la conductivité thermique d'un matériau est élevée, plus il conduit facilement la chaleur.

2.4. Utiliser le tableau suivant pour conseiller Jack dans son choix de matériau. Justifier.

Nom du matériau	Laine de roche	Polystyrène extrudé	Liège naturel expansé	Cellulose
Conductivité thermique λ en W.m^{-1}.K^{-1}	0,035	0,033	0,042	0,039

2.5. La résistance thermique totale du sol du grenier doit atteindre la valeur $R' = 6,3 \times 10^{-2}$ K.W^{-1}. Sachant que lorsque plusieurs parois sont accolées, la résistance thermique totale est égale à la somme des résistances thermiques de chaque paroi, calculer la résistance thermique R_{iso} de l'isolant choisi précédemment par Jack à la question **2.4.**

2.6. Quelle épaisseur minimale doit posséder le panneau du matériau choisi par Jack ?

3 Préparation de l'eau pour un thé au four micro-ondes

Installé dans sa cuisine, Jack poursuit ses réflexions sur les modifications à réaliser dans sa maison tout en se préparant une tasse de thé. Il réchauffe l'eau de son thé à l'aide de son four à micro-ondes.

Données : • Masse volumique de l'eau : $\rho_{eau} = 1,00$ kg.L^{-1}.

• Capacité thermique massique de l'eau : $c_{eau} = 4180$ J.kg^{-1}.K^{-1}.

Jack chauffe un volume $V = 250$ mL d'eau dans sa tasse. Il souhaite que la température de l'eau passe de 10 °C à 90 °C.

3.1. Calculer la variation d'énergie interne de l'eau contenue dans la tasse.

On suppose que le four à micro-ondes est bien isolé. Le four est réglé sur la position de puissance $P = 900$ W.

3.2. Au bout de combien de temps l'eau du thé sera-t-elle prête ?

④ Dégustation du thé à la bonne température

Jack aime déguster son thé à la température de 60 °C.
Il décide d'utiliser son cours de physique pour prédire la durée qu'il doit attendre.

- Le système incompressible étudié est initialement à la température θ_i.
- Il est au repos macroscopique et *n*'échange pas de matière avec l'extérieur.
- On considère qu'il échange de l'énergie uniquement par **transfert thermique conducto-convectif** avec un milieu qui se comporte comme un **thermostat** (de température θ_e constante) ; le système ou le milieu étant un fluide, on pourra appliquer la loi phénoménologique de Newton : $\Phi = h \times S \times (\theta_e - \theta)$ où Φ est le flux thermique entre le système et le milieu, S la surface d'échange, θ la température du milieu et h un coefficient d'échange convectif.

4.1. Établir l'équation différentielle vérifiée par la température θ du système {eau} contenu dans la tasse.
4.2. La tasse étant à double paroi, Jack considère qu'il n'y a pas d'échange par conduction et trouve que la solution de l'équation différentielle est :

$\theta(t) = 70 \times e^{-\frac{t}{500}} + 20$ avec t en s.

En déduire au bout de combien de temps le thé sera à la température de dégustation voulue par Jack.
4.3. Jack est surpris de constater plusieurs minutes d'écart entre la durée estimée et la durée réelle, malgré des données très précises.
Proposer au moins une explication permettant d'expliquer cette différence.

Corrigé

1.1. Les trois modes de transfert thermique sont :
- la **conduction** : elle concerne les solides ; l'agitation thermique se propage de proche en proche sans transport de matière. ;
- la **convection** : elle concerne les liquides et les gaz ; l'agitation thermique se propage avec transport de matière ;
- le **rayonnement** : il ne nécessite pas de milieu matériel ; l'énergie est transportée par des ondes électromagnétiques.

1.2. (1) rayonnement / (3) conduction / (5) convection.
1.3. Il s'agit du **travail W** fourni par la pompe électrique (7) pour mettre en mouvement le fluide.
1.4. L'augmentation de la température du fluide entraîne une **augmentation de l'énergie cinétique microscopique** des molécules (agitation thermique), donc **l'énergie interne du fluide augmente**.

2.1. Le transfert thermique s'effectue spontanément de la maison de température θ_2 = 20 °C (source chaude) vers le grenier (source froide) de température $\theta_1 < \theta_2$.

2.2. $\Phi = \frac{\theta_2 - \theta_1}{R} = \frac{20 - 5,0}{7,5 \times 10^{-3}} = \mathbf{2,0 \times 10^3\ W}$.

2.3. $\Phi = \frac{Q}{\Delta t} \Leftrightarrow \mathbf{Q} = \Phi \times \Delta t = 2,0\ \text{kW} \times 24\ \text{h} = \mathbf{48\ kW.h}$.

2.4. Jack doit choisir le meilleur isolant, donc le matériau conduisant le moins facilement la chaleur : le polystyrène extrudé convient car **sa conductivité thermique λ est la plus faible**.

2.5. D'après l'énoncé, $R' = R + R_{iso}$ donc $R_{iso} = R' - R$

$\boldsymbol{R_{iso}} = 6,3 \times 10^{-2} - 7,5 \times 10^{-3} = \mathbf{5,6 \times 10^{-2}\ K.W^{-1}}$.

2.6. L'épaisseur minimale du panneau du matériau conduit à la valeur de R_{iso} calculée précédemment, or $R_{iso} = \frac{e}{\lambda \times S} \Leftrightarrow e = R_{iso} \times \lambda \times S$

$\boldsymbol{e} = 5,6 \times 10^{-2} \times 0,033 \times 80 = \mathbf{0,15\ m}$.

3.1. $\Delta U = m_{eau} \times c_{eau} \times (\theta_f - \theta_i) = \rho_{eau} \times V_{eau} \times c_{eau} \times (\theta_f - \theta_i)$

$\boldsymbol{\Delta U} = 1,00 \times 250 \times 10^{-3} \times 4180 \times (90 - 10) = \mathbf{8,4 \times 10^4\ J}$.

3.2. L'énergie fournie par le four est : $E = P \times \Delta t$.

Si le four est bien isolé, $E = \Delta U$ (toute l'énergie rayonnante est transmise à l'eau),

donc $\Delta U = P \times \Delta t \Leftrightarrow \boldsymbol{\Delta t} = \frac{\Delta U}{P} = \frac{8,4 \times 10^4}{900} = \mathbf{93\ s}$.

4.1. • Application du premier principe de la thermodynamique au système {eau} incompressible :

$\Delta U = Q + W = Q$ ici car $W = 0$ donc $Q = \Delta U = m_{eau} \times c_{eau} \times \Delta\theta$.

• Utilisation de la relation entre Q et le flux thermique associé à ce transfert convectif : $\Phi = \frac{Q}{\Delta t} \Leftrightarrow Q = \Phi \times \Delta t$.

• Utilisation de l'expression de Φ donnée par la loi de Newton pour trouver une autre expression de Q : $Q = \Phi \times \Delta t = h \times S \times (\theta_e - \theta) \times \Delta t$.

• On égalise les deux expressions de Q pour arriver à l'expression de $\frac{\Delta\theta}{\Delta t}$:

$$Q = m_{eau} \times c_{eau} \times \Delta\theta = h \times S \times (\theta_e - \theta) \times \Delta t$$

$$\Rightarrow m_{eau} \times c_{eau} \times \frac{\Delta\theta}{\Delta t} = h \times S \times (\theta_e - \theta)$$

$$\Leftrightarrow \frac{\Delta\theta}{\Delta t} = -\frac{h \times S}{m_{eau} \times c_{eau}} \times \theta + \frac{h \times S}{m_{eau} \times c_{eau}} \times \theta_e$$

• On fait tendre Δt vers 0 pour obtenir l'équation différentielle : $\frac{\Delta\theta}{\Delta t} \rightarrow \frac{d\theta}{dt}$

$$\boldsymbol{\frac{d\theta}{dt} = -\frac{h \times S}{m_{eau} \times c_{eau}} \times \theta + \frac{h \times S}{m_{eau} \times c_{eau}} \times \theta_e}$$

4.2. On doit déterminer la date $\boldsymbol{t}$ à laquelle $\theta(t) = 60\ °C$:

$$60 = 70 \times e^{-\frac{t}{500}} + 20 \Leftrightarrow e^{-\frac{t}{500}} = \frac{60 - 20}{70} \Leftrightarrow -\frac{t}{500} = \ln\left(\frac{60 - 20}{70}\right)$$

$$\Leftrightarrow \boldsymbol{t} = -500 \times \ln\left(\frac{60 - 20}{70}\right) = \mathbf{280\ s}.$$

4.3. Cela signifie que **le modèle utilisé n'est pas valide** : il y a probablement des transferts thermiques (non négligeables) par conduction à travers la tasse et par rayonnement vers l'air ambiant. Il peut également y avoir des échanges de matière si une partie de l'eau s'évapore.

Niveau sonore et atténuation

LE COURS

Qu'est-ce qu'un son ?

Un son est une onde mécanique qui se déplace dans un milieu matériel en transportant de l'énergie.
Cette onde sonore est donc caractérisée par une fréquence (en hertz), une célérité (en $m \cdot s^{-1}$) et une amplitude. Lorsqu'on modifie l'amplitude d'un son, on modifie son niveau sonore, c'est-à-dire son volume.

Caractéristiques liées à l'amplitude d'un son

- **Puissance sonore *P***

Une onde sonore transporte de l'énergie. La puissance sonore, c'est l'**énergie sonore propagée en 1 seconde**.

- **Intensité sonore**

L'éloignement d'une source sonore entraîne une diminution du son perçu : ceci est dû à la répartition de l'énergie sonore sur une surface de plus en plus grande. On parle alors d'intensité sonore qui caractérise la **puissance *P* transportée par unité de surface.**

$$I = \frac{P}{S}$$

I : intensité sonore en watt par mètre carré ($W \cdot m^{-2}$)
P : puissance sonore en watt (W)
S : surface en mètres carrés (m^2)

$I_0 = 1{,}0 \times 10^{-12}\ W \cdot m^{-2}$ correspond au seuil d'audibilité théorique en dessous duquel le son est trop faible pour être entendu.

- **Niveau d'intensité sonore**

L'écart entre l'intensité minimale perçue I_0 et les intensités maximales pouvant être perçues (quelques $W \cdot m^{-2}$) rend cette grandeur difficile à utiliser. On définit donc une nouvelle grandeur, le niveau sonore L tel que :

$$L = 10 \log \frac{I}{I_0}$$

avec :
L : niveau d'intensité sonore en décibels (dB)
I : intensité sonore en watt par mètre carré ($W \cdot m^{-2}$)
I_0 : seuil d'audibilité = $1{,}0 \times 10^{-12}\ W \cdot m^{-2}$

- Le niveau d'intensité mesuré au sonomètre permet de calculer une intensité sonore en utilisant la fonction réciproque du log :

$$I = I_0 \times 10^{\frac{L}{10}}$$

- **Attention,** contrairement aux intensités sonores I, **les niveaux d'intensité sonore ne s'additionnent pas.**

Atténuation d'un son

Lorsqu'on s'éloigne d'une source sonore, on entend moins le son qu'elle émet. De même, lorsqu'on place un obstacle entre notre oreille et la source sonore, le son est atténué. On appelle atténuation A la **diminution du niveau sonore passant de L à L'** :

$A = L - L'$ L, L' et A s'expriment en décibels (dB).

EXERCICE TYPE CORRIGÉ

Une source sonore émet dans toutes les directions de l'espace. À une distance D_1 = 10 m de cette source, l'intensité mesurée I_1 vaut $2{,}5 \times 10^{-3}$ W·m^{-2}.

1. Déterminer la puissance P de la source.

2. Calculer le niveau d'intensité sonore L_1 à 10 m de l'émetteur.

3. Calculer le niveau d'intensité sonore L_2 à la distance D_2 = 100 m de la source.

4. Calculer l'atténuation A.

5. Sachant que le niveau de l'intensité sonore ambiant est L_a = 56 dB, calculer la distance D_a à laquelle est située la source.

Données : • Surface d'une sphère : $S = 4 \times \pi \times R^2$.
• $I_0 = 1{,}0 \times 10^{-12}$ W·m^{-2}.

Corrigé

1. On utilise la formule $P = I \times S$. À 10 m de distance, la puissance sonore se répartit sur une sphère de 10 m de rayon. Donc $P = 2{,}5 \times 10^{-3} \times 4 \times \pi \times 10^2$ soit $\mathbf{P = 3{,}1\ W}$.

2. $$L_1 = 10 \times \log\left(\frac{I}{I_0}\right) = 10 \times \log\left(\frac{2{,}5 \times 10^{-3}}{1{,}0 \times 10^{-12}}\right) = 94 \text{ dB}$$

3. $$L_2 = 10 \times \log\left(\frac{I_2}{I_0}\right) = 10 \times \log\left(\frac{P}{S_2 \times I_0}\right)$$
$$= 10 \times \log\left(\frac{S_1 \times I_1}{S_2 \times I_0}\right) = 10 \times \log\left(\frac{D_1^2}{D_2^2} \times \frac{I_1}{I_0}\right)$$
$$L_2 = 10 \times \log\left(\frac{2{,}5 \times 10^{-5}}{1{,}0 \times 10^{-12}}\right) = \mathbf{74\ dB}.$$

4. $\mathbf{A} = L_1 - L_2 = 94 - 74 = \mathbf{20\ dB}$.

5. On calcule tout d'abord l'intensité sonore à cette distance D_a :
$I = I_0 \times 10^{\frac{L}{10}}$ donc $I = 1{,}0 \times 10^{-12} \times 10^{\frac{56}{10}} = 1{,}0 \times 10^{-6{,}4}$ soit $\mathbf{I = 4{,}0 \times 10^{-7}\ W}$.
On utilise maintenant la formule liant intensité sonore, puissance et surface :
$\mathbf{S} = \dfrac{P}{I}$. Donc $4 \times \pi \times D_a^2 = \dfrac{P}{I}$.
$$\text{D'où } \mathbf{D_a} = \sqrt{\frac{P}{4 \times \pi \times I}} = \sqrt{\frac{3{,}1}{4 \times \pi \times 4{,}0 \times 10^{-7}}} = \mathbf{7{,}9 \times 10^2\ m}.$$

Effet Doppler

LE COURS

■ Si la distance entre une source sonore et un observateur varie, alors la fréquence reçue par l'observateur est différente de celle émise par la source : c'est **l'effet Doppler**. Si la distance diminue, la fréquence reçue augmente, et si la distance augmente, la fréquence reçue diminue.

■ Considérons une source émettant de façon périodique (de période $T = \frac{1}{f_E}$) une onde sonore et se dirigeant à la vitesse v_{source} vers un observateur immobile éloigné d'une distance d. Considérons alors les instants suivants :

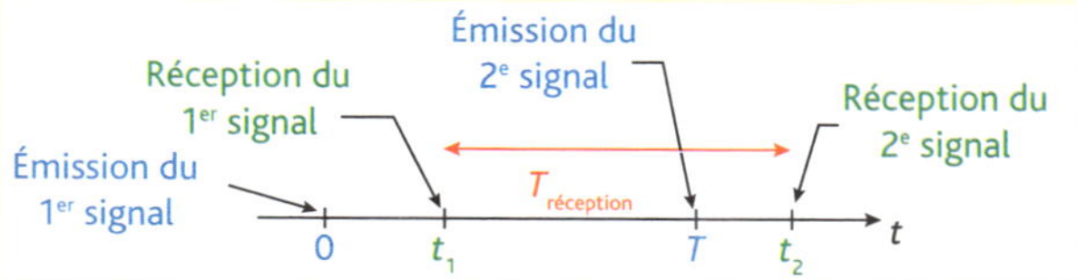

- $t = 0$, émission du premier signal.
- $t = t_1$, réception par l'observateur du premier signal. La distance entre la source et l'observateur au moment de l'émission étant égale à d, et en supposant que l'onde se propage à la célérité c_{onde}, alors $t_1 = \frac{d}{c_{onde}}$.
- $t = T$, émission du second signal.
- $t = t_2$, réception par l'observateur du second signal. La distance parcourue par la source étant égale à $v_{source} \times T$, la distance entre la source et l'observateur au moment de la seconde émission est maintenant égale à $d - v_{source} \times T$, et alors $t_2 = T + \frac{d - v_{source} \times T}{c_{onde}}$.
- Ainsi, la durée entre deux réceptions est égale à

$$t_2 - t_1 = T + \frac{d - v_{source} \times T}{c_{onde}} - \frac{d}{c_{onde}} = T - \frac{v_{source} \times T}{c_{onde}},$$

soit

$$T_{réception} = T \times \left(1 - \frac{v_{source}}{c_{onde}}\right)$$

- On peut aussi déterminer la fréquence reçue $\left(f_{réception} = \frac{1}{T_{réception}}\right)$ et la longueur d'onde de l'onde reçue $\left(\lambda_{réception} = \frac{c_{onde}}{f_{réception}}\right)$ et on a :

$$f_{réception} = f_E \times \left(\frac{c_{onde}}{c_{onde} - v_{source}}\right) \text{ et } \lambda_{réception} = \lambda \times \left(1 - \frac{v_{source}}{c_{onde}}\right).$$

En utilisant un raisonnement analogue en considérant cette fois que la distance entre la source sonore et l'observateur augmente, on a alors :

$$T_{\text{réception}} = T \times \left(1 + \frac{v_{\text{source}}}{c_{\text{onde}}}\right),\ f_{\text{réception}} = f_E \times \left(\frac{c_{\text{onde}}}{c_{\text{onde}} + v_{\text{source}}}\right) \text{ et}$$

$$\lambda_{\text{réception}} = \lambda \times \left(1 + \frac{v_{\text{source}}}{c_{\text{onde}}}\right).$$

EXERCICE TYPE CORRIGÉ

Un automobiliste roulant en ligne droite sur une route nationale voit dans son rétroviseur un camion de pompiers se rapprochant de lui, sirène et gyrophare allumés.

1. Le son entendu par le conducteur est-il plus aigu ou plus grave que celui qui est émis par la sirène ?

2. Établir l'expression de la fréquence reçue f_R en fonction de la fréquence émise f_E, de la célérité de l'onde sonore c_{son}, de la vitesse de la voiture v_{voiture} et de celle du camion v_{camion}.

3. En déduire la vitesse du camion.

Données : $c_{\text{son}} = 340\ \text{m·s}^{-1}$; $v_{\text{voiture}} = 80{,}0\ \text{km·h}^{-1}$; $f_E = 480$ Hz ; $f_R = 490$ Hz.

Corrigé

1. La source sonore se rapproche, la fréquence perçue est alors plus grande, **le son est donc plus aigu**.

2. Considérons les instants suivants : • $t = 0$, émission du premier signal.

• $t = t_1$, réception par l'observateur du premier signal. La distance entre le camion et la voiture au moment de l'émission étant égale à d, alors $t_1 = \frac{d}{c_{\text{son}}}$. On néglige la distance parcourue par la voiture pendant le trajet de l'onde.

• $t = T$, émission du second signal.

• $t = t_2$, réception par l'observateur du second signal. La distance parcourue par la source étant égale à $v_{\text{camion}} \times T$, la distance parcourue par la voiture égale à $v_{\text{voiture}} \times T$, alors la distance entre le camion et la voiture au moment de la seconde émission est maintenant égale à $d - v_{\text{camion}} \times T + v_{\text{voiture}} \times T$,

et alors $t_2 = T + \frac{d - v_{\text{camion}} \times T + v_{\text{voiture}} \times T}{c_{\text{son}}}$.

Ainsi, la durée entre deux réceptions est égale à :

$$t_2 - t_1 = T + \frac{d - v_{\text{camion}} \times T + v_{\text{voiture}} \times T}{c_{\text{son}}} - \frac{d}{c_{\text{son}}} = T - \frac{v_{\text{camion}} \times T - v_{\text{voiture}} \times T}{c_{\text{son}}},$$

$$T_{\text{réception}} = T \times \left(1 - \frac{v_{\text{camion}} - v_{\text{voiture}}}{c_{\text{son}}}\right),\ f_R = f_E \times \left(\frac{c_{\text{son}}}{c_{\text{son}} - v_{\text{camion}} + v_{\text{voiture}}}\right).$$

3. De la relation précédente, on obtient $v_{\text{camion}} = v_{\text{voiture}} + c_{\text{son}} \times \left(1 - \frac{f_E}{f_R}\right)$.

$$v_{\text{camion}} = \frac{80{,}0}{3{,}6} + 340 \times \left(1 - \frac{480}{490}\right) = 29{,}2\ \text{m·s}^{-1} = \mathbf{105\ km·h^{-1}}.$$

Le phénomène de diffraction

LE COURS

Rappels sur la longueur d'onde λ d'une onde périodique

La longueur d'onde λ est la plus petite distance entre deux points du milieu dans le même état vibratoire. C'est également la distance parcourue par l'onde à la célérité *v* durant une période *T* :

$$\lambda = v \times T = \frac{v}{f}$$

Le phénomène de diffraction

Lorsqu'une onde rencontre une ouverture de petite dimension, il y a éparpillement de l'onde sans modification de ses caractéristiques (fréquence, célérité, longueur d'onde) : c'est le phénomène de diffraction. **La diffraction est un phénomène caractéristique des ondes.**

Influence de la longueur d'onde et des dimensions de l'ouverture

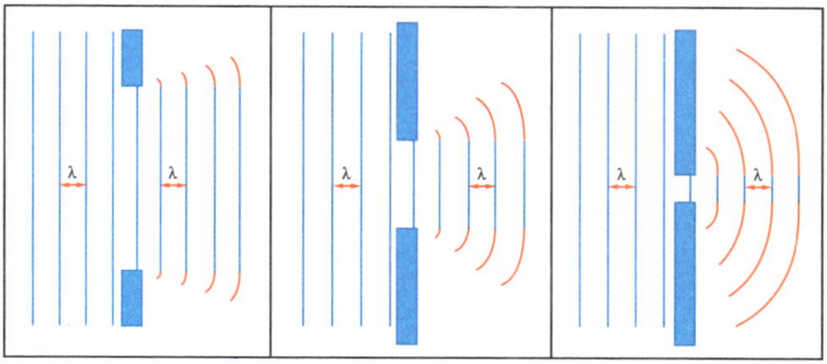

Si $a \gg \lambda$, le phénomène de diffraction est peu marqué.	Si $a > \lambda$ mais du même ordre de grandeur, le phénomène de diffraction est marqué.	Si $a \approx \lambda$ ou $a < \lambda$, le phénomène de diffraction est très marqué.

L'importance du phénomène de diffraction est liée au rapport de la longueur d'onde λ aux dimensions « *a* » de l'ouverture (ou de l'obstacle) :

– plus *a* est petite devant λ, et plus la diffraction est marquée ;

– plus λ est grande devant *a*, et plus la diffraction est marquée.

Pour les ondes mécaniques, la diffraction est bien visible dès que *a* et λ sont du même ordre de grandeur.

Pour les ondes lumineuses (voir *fiche 49*), la diffraction est bien visible dès que *a* est 100 fois plus grande que λ

EXERCICE TYPE CORRIGÉ

EXERCICE 1 Le long d'une salle de concert, des retardataires constatent que le mur les séparant de la salle est très bien isolé phoniquement car ils n'entendent pas de musique à l'extérieur.

Cependant, quand quelqu'un ouvre la porte (de largeur 1 m environ), ils s'étonnent d'entendre de la musique, bien que le son leur paraisse « sourd ».

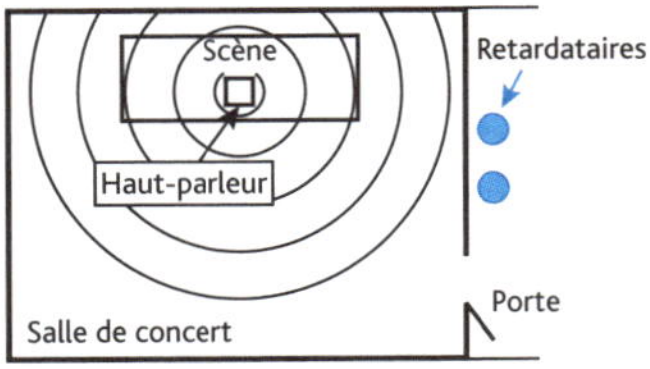

Donnée :

Célérité du son dans l'air : $v = 340\ m{\cdot}s^{-1}$.

1. Nommer et décrire le phénomène physique qui permet aux retardataires d'entendre la musique.

2. Sachant que les fréquences des sons de la musique s'étendent de 200 Hz à 5,0 kHz, expliquer pourquoi les retardataires entendent un son « sourd ».

EXERCICE 2 Lorsqu'on observe une étoile à travers un télescope, l'image apparaît sous la forme d'une tache, dont la dimension est liée aux défauts que présente l'instrument, tels que la diffraction par l'ouverture de l'instrument.

1. En déduire deux raisons de travailler avec des télescopes avec une grande ouverture.

2. Certains télescopes observent les étoiles dans le domaine de l'infrarouge. Ces télescopes nécessitent-ils des ouvertures plus importantes que les télescopes qui observent dans le domaine du visible ?

Corrigé

1 1. C'est la **diffraction** des ondes sonores à travers la porte ouverte : les ondes sonores s'éparpillent sans modification de leurs caractéristiques (fréquence, célérité, longueur d'onde).

2. Le phénomène de diffraction est d'autant plus marqué que le rapport de la longueur d'onde sur la dimension de l'ouverture est important.

Or $\lambda = v \times T = \dfrac{v}{f}$.

$$\lambda_{GRAVES} = \frac{340}{200} = 1{,}7\ m \text{ et } \lambda_{AIGUS} = \frac{340}{5{,}0 \times 10^3} = 6{,}8 \times 10^{-2} m = 6{,}8\ cm.$$

Ici, l'ouverture mesure 1 m environ (même ordre de grandeur que la longueur d'onde des sons graves, mais bien supérieure à celle des sons aigus).

Les sons graves seront donc beaucoup plus diffractés que les sons aigus : les retardataires entendent un son « sourd » riche en graves et appauvri en aigus.

2 1. Une grande ouverture permet de collecter plus de lumière et donc d'avoir une image plus lumineuse. Plus l'ouverture est grande et moins le phénomène de diffraction est important, donc les étoiles apparaissent comme des taches plus petites (on peut donc distinguer deux étoiles « proches » car leurs taches ne se chevaucheront pas).

2. Les longueurs d'onde de l'infrarouge sont supérieures à celles du visible. Cela implique qu'une même ouverture diffracte davantage les infrarouges. Comme on veut limiter la diffraction, il faut des ouvertures plus grandes.

Diffraction par une lumière monochromatique

LE COURS

Figures de diffraction en lumière monochromatique

Quand de la lumière monochromatique passe à travers une fente rectangulaire ou un trou circulaire de petite dimension (environ 100 fois la longueur d'onde ou moins), on observe sur un écran une figure de diffraction composée d'une tache centrale lumineuse entourée de taches secondaires, plus petites et peu lumineuses.
La largeur L de la tache centrale se mesure entre les milieux des zones sombres qui l'entourent.

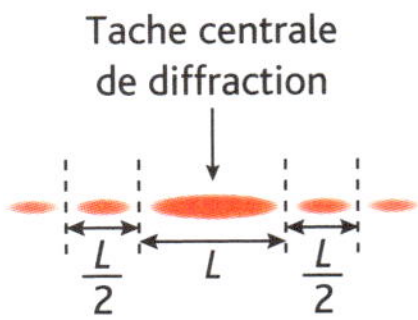

Figure de diffraction par une fente rectangulaire (ou un fil droit)

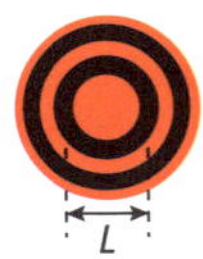

Figure de diffraction par un trou (ou un obstacle) circulaire

Angle caractéristique de diffraction

Le phénomène de diffraction prend naissance au niveau de l'ouverture. On définit l'angle caractéristique de diffraction θ comme l'angle entre le milieu de la tache centrale et le milieu de la 1re zone sombre.

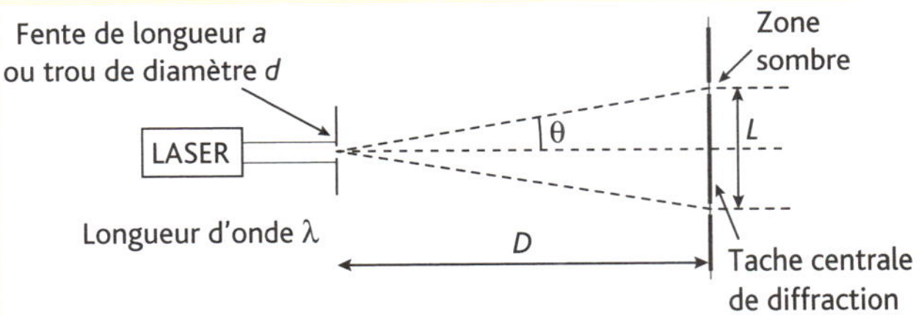

- Dans le cas d'une **fente rectangulaire** de largeur a,

$$\theta = \frac{\lambda}{a}$$

(θ en rad ; λ en m ; a en m)

- Dans le cas d'un **trou circulaire** de diamètre d,

$$\theta = 1{,}22 \times \frac{\lambda}{d}$$

(θ en rad ; λ en m ; d en m)

Remarque : on retrouve dans ces relations le fait que « l'influence du phénomène de diffraction est lié au rapport de la longueur d'onde sur la dimension de l'ouverture ».

EXERCICE TYPE CORRIGÉ

On souhaite retrouver expérimentalement la longueur d'onde λ_{BR} de la lumière monochromatique d'un lecteur Blu-Ray à partir de la comparaison avec la tache de diffraction obtenue avec un lecteur DVD. On utilise pour cela le montage de la **figure 1**, *a* étant la largeur (inconnue) de la fente, θ l'angle caractéristique de diffraction. On admettra θ suffisamment petit pour que $\sin\theta \approx \tan\theta \approx \theta$ avec θ en radian.

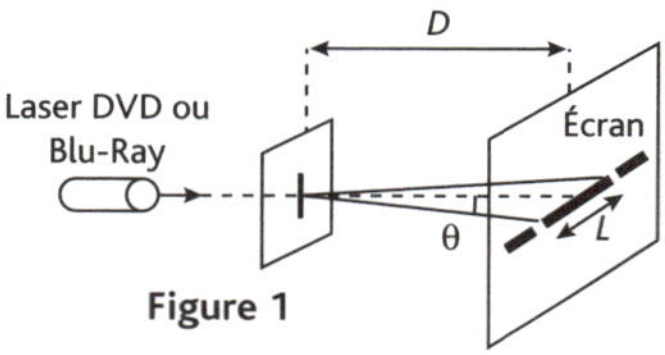

Figure 1

Les valeurs de *a* et de *D* n'étant pas connues, on mesure $L = 6{,}6$ cm pour la figure de diffraction obtenue avec un laser « DVD » de longueur d'onde $\lambda_{DVD} = 635$ nm. On remplace alors le laser « DVD » par le laser utilisé dans le lecteur Blu-Ray de longueur d'onde λ_{BR} dans le vide sans modifier le reste du montage : on obtient une tache de diffraction de largeur $L' = 4{,}2$ cm.

1. Sans calcul, ni relation mathématique, indiquer si $\lambda_{BR} < \lambda_{DVD}$ ou $\lambda_{BR} > \lambda_{DVD}$.
2. Établir la relation entre θ, L et D.
3. Donner la relation entre θ, λ (DVD ou Blu-Ray) et *a* en indiquant l'unité de chaque grandeur.
4. En déduire la relation donnant λ en fonction de L, D et a.
5. Déterminer λ_{BR}.

Corrigé

1. L'importance du phénomène de diffraction est liée au rapport de la longueur d'onde aux dimensions de l'ouverture ou de l'obstacle ; ainsi, si la largeur de la fente est fixée, la tache centrale de diffraction est plus grande si la longueur d'onde augmente. Ici, $L' < L$, cela implique que $\lambda_{BR} < \lambda_{DVD}$.

2. D'après le schéma, $\tan\theta = \dfrac{L/2}{D} = \dfrac{L}{2D}$. Si θ est « petit » et en radians, $\tan\theta \approx \theta$ donc $\boldsymbol{\theta = \dfrac{L}{2D}}$.

3. $\boldsymbol{\theta = \dfrac{\lambda}{a}}$ avec θ en radians, λ et *a* en mètres.

4. En égalant les deux relations précédentes : $\theta = \dfrac{L}{2D} = \dfrac{\lambda}{a} \Leftrightarrow \boldsymbol{\lambda = \dfrac{L \times a}{2D}}$.

5. $$\begin{cases} \lambda_{DVD} = \dfrac{L \times a}{2D} \\ \lambda_{BR} = \dfrac{L' \times a}{2D} \end{cases} \Leftrightarrow \begin{cases} \dfrac{a}{2D} = \dfrac{\lambda_{DVD}}{L} \\ \lambda_{BR} = L' \times \dfrac{\lambda_{DVD}}{L} \end{cases}$$

donc : $\boldsymbol{\lambda_{BR}} = 4{,}2\ \text{cm} \times \dfrac{635\ \text{nm}}{6{,}6\ \text{cm}} = \mathbf{4{,}0 \times 10^2\ nm}$.

Le phénomène d'interférences

LE COURS

Interférences constructives et destructives

• **Principe de superposition** :
Lorsque deux ondes se croisent, elles ne se perturbent pas. À l'endroit où elles se rencontrent, l'amplitude résultante est égale à la somme des deux amplitudes (voir schémas b. et c. ci-contre).

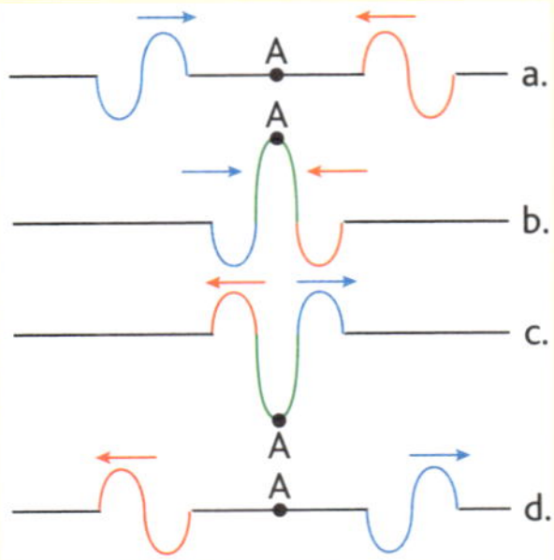

• Si les amplitudes des deux ondes sont de même nature (par exemple dirigées vers le haut), alors l'onde résultante est plus importante. On parle alors d'**interférences constructives**.
En revanche, si les amplitudes sont de nature opposée (l'une vers le haut et l'autre vers le bas par exemple), alors l'amplitude résultante est beaucoup plus faible. On parle alors d'**interférences destructives**.

Interférences de deux ondes lumineuses monochromatiques

• Considérons maintenant deux ondes monochromatiques de longueur d'onde dans le vide λ, de même fréquence et de déphasage nul à l'origine (ce qui signifie que leurs amplitudes sont maximales en même temps), provenant de deux sources ponctuelles différentes S_1 et S_2. Pour savoir quelle est la valeur de l'amplitude résultante en un point M quelconque de l'espace, on doit s'intéresser à la distance supplémentaire parcourue par une onde par rapport à une autre. Cette différence est **la différence de marche δ** : $\delta = S_1M - S_2M$ (elle peut être positive ou négative).
Les interférences sont :
– **constructives si** $\delta = k \times \lambda$, avec k entier ;
– **destructives si** $\delta = \left(k + \frac{1}{2}\right) \times \lambda$, avec k entier.

• Le phénomène d'interférences peut s'observer avec des bulles de savon lorsque, au soleil, on remarque des couleurs surprenantes. De même, certains dispositifs de protection auditive génèrent des ondes sonores qui, en s'additionnant aux ondes sonores du milieu environnant, les annulent.

EXERCICE TYPE CORRIGÉ

Considérons deux haut-parleurs, éloignés d'une distance d, émettant deux ondes synchrones, de fréquence 4,40 kHz.

1. Déterminer la longueur d'onde des ondes sonores utilisées.

2. Un récepteur est placé 25,0 cm devant le premier haut-parleur. Pour quelle distance d entre les deux haut-parleurs le récepteur reçoit-il une onde deux fois plus forte ?

3. Le récepteur est maintenant placé à 30,0 cm devant le haut-parleur. Pour quelle distance d entre les deux haut-parleurs le récepteur ne reçoit-il rien ?

Donnée : La célérité des ondes sonores dans l'air est de 340 $m{\cdot}s^{-1}$.

Corrigé

1. On détermine la longueur d'onde des ondes sonores grâce à la relation : $\lambda = \frac{c}{f}$. L'application numérique donne $\lambda = \frac{340}{4\,400} = $ **7,73 cm.**

2. On dessine le schéma de la situation (voir ci-contre).

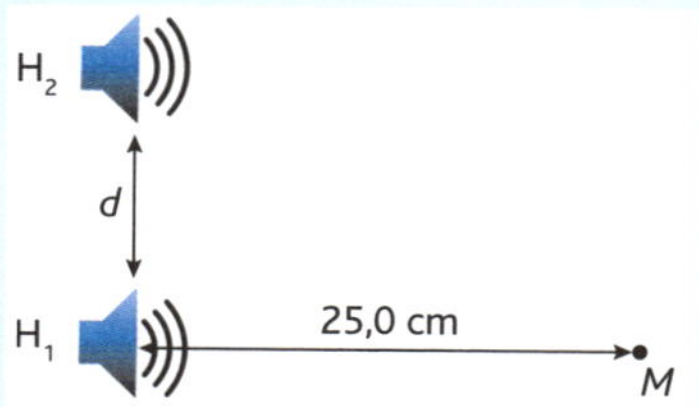

Si, au point M, l'amplitude est deux fois plus importante, cela signifie que les ondes émises par les deux haut-parleurs sont en phase en ce point, c'est-à-dire que les interférences sont constructives.

Ainsi, $\delta = H_2M - H_1M$ doit être égal à $k \times \lambda$.

$\delta = \sqrt{d^2 + 25{,}0^2} - 25{,}0 = k \times \lambda$, soit :

$\boldsymbol{d = \sqrt{(k \times \lambda + 25{,}0)^2 - 25{,}0^2}}$.

L'application numérique donne : $\boldsymbol{d} = \sqrt{(1 \times 7{,}73 + 25{,}0)^2 - 25{,}0^2} = $ **21,1 cm.**

(On choisit $k = 1$ pour obtenir la première position de d.)

3. Si, maintenant au point M', l'amplitude est nulle, cela signifie que les ondes émises par les deux haut-parleurs sont en opposition de phase en ce point, c'est-à-dire que les interférences sont destructives.

Ainsi, $\delta' = H_2M' - H_1M'$ doit être égal à $\left(k + \frac{1}{2}\right) \times \lambda$.

$\delta = \sqrt{d'^2 + 30{,}0^2} - 30{,}0 = \left(k + \frac{1}{2}\right) \times \lambda$, soit $d' = \sqrt{\left(\left(\boldsymbol{k} + \frac{\boldsymbol{1}}{\boldsymbol{2}}\right) \times \boldsymbol{\lambda} + \boldsymbol{30{,}0}\right)^2 - \boldsymbol{30{,}0^2}}$.

L'application numérique donne : $\boldsymbol{d'} = \sqrt{\left(\frac{1}{2} \times 7{,}73 + 30{,}0\right)^2 - 30{,}0^2} = $ **15,7 cm.**

(On choisit $k = 0$ pour obtenir la première position de d'.)

Interférences de deux ondes lumineuses

LE COURS

■ **Pour pouvoir interférer, deux ondes doivent être cohérentes**, c'est-à-dire avoir la **même longueur d'onde** (on dit alors qu'elles sont monochromatiques), la **même célérité** (donc la même fréquence) et avoir un **déphasage nul à l'origine**.

■ Il est aisé d'obtenir des sources lumineuses monochromatiques et une célérité identique en utilisant des sources de lumière laser se propageant dans l'air. En revanche, s'assurer un déphasage nul entre les deux sources est plus compliqué. On règle ce problème en utilisant un dispositif appelé **trous d'Young**. À l'aide d'une source unique de lumière laser, on éclaire deux petits trous proches l'un de l'autre. Chacun de ces trous va diffracter l'onde incidente reçue (voir *fiches 48* et *49*) et se comporter comme une nouvelle source de lumière. Ces deux nouvelles sources de lumière vont donc être cohérentes (car il s'agit de la même source à l'origine), et on va pouvoir observer des interférences là où elles se superposent.

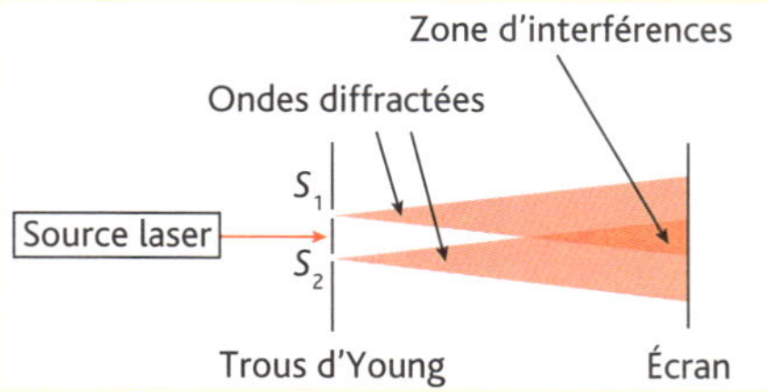

La figure d'interférences est alors comprise à l'intérieur d'une figure de diffraction.

■ On observe sur l'écran une alternance de franges sombres et brillantes :

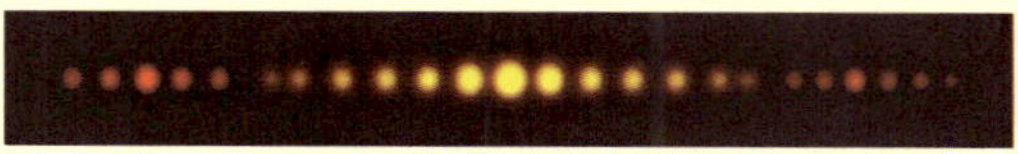

https://phitem.univ-grenoble-alpes.fr/diffraction-interferences/diffraction-interferences-173444.kjsp

Les franges sont à égales distances les unes des autres et la distance qui les sépare est l'**interfrange**.

■ Considérons le schéma ci-contre, pour lequel $D \gg S_1S_2$ et $D \gg x$.

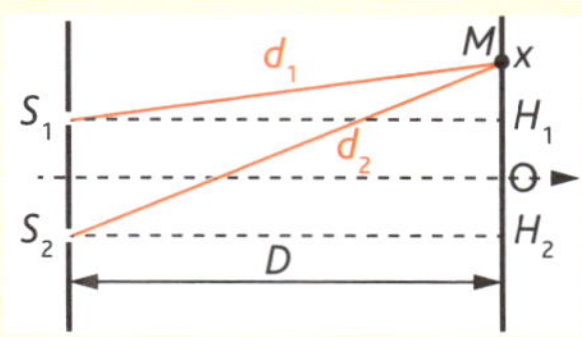

On souhaite déterminer la différence de marche pour le point M. En utilisant le théorème de Pythagore dans les triangles S_2H_2M et S_1H_1M, déterminons d_1 et d_2.

$d_1^2 = D^2 + \left(x - \frac{S_1S_2}{2}\right)^2$ et $d_2^2 = D^2 + \left(x + \frac{S_1S_2}{2}\right)^2$. Ainsi $\boldsymbol{d_2^2 - d_1^2 = 2 \times x \times S_1S_2}$.

Par ailleurs, $d_2^2 - d_1^2 = (d_2 - d_1) \times (d_2 + d_1)$. Or $d_2 - d_1 = \delta$ par définition et puisque $D \gg x$, $d_2 \approx d_1 \approx D$ et ainsi, $d_2 + d_1 \approx 2D$.

Ainsi, $\boldsymbol{d_2^2 - d_1^2 = \delta \times 2D}$.

En égalant les deux expressions, on obtient $2 \times x \times S_1S_2 = \delta \times 2D$, soit $\delta = \frac{x \times S_1S_2}{D}$.

Supposons maintenant que les interférences sont constructives en M.

Ainsi, $\delta = k \times \lambda$. On a alors $k \times \lambda = \frac{x \times S_1S_2}{D}$, soit $x = \frac{k \times \lambda \times D}{S_1S_2}$.

La **distance entre deux franges brillantes (l'interfrange)** est donc

$$i = \frac{(k+1) \times \lambda \times D}{S_1S_2} - \frac{k \times \lambda \times D}{S_1S_2}, \text{ soit :}$$

$$i = \frac{\lambda \times D}{S_1S_2}$$

EXERCICE TYPE CORRIGÉ

On utilise un dispositif de trous d'Young afin de réaliser des interférences sur un écran situé à une distance D des trous. La source lumineuse est un laser de longueur d'onde $\lambda = 580$ nm, et la distance entre les deux trous est de $S_1S_2 = 0,10$ mm.

On mesure sur l'écran la distance entre 11 franges brillantes consécutives et on obtient une distance $d = 7,6$ cm.

1. Pourquoi mesurer la distance entre 11 franges brillantes plutôt qu'entre deux franges consécutives ?
2. Que vaut l'interfrange ?
3. En déduire la distance D entre le dispositif et l'écran.

Corrigé

1. Entre 11 franges brillantes, il y a 10 interfranges. Mesurer la distance entre 11 franges brillantes consécutives plutôt qu'entre deux franges consécutives permet de diminuer l'incertitude sur la mesure de l'interfrange. En effet, l'incertitude sur la mesure est la même que l'on mesure 10 interfranges ou une seule et donc, si $10 \times i = x \pm \Delta x$, alors $i = \frac{x}{10} \pm \frac{\Delta x}{10}$...

2. Entre 11 franges brillantes, il y a 10 interfranges. Ainsi, la longueur de 10 interfranges étant de 7,6 cm, la valeur de l'interfrange est de $\boldsymbol{i}$ **= 0,76 cm.**

3. En utilisant la relation $i = \frac{\lambda \times D}{S_1S_2}$, on obtient $\boldsymbol{D = \frac{i \times S_1S_2}{\lambda}}$. L'application numérique donne :

$$D = \frac{(0,76 \times 10^{-2}) \times (0,10 \times 10^{-3})}{580 \times 10^{-9}} = \mathbf{1,3\ m.}$$

SUJET DU BAC

Révisez les points clés des fiches 46 à 51

EXERCICE 6 points 60 min

Phénomènes sonores

Saturn V est la fusée du programme Apollo qui a amené les hommes sur la Lune entre 1969 et 1973. Elle serait la machine produite par l'homme ayant généré le plus grand nombre de décibels. Lors du décollage, on a mesuré un niveau sonore de 91 décibels à une distance de d = 9 384 m de la fusée.

Décollage d'Apollo 11
(© Everett Collection/shutterstock)

Données :
- intensité sonore de référence : $I_0 = 1{,}0 \times 10^{-12}$ W.m^{-2} ;
- pour une source isotrope (c'est-à-dire émettant la même énergie dans toutes les directions), l'énergie transportée par l'onde se répartit sur une sphère ;
- l'onde sonore générée par la fusée est modélisée par une onde de fréquence 250 Hz ;
- célérité du son dans l'air : $3{,}4 \times 10^2$ m.s^{-1}.

1 Propagation de l'onde sonore et phénomènes ondulatoires

1.1. Déterminer l'intensité sonore I_1 correspondant à 91 dB.

1.2. Expliquer pourquoi il y a atténuation de l'onde sonore avec l'augmentation de la distance à la source.

1.3. En considérant la fusée comme une source isotrope, déterminer la valeur de la puissance sonore émise par les moteurs.

1.4. En considérant qu'il fallait que le niveau sonore généré par le décollage soit de 60 dB pour être entendu distinctement, déduire jusqu'à quelle distance D le décollage a été nettement perceptible.

1.5. À des dizaines de kilomètres du site de décollage, une personne située dans une pièce avec une fenêtre ouverte entend distinctement le bruit de la fusée.

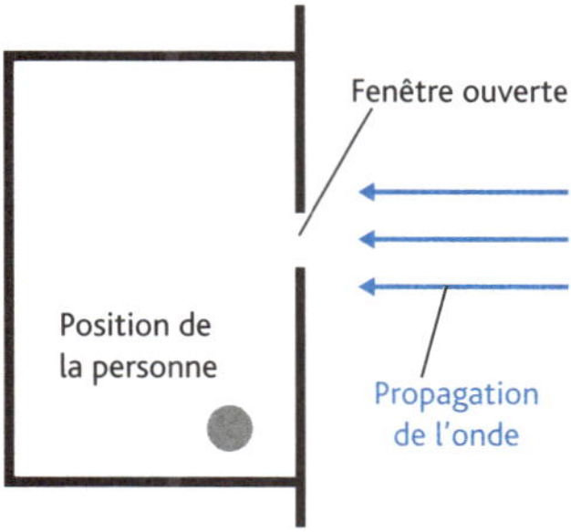

Quel est le phénomène ondulatoire qui permet d'expliquer cette observation ?

Vérifier à l'aide d'un calcul qu'il se produit de façon significative.

1.6. Une analyse de l'enregistrement sonore des premières

minutes du décollage montre que le son enregistré devient (légèrement) de plus en plus grave au fur et à mesure que la fusée s'éloigne.
Quel est le phénomène ondulatoire qui permet d'expliquer cette observation ?
Que peut-on déduire de l'observation faite ?

2 Protections auditives

Le technicien qui effectue la mesure porte un casque passif qui divise l'intensité sonore qu'il reçoit par 12.

2.1. Expliquer à quoi est due l'atténuation de l'onde sonore.

2.2. Déterminer la valeur de l'atténuation due au casque.

De nos jours, il existe des casques à réduction active de bruit.

Document 1 : casque actif antibruit

La société TechnoFirst® a développé la gamme de casques NoiseMaster® équipés de la technologie ANR® (*Active Noise Reduction®*).

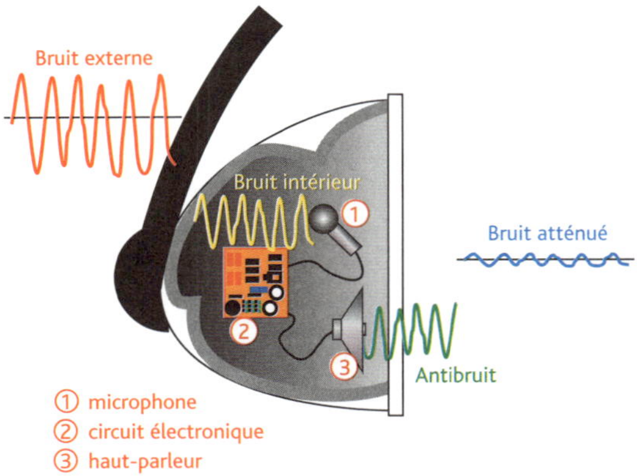

La technologie ANR® repose sur un système électronique miniaturisé (2) placé à l'intérieur de la coquille du casque. Ce système est connecté d'une part à un petit microphone (1) qui capte le bruit ambiant et, d'autre part, à un petit haut-parleur (3) qui génère le « contre-bruit » à proximité de l'oreille de façon à atténuer considérablement le bruit qui arrive au tympan.
Ce casque nécessite l'utilisation de piles électriques.

Source : www.technofirst.com

Document 2 : les différents types de casques antibruit

Il existe deux types de casques antibruit : les casques passifs et les casques actifs. Le graphe ci-après donne les atténuations des niveaux sonores apportés par ces deux types de casques.

Pour un niveau sonore de bruit donné (courbe 1), la courbe 2 donne le niveau sonore après atténuation apportée par un casque passif et la courbe 3 celle apportée par un casque actif.

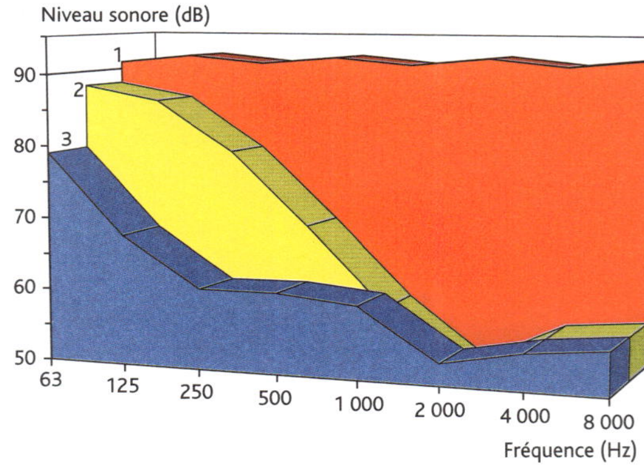

2.3. Nommer le phénomène ondulatoire utilisé par la technologie « ANR » pour réduire le bruit reçu. Expliquer théoriquement et à l'aide de schémas simples comment ce phénomène peut annuler la perception d'une onde progressive sinusoïdale.

2.4. On imagine que le technicien qui a mesuré un niveau sonore de 91 dB est équipé du casque actif décrit dans le document 2.

Estimer par quel nombre est divisée l'intensité sonore qui parvient à ses oreilles.

2.5. Faire une analyse critique de l'efficacité du dispositif ANR utilisé dans un casque actif en fonction du type d'environnement bruyant.

Corrigé

1.1. $L = 10 \times \log\left(\dfrac{I}{I_0}\right) \Leftrightarrow I = I_0 \times 10^{L/10}$.

$\boldsymbol{I_1} = 1{,}0 \times 10^{-12} \times 10^{91/10} = \mathbf{1{,}3 \times 10^{-3}\ W.m^{-2}}$.

1.2. L'atténuation de l'onde sonore avec l'augmentation de la distance à la source est due au fait que l'énergie transportée par l'onde se répartit sur une surface de plus en plus grande (**atténuation géométrique**).

1.3. Par définition, $I = \dfrac{P}{S} = \dfrac{P}{4\pi \times d^2}$ dans le cas d'une source isotrope.

Donc $P = I \times 4\pi \times d^2 = I_0 \times 10^{L/10} \times 4\pi \times d^2$

$\boldsymbol{P} = 1{,}0 \times 10^{-12} \times 10^{91/10} \times 4\pi \times 9\,384^2 = 1{,}4 \times 10^6\,\text{W} = \mathbf{1{,}4\ MW}$.

1.4. Cherchons la distance D connaissant la puissance sonore P et le niveau sonore L :

$$I = \frac{P}{4\pi \times D^2} \Leftrightarrow D^2 = \frac{P}{4\pi \times I} \Leftrightarrow D = \sqrt{\frac{P}{4\pi \times I}} = \sqrt{\frac{P}{4\pi \times I_0 \times 10^{L/10}}}.$$

$$D = \sqrt{\frac{1,4 \times 10^6}{4\pi \times 1,0 \times 10^{-12} \times 10^{60/10}}} = \mathbf{3,3 \times 10^5\,m} \text{ (environ 330 km).}$$

1.5. La personne entend le bruit grâce au phénomène de **diffraction** : l'onde s'éparpille en passant à travers l'ouverture constituée par la fenêtre ouverte.
La longueur d'onde étant la distance parcourue par l'onde à la célérité v_{SON} durant une période T : $\lambda_{ONDE} = v_{SON} \times T = \frac{v_{SON}}{f_{ONDE}} = \frac{3,4 \times 10^2}{250} = 1,4$ m.

Conclusion : la longueur d'onde est du même ordre de grandeur que la taille de l'ouverture, donc le phénomène de diffraction est significatif.

1.6. Ces observations sont dues à l'**effet Doppler** *:* il y a un mouvement relatif entre la source (les moteurs de la fusée) et le récepteur au sol.
Vu que la distance entre la source et le récepteur augmente, la fréquence reçue est plus faible, donc le son est plus grave.
Vu que le décalage Doppler augmente au cours du temps (le son est de plus en plus grave), on en déduit que la vitesse de la fusée augmente pendant l'enregistrement (ce qui est cohérent avec un décollage).

2.1. L'atténuation de l'onde sonore est due à l'absorption d'une partie de son énergie par le casque (**atténuation par absorption**).

2.2. Par définition de l'atténuation : $A_{dB} = L_1 - L_2$ où L_1 est le niveau sonore avant absorption et L_2 est le niveau sonore après absorption.

Avec le casque : $I_2 = \frac{I_1}{12}$, donc

$$L_2 = 10 \times \log\left(\frac{I_2}{I_0}\right) = 10 \times \log\left(\frac{I_1}{I_0 \times 12}\right) = \underbrace{10 \times \log\left(\frac{I_1}{I_0}\right)}_{= L_1} + \underbrace{10 \times \log\left(\frac{1}{12}\right)}_{= -11}$$

Ainsi, $\mathbf{A_{dB}} = L_1 - L_2 = \mathbf{11\,dB}$.

2.3. La technologie « *ANR* » utilise le phénomène d'**interférences destructives :** le bruit intérieur et l'antibruit sont **en opposition de phase** ; la somme des deux ondes est fortement atténuée, voire annulée dans le cas idéal.

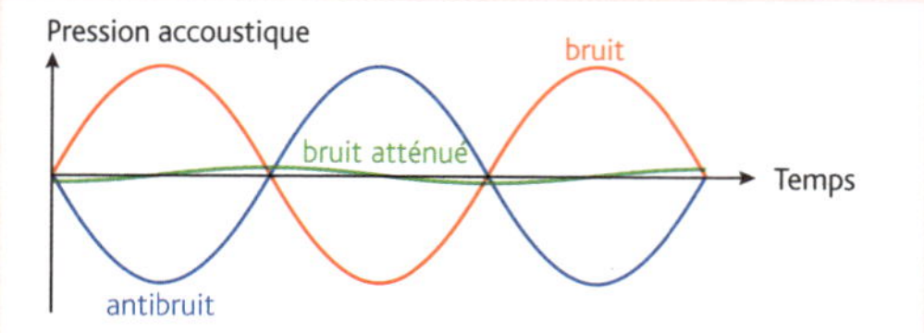

2.4. Par lecture graphique, pour un signal de fréquence 250 Hz, le niveau sonore passe de 91 dB à 60 dB.
D'après la question **2.1.**, $L_1 = 91$ dB et $I_1 = 1,3 \times 10^{-3}$ W.m^{-2}
$L_3 = 60$ dB et $I_3 = I_0 \times 10^{L_3/10} = 1,0 \times 10^{-12} \times 10^{60/10} = 1,0 \times 10^{-6}$ W.m^{-2}.
Ainsi, $\frac{I_1}{I_3} = \frac{1,3 \times 10^{-3}}{1,0 \times 10^{-6}} = 1,3 \times 10^3$: **le casque actif divise l'intensité sonore** due au bruit de la fusée **par 1 300 environ !**

2.5. En utilisant la courbe du document 2, on constate que le surplus d'atténuation dû au dispositif *ANR* (différence entre les courbes 2 et 3) devient nul à partir de 1 000 Hz : ce dispositif est surtout efficace pour les basses fréquences, ce qui correspond à certains types d'environnements bruyants seulement.

La lunette astronomique

LE COURS

La lunette astronomique

- Une **lunette astronomique** est un appareil d'optique composé de lentilles et permettant d'augmenter la luminosité et la taille apparente des objets dans le ciel lors de leur observation. Développée à partir de la fin du XVIe siècle, la lunette astronomique est utilisée à partir de 1609 par Galilée pour faire des observations systématiques du ciel. Kepler en développe une version qui n'utilise que des lentilles convergentes.

- **On la modélise** généralement **à l'aide de deux lentilles minces convergentes : l'objectif** (c'est la première lentille, celle située en direction de l'objet que l'on regarde) et **l'oculaire** (c'est la seconde lentille, proche de l'endroit où l'on place son œil). Ces deux lentilles sont disposées à chaque extrémité d'un tube fermé.
- La distance focale de l'objectif est grande (de l'ordre de grandeur du mètre) alors que celle de l'oculaire est petite (de l'ordre de grandeur du cm). Le diamètre de l'objectif est lui aussi plus grand que celui de l'oculaire.

Cas d'une lunette afocale

- Une lunette dite **afocale** est une lunette pour laquelle **l'image d'un objet situé à l'infini se forme à l'infini**. Pour cela, il faut que le foyer image de l'objectif coïncide avec le foyer objet de l'oculaire, soit :

$$F'_{obj} = F_{ocu}$$

Dans ces conditions, l'œil normal (emmétrope) ne fatigue pas lors de l'observation.

• **Marche d'un faisceau lumineux issu d'un point objet situé à l'infini** dans le cas d'une lunette afocale :

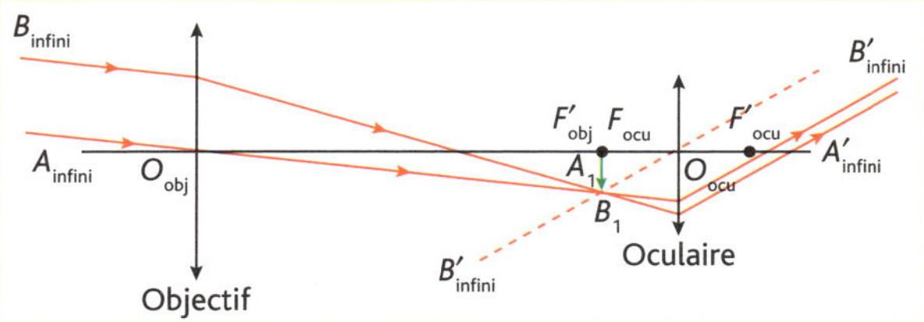

EXERCICE TYPE CORRIGÉ

Une lunette afocale est constituée :
– d'un objectif, lentille mince convergente de distance focale 100 cm ;
– d'un oculaire, lentille mince de distance focale 5 cm.

1. Quelle est la distance entre les deux lentilles ?
2. Faire un schéma à l'échelle 1/10.
3. Tracer la marche d'un faisceau lumineux parallèle à l'axe optique à travers la lunette.

Corrigé

1. La lunette étant afocale, le foyer image de l'objectif et le foyer objet de l'oculaire sont confondus. Ainsi, la distance $\mathbf{O_{obj}O_{ocu}} = O_{obj}F'_{obj} + F_{ocu}O_{ocu} = 100 + 5 = \mathbf{105\ cm}$.
2. Le schéma à l'échelle 1/20 est :

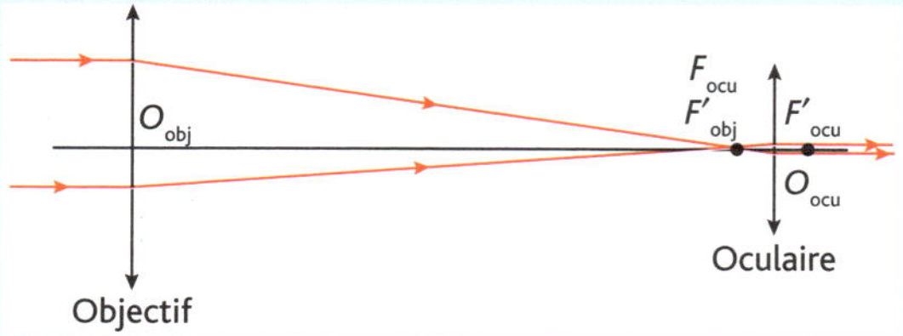

3. Voir schéma ci-dessus.

Caractéristiques d'une lunette astronomique

LE COURS

- Lorsque la lunette astronomique est afocale, l'image donnée par celle-ci est virtuelle (on ne peut pas la recueillir sur un écran).
- L'image qui se forme est renversée, ce qui ne pose pas de problème pour des observations de corps célestes. En revanche, pour utiliser une lunette afin d'observer sur Terre, il faut l'équiper d'un système renverseur d'image.
- Le **grossissement** d'une lunette astronomique correspond au rapport du diamètre apparent de l'objet vu à travers la lunette par le diamètre apparent de l'objet réel : $G = \frac{\alpha'}{\alpha}$.

Rappel : le diamètre apparent d'un objet correspond à l'angle sous lequel on l'observe.

- Considérons le schéma suivant d'une lunette astronomique et exprimons le grossissement :

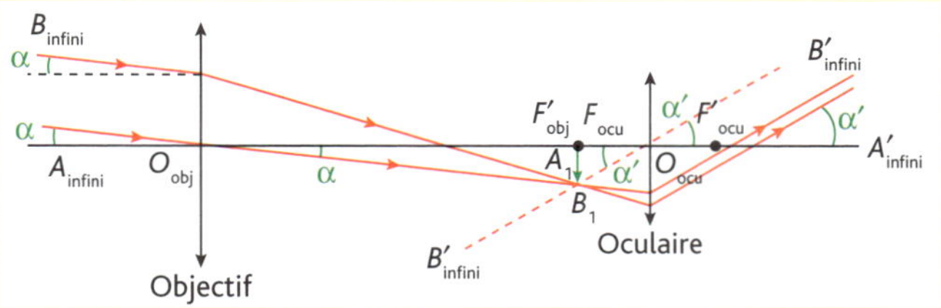

Par définition, $G = \frac{\alpha'}{\alpha}$. Exprimons chacun des angles :

– Dans le triangle rectangle $O_{obj}A_1B_1$ rectangle en A_1, on a $\tan\alpha = \frac{A_1B_1}{O_{obj}A_1} = \frac{A_1B_1}{O_{obj}F'_{obj}}$, car A_1 et F'_{obj} sont confondus.

– De même, dans le triangle rectangle $O_{ocu}A_1B_1$ rectangle en A_1, on a $\tan\alpha' = \frac{A_1B_1}{O_{ocu}A_1} = \frac{A_1B_1}{O_{ocu}F_{ocu}}$, car A_1 et F_{ocu} sont confondus.

Les angles étant généralement petits (en radian !), on peut approximer la tangente de l'angle et l'angle, et ainsi : $\tan\alpha \approx \alpha$ et $\tan\alpha' \approx \alpha'$, et donc $\alpha = \frac{A_1B_1}{O_{obj}F'_{obj}}$ et $\alpha' = \frac{A_1B_1}{O_{ocu}F_{ocu}}$. Le grossissement est par conséquent

alors égal à $G = \frac{\alpha'}{\alpha} = \frac{\frac{A_1B_1}{O_{ocu}F_{ocu}}}{\frac{A_1B_1}{O_{obj}F'_{obj}}} = \frac{A_1B_1}{O_{ocu}F_{ocu}} \times \frac{O_{obj}F'_{obj}}{A_1B_1} = \frac{O_{obj}F'_{obj}}{O_{ocu}F_{ocu}}$, soit, en utilisant les distances focales : $G = \frac{f'_{obj}}{f'_{ocu}}$, avec f'_{obj} la distance focale de l'objectif et f'_{ocu} la distance focale de l'oculaire.

• Les données caractéristiques fournies par le constructeur d'une lunette astronomique sont **les distances focales de l'objectif** et **de l'oculaire**. Celles-ci permettent de déterminer le grossissement de la lunette lorsqu'elle est afocale.

De plus, le constructeur fournit aussi généralement **le diamètre de l'objectif**, car c'est lui qui limite la quantité de lumière pénétrant dans la lunette. Plus celui-ci est important, plus la lumière va pouvoir pénétrer et meilleure sera l'image.

EXERCICE TYPE CORRIGÉ

La description des éléments livrés lors de l'achat en ligne d'une lunette astronomique comprend, entre autres :

- 1 Lunette Sky-Watcher 70/900
- 1 Monture équatoriale EQ1
- 1 Trépied en aluminium réglable en hauteur (71 cm à 123 cm)
- 1 Tablette porte-accessoires
- 2 Oculaires coulant 31,75 mm : Super 10 mm et Super 25 mm

1. Que signifie l'indication 70/900 de la lunette ?

2. Exprimer en fonction des distances focales de l'oculaire et de l'objectif le grossissement de cette lunette, puis calculer les deux valeurs possibles.

3. Pourra-t-on observer sans souci des phénomènes terrestres ?

Corrigé

1. L'indication 70/900 signifie que le diamètre de l'objectif est de 70 mm et sa distance focale de 900 mm.

2. Par définition, $G = \frac{f'_{obj}}{f'_{ocu}}$. Ainsi, avec les deux oculaires possibles, on a $G_1 = \frac{f'_{obj}}{f'_{ocu1}} = \frac{900}{10} = 90$ et $G_2 = \frac{f'_{obj}}{f'_{ocu2}} = \frac{900}{25} = 36$. Les deux grossissements possibles sont donc $\times$ 90 et $\times$ 36.

Remarque : les distances étant toutes exprimées en mm, on n'a pas besoin de convertir en mètre avant de calculer.

3. D'après le descriptif de la lunette, celle-ci n'est pas équipée de système redresseur d'image. Ainsi, si on l'utilise pour des observations terrestres, l'image observée sera renversée, ce qui peut être problématique.

Le condensateur

LE COURS

Intensité du courant électrique

L'intensité du courant électrique en un point d'un circuit est **un débit de charges** :

$$\text{A} \longrightarrow i = \frac{dq}{dt} \begin{array}{l} \longleftarrow \text{C} \\ \longleftarrow \text{s} \end{array}$$

Cela signifie qu'une intensité de 1 ampère correspond à un débit de 1 coulomb par seconde.
En régime continu, l'intensité reste constante et cette relation devient

$$I = \frac{\Delta Q}{\Delta t}$$

Le condensateur

Un condensateur est un dipôle électrique constitué de **deux surfaces conductrices placées face à face** (les armatures) et **séparées par un isolant** (le diélectrique).
Lorsqu'un condensateur est soumis à une tension électrique, il y a accumulation de charges par influence électrostatique (comportement **capacitif** du dipôle) : les armatures portent des charges égales en valeur absolue mais de signes opposés.

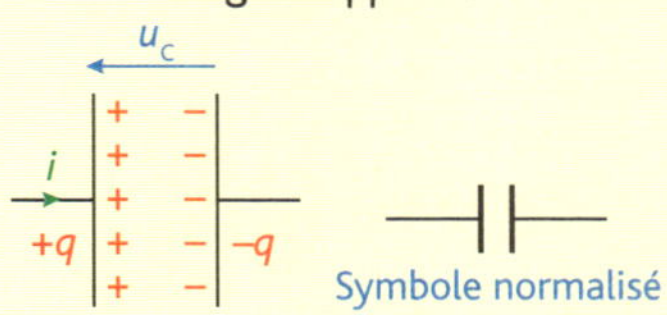

Capacité d'un condensateur

La **capacité** C d'un condensateur correspond à son aptitude à accumuler des charges électriques.
Elle s'exprime en **farad (F)** ; **les capacités des condensateurs usuels vont du pF** (10^{-12} F) **au µF** (10^{-6} F).
La valeur absolue de la charge portée par chaque armature est proportionnelle à la tension u_c entre les armatures et à la capacité C du condensateur :

$$\text{C} \longrightarrow q = C \times u_c \longleftarrow \text{V}$$

(avec C en F)

EXERCICE TYPE CORRIGÉ

Certaines voitures utilisent des supercondensateurs dont le rôle est de récupérer et stocker l'énergie de freinage, puis de la restituer au redémarrage. Il en résulte des accélérations plus puissantes, une augmentation de l'autonomie et une durée de vie accrue pour la batterie. On étudie ici un supercondensateur de capacité $2{,}6 \times 10^3$ F utilisé avec une tension d'alimentation de 2,7 V. Sa durée de décharge complète est de 4,5 s.

Donnée : 1 A·h (ampère-heure) = 3 600 C.

1. Justifier le terme de supercondensateur.

2. Déterminer la quantité d'électricité maximale (ou charge électrique maximale) Q_{max} stockée par le supercondensateur. Comparer cette valeur à celle d'une batterie lithium-métal-polymère (75 A·h).

3. Définir l'intensité du courant électrique et déterminer sa valeur (supposée constante) lors de la décharge du supercondensateur. Commenter son signe.

4. L'expérience montre qu'à $t = 0$, l'intensité vaut –7,8 kA. Conclure.

Corrigé

1. On parle de supercondensateur car sa capacité ($2{,}6 \times 10^3$ F) est largement supérieure aux valeurs des capacités des condensateurs usuels (du pF (10^{-12} F) au µF (10^{-6} F)).

2. $q = C \times u_C$ donc $\mathbf{Q_{max}} = 2{,}6 \times 10^3 \times 2{,}7 = \mathbf{7{,}0 \times 10^3\,C}$.

Pour la batterie $\mathbf{Q'_{max}} = 75$ A·h $= 75 \times 3600$ C $= \mathbf{2{,}7 \times 10^5\,C}$.

La quantité d'électricité maximale stockée par le supercondensateur ne représente que :

$\dfrac{7{,}0 \times 10^3}{2{,}7 \times 10^5} = \mathbf{2{,}6\ \%}$ de celle de la batterie, mais elle permet de récupérer une partie de l'énergie perdue lors de chaque freinage.

3. L'intensité du courant correspond au débit de charges électriques : $i = \dfrac{dq}{dt}$.

Si l'intensité est constante, $I = \dfrac{\Delta Q}{\Delta t} = \dfrac{0 - Q_{max}}{\Delta t} = \dfrac{0 - 7{,}0 \times 10^3}{4{,}5} = -1{,}6 \times 10^3$ A.

Cette valeur est négative car, lors de la décharge, le courant créé par le supercondensateur circule dans le sens contraire à celui choisi par convention lors de la charge.

4. Cela prouve que l'intensité n'est pas constante lors de la décharge : elle est plus élevée au début puis diminue lors de la décharge (voir *fiche 57* pour l'étude de la décharge).

Charge d'un condensateur par une source idéale de tension

LE COURS

Le modèle du **dipôle *RC*** série consiste en l'association en série d'un condensateur de capacité *C* et d'un conducteur ohmique de résistance *R*.

Établissement de l'équation différentielle vérifiée par u_C aux bornes du condensateur

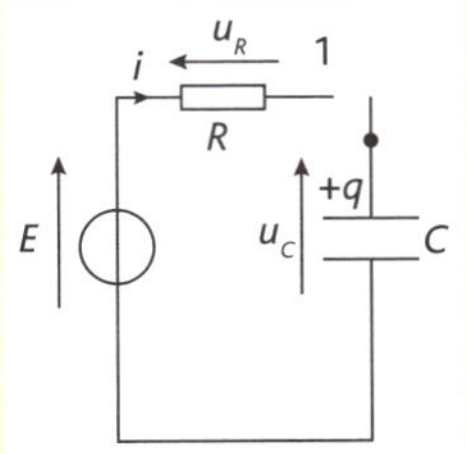

À l'instant $t = 0$, une tension constante *E* est appliquée aux bornes du dipôle *RC* série par bascule d'un interrupteur (vers 1).

$$\begin{cases} \text{Loi d'additivité des tensions} : E = u_R + u_C \\ \text{Loi d'Ohm} : u_R = R \times i \end{cases}$$

$\Rightarrow E = R \times i + u_C$. De plus,

$$\begin{cases} i = \dfrac{dq}{dt} \\ q = C \times u_C \end{cases} \Rightarrow i = \frac{d(C \times u_C)}{dt} = C \times \frac{du_C}{dt} \text{ car } C \text{ constante}$$

Donc $E = R \times C \times \dfrac{du_C}{dt} + u_C \Leftrightarrow \dfrac{du_C}{dt} + \dfrac{1}{R \times C} u_C = \dfrac{E}{R \times C}$

Résolution de l'équation différentielle

- La **solution générale** de l'équation différentielle précédente est : $u_C(t) = A \times e^{\alpha \times t} + B$ (où *A*, *B* et α sont des constantes à déterminer).
- **Condition initiale** : le condensateur est déchargé donc $u_C(0) = 0 = A \times e^{\alpha \times 0} + B = A + B$ donc $B = -A$.
- **Injectons la solution** $u_C(t) = A \times e^{\alpha \times t} - A$ **dans l'équation différentielle** : $\alpha \times A \times e^{\alpha \times t} + \dfrac{1}{R \times C} \times (A \times e^{\alpha \times t} - A) = \dfrac{E}{R \times C}$

$\Leftrightarrow \left(\alpha + \dfrac{1}{R \times C}\right) \times A \times e^{\alpha \times t} = \dfrac{E + A}{R \times C}$ **quelque soit *t*.**

Cela impose que les deux termes de l'égalité soient nuls :

$$\begin{cases} \left(\alpha + \dfrac{1}{R \times C}\right) \times A \times e^{\alpha \times t} = 0 \text{ donc } \alpha = -\dfrac{1}{R \times C} \\ \dfrac{E + A}{R \times C} = 0 \text{ donc } A = -E \end{cases}$$

La solution est donc : $u_C(t) = -E \times e^{-\frac{t}{R \times C}} + E = E \times (1 - e^{-\frac{t}{R \times C}})$.

Étude temporelle et constante de temps du dipôle *RC*

La tension u_C augmente progressivement jusqu'à atteindre la tension *E* imposée par le générateur.

La **constante de temps** du circuit *RC* est :

$$\tau = R \times C$$

On peut la déterminer graphiquement par deux méthodes.

La charge est terminée pour $t = 5\tau$ car : $u_c(5\tau) = 0{,}993 \times E \approx E$.

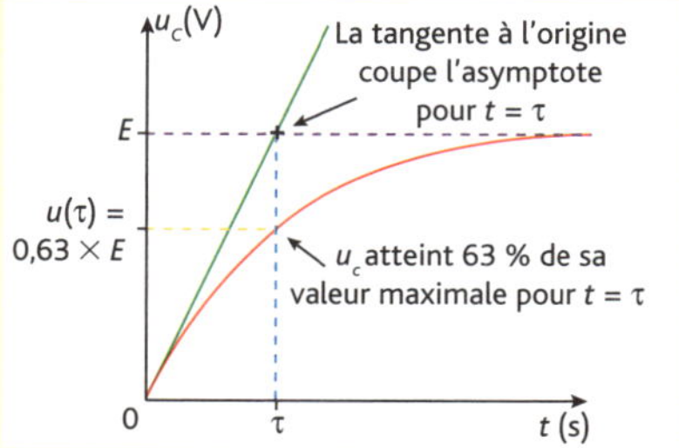

EXERCICE TYPE CORRIGÉ

L'accéléromètre qui permet de déclencher le gonflage d'un airbag est constitué d'un condensateur de capacité C (dont la valeur varie lors d'un choc) branché aux bornes d'une pile de fém E et de résistance interne R.

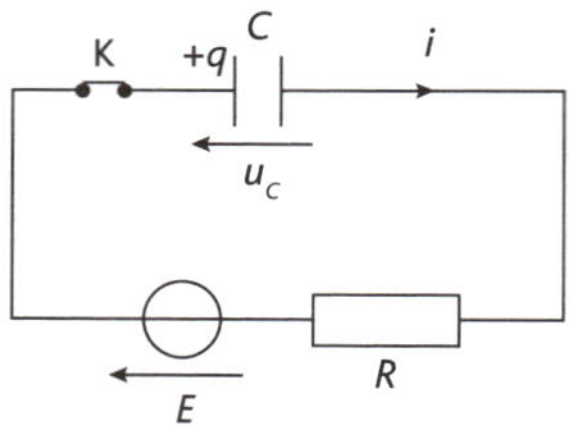

À l'instant $t = 0$, on ferme l'interrupteur K pour mettre sous tension l'accéléromètre. Les courbes représentant les variations de la tension aux bornes du condensateur et de l'intensité du courant en fonction du temps sont données sur la **figure 1**.

Données : $C = 100$ pF ; $E = 5{,}0$ V.

1. Établir l'équation différentielle à laquelle obéit la tension $u_c(t)$ aux bornes du condensateur.
2. En déduire l'expression littérale de $u_c(t)$.
3. Sur la figure 1, identifier la courbe correspondant à $u_c(t)$.
4. Déterminer graphiquement la valeur de la constante de temps du circuit. Peut-on considérer que la charge du condensateur est instantanée devant la durée d'un choc (de l'ordre de 200 ns) ?
5. En déduire la valeur de la résistance R.

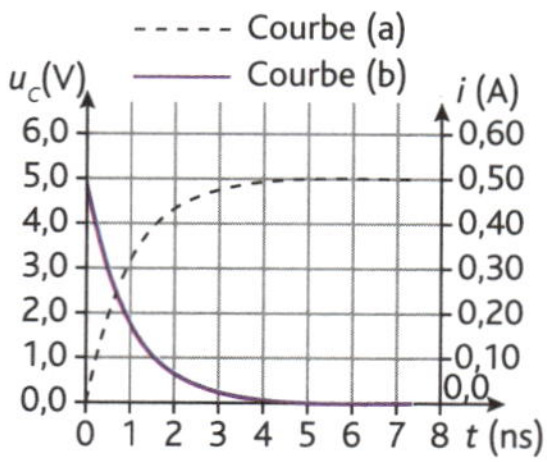

Figure 1

Corrigé

1. $\dfrac{du_c}{dt} + \dfrac{1}{R \times C}u_c = \dfrac{E}{R \times C}$. 2. $u_c(t) = E \times \left(1 - e^{-\frac{t}{R \times C}}\right)$.

3. Il s'agit de la courbe (a) car la tension u_c augmente progressivement depuis 0 jusqu'à atteindre la tension E imposée par le générateur.

4. $\tau = 1{,}0$ ns. La charge étant terminée au bout de 5τ soit 5,0 ns, on peut la considérer comme instantanée devant la durée d'un choc (200 ns).

5. $\tau = R \times C$ donc $R = \dfrac{\tau}{C} = \dfrac{1{,}0 \times 10^{-9}}{100 \times 10^{-12}} = 10\ \Omega$.

Décharge d'un condensateur dans une résistance

Fiche 57

LE COURS

Établissement de l'équation différentielle vérifiée par u_C aux bornes du condensateur

À l'instant $t = 0$, la bascule d'un interrupteur (1 vers 2) permet à un condensateur préalablement chargé sous une tension E de se décharger dans un conducteur ohmique de résistance R'.

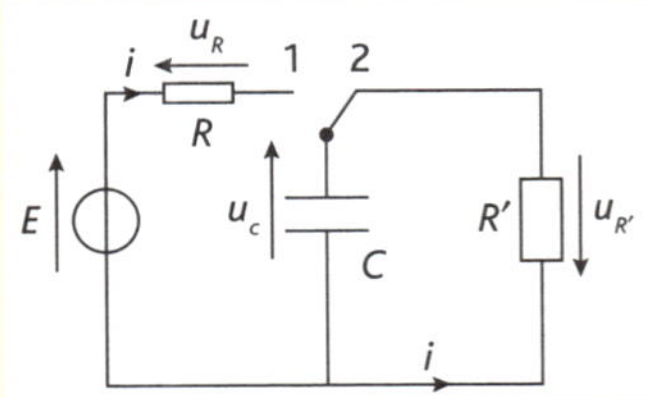

$$\left\{\begin{array}{l}\text{Loi d'additivité des tensions : } 0 = u_{R'} + u_C \\ \text{Loi d'Ohm : } u_{R'} = R' \times i\end{array}\right\} \Rightarrow 0 = R' \times i + u_C. \text{ De plus,}$$

$$\left\{\begin{array}{l} i = \dfrac{dq}{dt} \\ q = C \times u_C \end{array}\right\} \Rightarrow i = \frac{d(C \times u_C)}{dt} = C \times \frac{du_C}{dt} \text{ car } C \text{ constante.}$$

$$\text{Donc } 0 = R' \times C \times \frac{du_C}{dt} + u_C \Leftrightarrow \mathbf{\frac{du_C}{dt} + \frac{1}{R' \times C} u_C = 0}$$

Résolution de l'équation différentielle

En procédant comme dans la fiche précédente, mais avec $u_C(0) = E$, la solution est donc : $\boldsymbol{u_C(t) = E \times e^{-\frac{t}{R' \times C}}}$

Étude temporelle et constante de temps du circuit

La tension u_C diminue progressivement de la valeur E jusqu'à la valeur nulle.

La **constante de temps** du circuit $R'C$ est : $\tau = R' \times C$.

On peut la déterminer graphiquement par deux méthodes.

La décharge est terminée pour $t = 5\tau$ car $u_C(5\tau) = E \times e^{-5} \approx 0$.

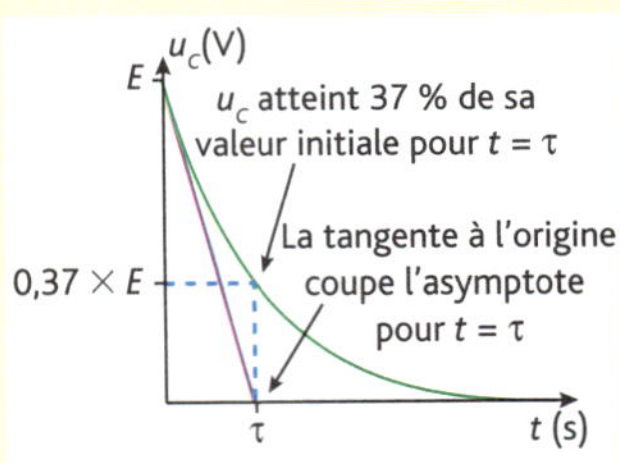

EXERCICE TYPE CORRIGÉ

Le générateur d'impulsions d'un stimulateur cardiaque peut être modélisé par le circuit ci-après. La valeur de r est très faible, de telle sorte que le condensateur se charge très rapidement lorsque l'interrupteur est en position 1. Lorsque la charge est terminée, l'interrupteur bascule en position 2. Le condensateur se décharge lentement dans la résistance R, de valeur élevée. Quand la tension u_C atteint une valeur donnée (e^{-1} fois sa valeur initiale), le boîtier envoie au cœur une impulsion électrique par l'intermédiaire des sondes.

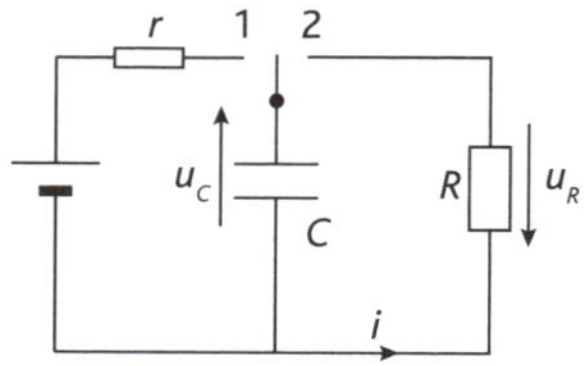

L'interrupteur bascule simultanément en position 1 et la recharge du condensateur se fait quasiment instantanément à travers r. Le processus recommence.

1. On enregistre l'évolution de la tension u_C aux bornes du condensateur lors de la décharge complète dans la résistance R.

1.1. Établir l'équation différentielle à laquelle obéit la tension $u_C(t)$ aux bornes du condensateur.

1.2. En déduire l'expression littérale de $u_C(t)$.

1.3. Déterminer graphiquement la valeur de E et la constante de temps du circuit.

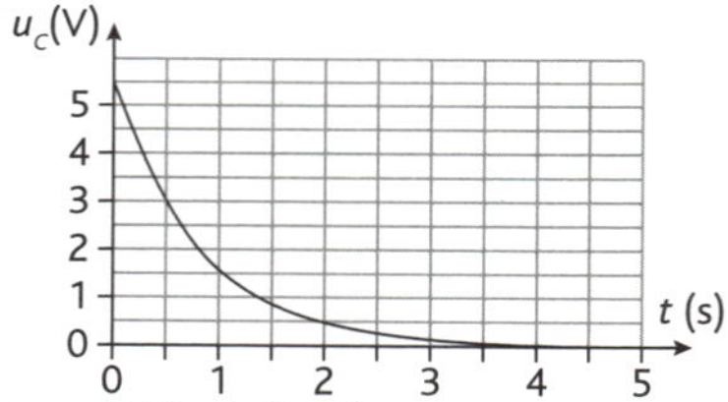

1.4. En déduire la valeur de la résistance R ($C = 0{,}40\ \mu F$).

2.1. Déterminer la date après le début de la décharge du condensateur à laquelle une impulsion électrique est envoyée au cœur.

2.2. Que se passe-t-il après cette date ? Représenter l'allure de l'évolution de u_C au cours du temps lors de la génération des impulsions.

2.3. Déterminer la fréquence des impulsions de tension ainsi générées. Vérifier que le résultat est compatible avec une fréquence cardiaque normale.

Corrigé

1.1. $\dfrac{du_C}{dt} + \dfrac{1}{R \times C}u_C = 0.$ **1.2.** $u_C(t) = E \times e^{-\frac{t}{R \times C}}.$

1.3. $\boldsymbol{E = 5{,}5\ V}$; $\boldsymbol{\tau = 0{,}80\ s}$.

1.4. $\tau = R \times C$ donc $\boldsymbol{R} = \dfrac{\tau}{C} = \dfrac{0{,}80}{0{,}40 \times 10^{-6}} = \boldsymbol{2{,}0 \times 10^6\ \Omega}$.

2.1. Une impulsion est envoyée quand $u_C(t) = E \times e^{-1}$ soit quand $\boldsymbol{t = \tau = 0{,}80\ s}$.

2.2. À cette date, le condensateur se recharge instantanément (car r très faible) puis se décharge « lentement » dans la résistance R à nouveau.

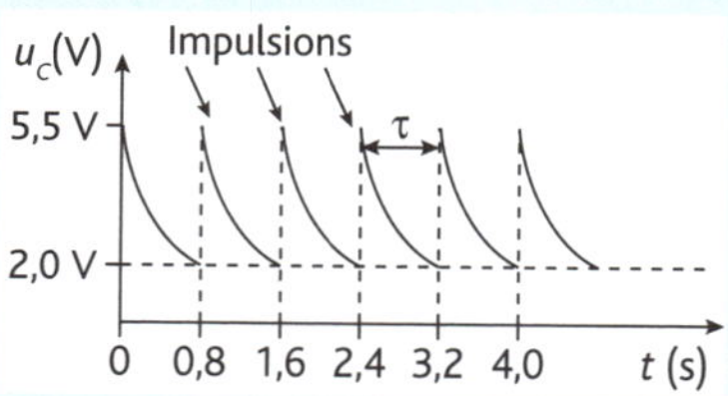

2.3. La période des impulsions est $T = \tau = 0{,}80$ s.

La fréquence des impulsions est :

$\boldsymbol{f} = \dfrac{1}{T} = \boldsymbol{1{,}25\ Hz}$ **(impulsions pas seconde)** $1{,}25 \times 60 =$ **75 impulsions par minute**, ce qui est compatible avec les valeurs habituelles.

Capteurs capacitifs

LE COURS

Capteurs capacitifs

La capacité d'un condensateur plan est donnée par la relation : $C = \varepsilon \times \frac{S}{d}$ *(non exigible)* où S est la surface des armatures face à face, d la distance entre les armatures et ε la permittivité de l'isolant entre les armatures.

Dans un capteur capacitif, la capacité C d'un condensateur varie lors de la modification d'un des trois paramètres ε, S ou d, et **l'électronique traduit la variation de C en une information exploitable** (épaisseur, niveau, déplacement, etc.).

Exemples : $\boldsymbol{d}$ varie pour un capteur d'épaisseur ou pour un accéléromètre ; $\boldsymbol{\varepsilon}$ varie en fonction du niveau de liquide entre les armatures pour un capteur de niveau, $\boldsymbol{S}$ varie si un petit objet placé entre les plaques (sans les toucher) se déplace.

Remarque : pour les écrans tactiles, une grille conductrice chargée est insérée dans l'écran et constitue la 1re armature, tandis que le doigt de l'utilisateur constitue la 2e armature du condensateur.

EXERCICE TYPE CORRIGÉ

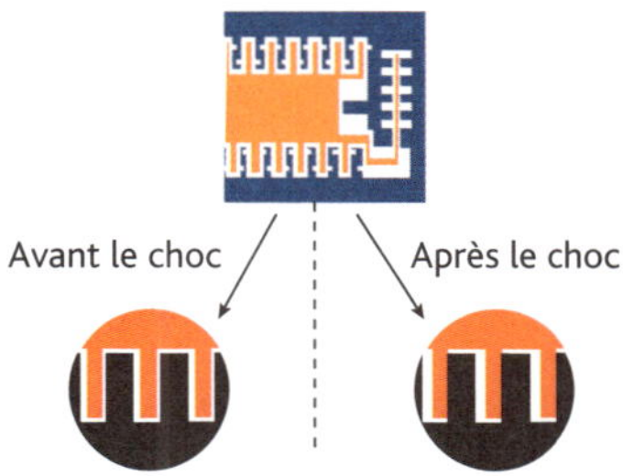

Un des premiers microsystèmes à avoir été développé est l'accéléromètre. Il est entre autres utilisé pour déclencher le gonflage des airbags des véhicules en cas de choc brutal. L'accéléromètre est constitué de deux pièces en forme de peignes complémentaires. L'une est fixe et constitue le cadre, l'autre est mobile à l'intérieur de ce cadre, suspendue par une lamelle flexible, sans contact entre les deux parties.

L'ensemble constitue un condensateur. En cas de choc brutal du véhicule, la partie mobile se déplace par inertie dans le sens opposé au mouvement, comme le passager d'un bus qui est debout et se trouve projeté en avant quand le bus freine. Ce changement de distance entre le peigne mobile et le cadre modifie la capacité du condensateur. Dès que le circuit intégré détecte ce changement de capacité, il commande le gonflage de l'airbag, avant même que le conducteur et les passagers du véhicule ne soient projetés en avant.

D'après « À la découverte du nanomonde » (www.nanomicro.recherche.gouv.fr) défis CEA et Internet.

Le rapprochement des deux armatures, provoqué par un choc, entraîne une augmentation de la capacité du condensateur (**figure 1 page suivante**).

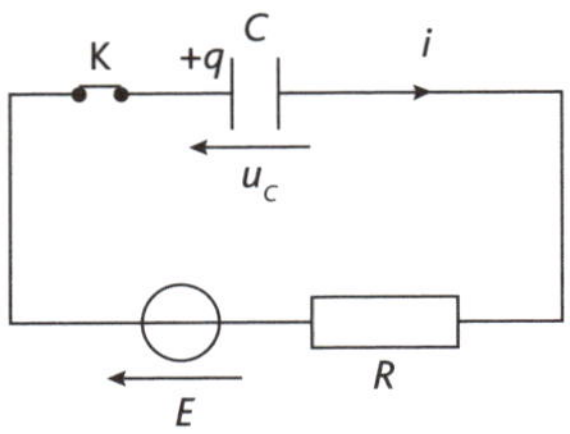

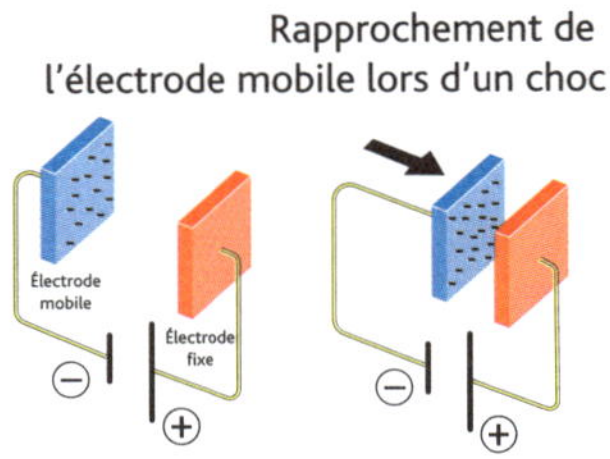

Figure 1

1. Parmi les deux propositions suivantes donnant l'expression de la capacité C en fonction de la distance d entre les armatures du condensateur, choisir en justifiant celle qui peut convenir :
a. $C = k \times d$; b. $C = \frac{k}{d}$.
2. Donner l'expression de la tension aux bornes du condensateur u_C et de la charge q du condensateur avant le choc, en fonction de la tension E aux bornes du générateur.
3. Montrer que le choc a pour effet de faire augmenter la charge q du condensateur.
4. Sur le schéma de la figure 1, indiquer le sens de déplacement des électrons dans le circuit engendré par la variation de charge q du condensateur.
5. En justifiant, choisir parmi ces affirmations celle qui convient.
Le déclenchement du gonflage de l'airbag est commandé par la détection d'une variation :
a. de tension aux bornes du condensateur ;
b. d'intensité du courant dans le circuit ;
c. de tension aux bornes du générateur.
6. Expliquer pourquoi l'accéléromètre constitue un capteur capacitif.

Corrigé

1. Vu que le choc fait augmenter C et que d diminue, seule l'expression $\boldsymbol{C = \frac{k}{d}}$ **peut convenir**, car d est au dénominateur.
2. Avant le choc, la charge du condensateur (quasi instantanée) est terminée donc $u_C = E$ et $q = C \times u_C = C \times E$.
3. Comme la tension E ne varie pas mais que C augmente, la charge $q = C \times E$ augmente lors d'un choc.
4. Vu que la charge q augmente, il y a davantage d'électrons sur l'électrode mobile (et moins sur l'électrode fixe), donc **les électrons circulent de l'électrode fixe vers l'électrode mobile**.
5. L'intensité étant un débit de charges électriques : $i = \frac{dq}{dt}$; le choc entraînant une variation de la charge q, cela entraîne **une variation de l'intensité *i*** qui **pourra être détectée** (b.).
6. L'accéléromètre constitue un capteur capacitif car un choc entraîne une variation de la capacité d'un condensateur.

EXERCICE 5 points 50 min

Système de détection

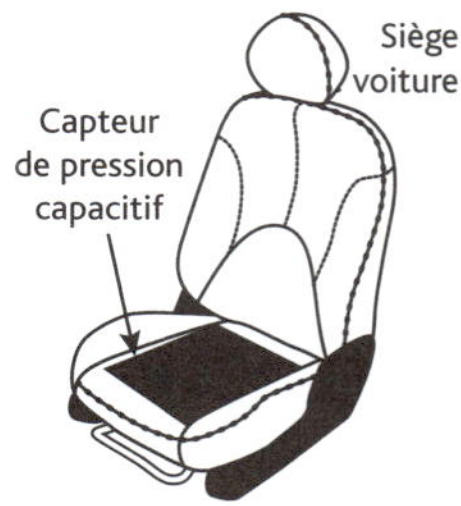

Pour renforcer la sécurité routière, les voitures sont équipées d'un système de détection de la présence d'un passager pour lui signaler si sa ceinture de sécurité est bien attachée.

Dans le cadre d'un projet scientifique, un groupe d'élèves réalise un système de détection semblable à celui d'une voiture. Il est composé d'un capteur de pression capacitif « artisanal » associé à un microcontrôleur.

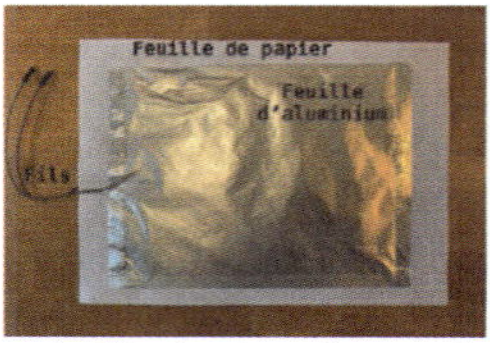

Le condensateur « artisanal » est constitué de deux feuilles d'aluminium séparées par une feuille de papier isolante. Lorsqu'un objet de masse *m* est posé dessus, il exerce une pression sur les deux feuilles d'aluminium et les déforme, ce qui modifie la capacité électrique du condensateur « artisanal ». Après un traitement numérique des signaux électriques, le microcontrôleur peut détecter la présence de l'objet.

L'objectif de cet exercice est d'illustrer le principe de fonctionnement d'un tel capteur.

1 Étude du capteur de pression capacitif « artisanal »

Le capteur de pression capacitif **« artisanal »** est représenté ci-dessous.

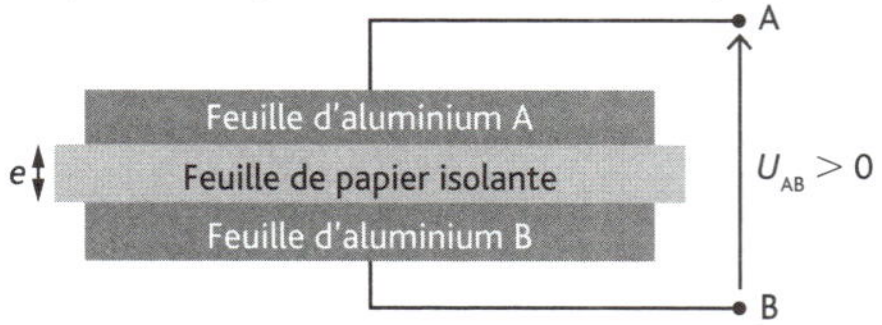

1.1. Justifier l'utilisation de l'adjectif « capacitif » dans l'expression « capteur de pression capacitif » couramment utilisée pour désigner ce genre de capteurs.

1.2. Si le capteur est soumis à une tension positive constante U_{AB} entre ses bornes A et B, des charges électriques apparaissent sur chacune des feuilles, notées Q_A sur la feuille d'aluminium A et Q_B sur la feuille d'aluminium B. On note C la capacité électrique de ce capteur. Donner l'expression littérale de la charge Q_A puis celle de la charge Q_B en fonction de C et U_{AB}.

1.3. La capacité électrique C d'un tel capteur s'écrit $C = \frac{\varepsilon \times S}{e}$ avec S la surface en regard des feuilles d'aluminium, e l'épaisseur de la feuille de papier isolante et ε une constante caractéristique de la feuille de papier isolante. Indiquer, en justifiant la réponse, le sens de variation de la capacité électrique C du capteur quand un objet est posé sur le condensateur « artisanal ».

2 Modélisation du circuit de la chaîne de mesure

La détection de la variation de la capacité électrique C du capteur est réalisée par un circuit électrique appelé la chaîne de mesure. Le circuit électrique associé peut se modéliser par le circuit schématisé ci-contre :

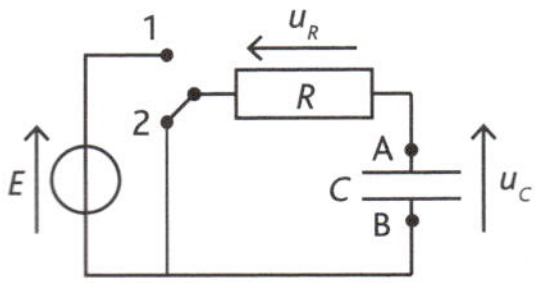

Le générateur de ce circuit est un générateur idéal de tension E. Le condensateur modélise le capteur de pression capacitif « artisanal » installé dans l'assise du siège du véhicule. La mesure de la tension aux bornes du condensateur, notée $u_C(t)$, est réalisée en permanence par un microcontrôleur qui n'est pas représenté sur le schéma. La résistance R est celle d'un conducteur ohmique. Le capteur de pression capacitif « artisanal » possède une capacité électrique C variable, selon que le capteur est soumis ou non à une pression extérieure. Le commutateur possède deux positions notées 1 et 2 et joue le rôle d'un interrupteur fermé sur la position 1 ou sur la position 2.

On considère que l'interrupteur est dans la position 1 depuis un temps très long, et que les paramètres E, C et R sont constants. À la date $t = 0$ s, $u_C(0) = E$ et l'interrupteur est basculé dans la position 2.

2.1. Donner l'expression de la constante de temps τ d'un dipôle RC.

2.2. Établir l'équation différentielle régissant l'évolution de la tension $u_C(t)$ aux bornes du condensateur pour $t \geqslant 0$ et l'écrire sous une forme incluant τ.

2.3. Déterminer la solution de l'équation différentielle.

2.4. Montrer que le condensateur est déchargé à la date $t = 5\tau$.

3 Test expérimental de la chaîne de mesure

Pour tester cette chaîne de mesure qui permet de détecter la présence d'une pression exercée sur le capteur, on réalise le circuit étudié précédemment. La commutation est réalisée automatiquement par le microcontrôleur.

On réalise l'expérience suivante :

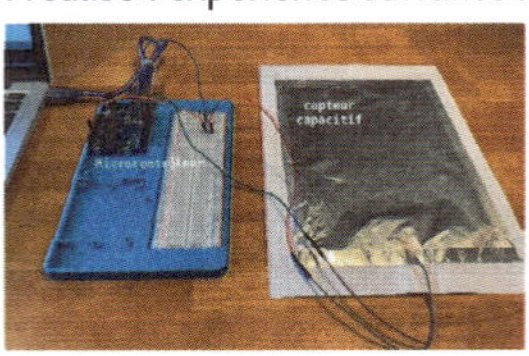

Dispositif sans pression

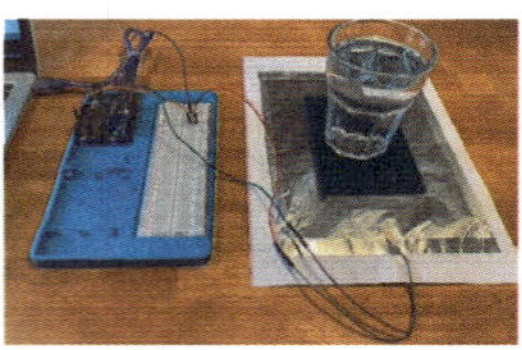

Dispositif avec pression

Un premier essai est conduit sans qu'aucune pression ne soit exercée sur le capteur Le microcontrôleur mesure la tension $u_C(t)$ au cours du temps aux bornes du capteur capacitif.

Un second essai est réalisé au cours duquel une masse (ici, un verre rempli d'eau) est posée sur le capteur. De nouveau, on mesure la tension $u_C(t)$ au cours du temps aux bornes du capteur capacitif.

Données :

- tension du générateur idéal : $E = 5$ V ;
- résistance du conducteur ohmique : $R = 10$ MΩ ;
- épaisseur de la feuille de papier isolante sans pression : $e = 1{,}0 \times 10^{-4}$ m.

Les séries de mesures, obtenues lors de ces deux essais, sont présentées sur le même graphique ci-dessous. La date $t = 0$ s correspond au passage du commutateur de la position 1 à 2 (début de la décharge du condensateur).

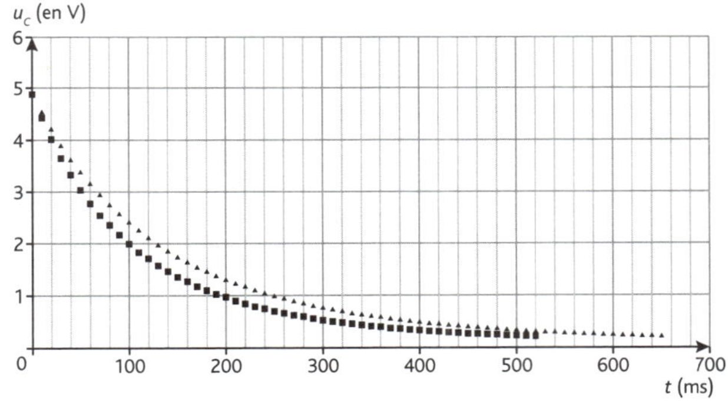

3.1. Parmi les deux séries de mesures précédentes, représentées soit par ▲ soit par ■, associer celle qui correspond au dispositif sans pression et celle qui correspond au dispositif avec pression. Justifier.

On considère que la variation de capacité électrique ΔC est liée à la variation d'épaisseur Δe par la relation : $\frac{\Delta C}{C} = \frac{\Delta e}{e}$.

3.2. Déterminer la valeur de la variation d'épaisseur Δe, après avoir évalué la variation de capacité électrique ΔC.

Corrigé

1.1. Le capteur est dit « capacitif » car **il comprend un condensateur** (2 armatures métalliques séparées par un isolant) **dont la capacité va varier** en fonction des conditions d'utilisation du siège (pression sur le condensateur).

1.2. $Q_A = +q = C \times U_{AB}$; $Q_B = -q = -C \times U_{AB}$.

1.3. Quand un passager s'assoit, l'épaisseur e du condensateur diminue, donc la capacité C augmente car e est au dénominateur de la relation donnée.

2.1. Par définition : $\tau = R \times C$.

2.2. $\begin{cases} \text{Loi d'additivité des tensions : } 0 = u_R + u_C \\ \text{Loi d'Ohm : } u_R = R \times i \end{cases} \Rightarrow 0 = R \times i + u_C \quad \textbf{(1)}$

De plus, $\begin{cases} i = \dfrac{dq}{dt} \\ q = C \times u_C \end{cases} \Rightarrow i = \dfrac{d(C \times u_C)}{dt} = C \times \dfrac{du_C}{dt}$ car C constante

Donc **(1) devient** $0 = R \times C \times \dfrac{du_C}{dt} + u_C$

$\Leftrightarrow \dfrac{du_C}{dt} + \dfrac{1}{R \times C} u_C = 0 \Leftrightarrow \dfrac{du_C}{dt} + \dfrac{u_C}{\tau} = 0$

2.3. Voir fiche 57 : $u_C(t) = E \times e^{-\frac{t}{R \times C}} = E \times e^{-\frac{t}{\tau}}$.

Remarque : il existe d'autres méthodes que celle vue aux fiches 56 et 57 pour résoudre une équation différentielle du 1er ordre.

2.4. $u_C(5\tau) = E \times e^{-\frac{5\tau}{\tau}} = E \times e^{-5} = 0{,}007 \times E$, soit moins de 1 % de la valeur initiale : on peut considérer que le condensateur est déchargé.

3.1. D'après **1.3.**, la capacité du condensateur C' augmente si la pression augmente. Cela implique que la constante de temps $\tau' = R \times C'$ augmente également et donc que la décharge du condensateur est plus longue si la pression augmente.

Conclusion : la série représentée par des ▲ correspond à un essai avec pression et la série représentée par des ■ correspond à un essai sans pression.

3.2. $\Delta C = C' - C = \dfrac{\tau'}{R} - \dfrac{\tau}{R}$ (car $\tau' = R \times C'$ et $\tau = R \times C$).

Donc $\Delta C = \dfrac{\tau'}{R} - \dfrac{\tau}{R} = \dfrac{\tau' - \tau}{R} = \dfrac{\Delta\tau}{R}$.

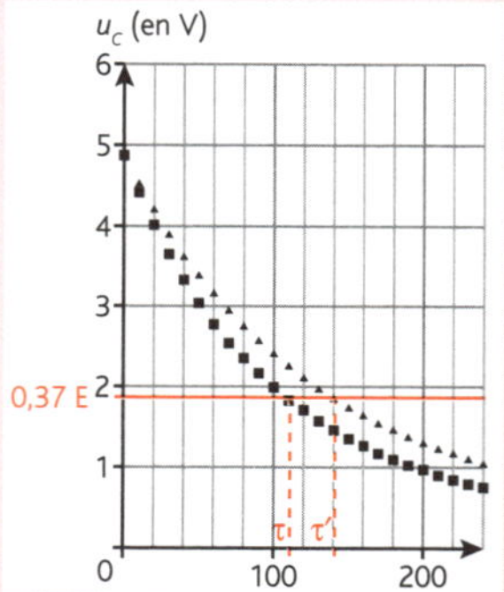

On utilise la méthode des 37 % (**fiche 57**) pour déterminer graphiquement τ' et τ :

$\tau' = 140$ ms et $\tau = 110$ ms donc $\Delta\tau = 30$ ms.

Ainsi, $\Delta C = \dfrac{\Delta\tau}{R} = \dfrac{30 \times 10^{-3}}{10 \times 10^{6}} = 3{,}0 \times 10^{-9}$ F.

D'après l'énoncé $\dfrac{\Delta C}{C} = \dfrac{\Delta e}{e} \Leftrightarrow \Delta e = e \times \dfrac{\Delta C}{C}$.

Il faut donc déterminer la valeur de C pour faire le calcul.

On a déterminé que $\tau = R \times C = 110$ ms,

donc $C = \dfrac{\tau}{R} = \dfrac{110 \times 10^{-3}}{10 \times 10^{6}} = 1{,}1 \times 10^{-8}$ F *(valeur assez faible par rapport aux valeurs usuelles)*.

Conclusion : $\boldsymbol{\Delta e} = e \times \dfrac{\Delta C}{C} = 1{,}0 \times 10^{-4} \times \dfrac{3{,}0 \times 10^{-9}}{1{,}1 \times 10^{-8}} = \mathbf{2{,}7 \times 10^{-5}\ m}$.

Remarque : cette valeur très faible est suffisante pour détecter la présence du verre d'eau sur le capteur réalisé.

Classification périodique

Nombre de masse de l'isotope le plus abondant → A
Numéro atomique → Z
Symbole de l'élément → X
Nom
Masse molaire $g.mol^{-1}$ → M

Alcalins (sauf H) · *Halogènes* · *Gaz rares*

1	$^{1}_{1}$H Hydrogène 1,0																	$^{4}_{2}$He Hélium 4,0
2	$^{7}_{3}$Li Lithium 6,9	$^{9}_{4}$Be Béryllium 9,0											$^{11}_{5}$B Bore 10,8	$^{12}_{6}$C Carbone 12,0	$^{14}_{7}$N Azote 14,0	$^{16}_{8}$O Oxygène 16,0	$^{19}_{9}$F Fluor 19,0	$^{20}_{10}$Ne Néon 20,2
3	$^{23}_{11}$Na Sodium 23,0	$^{24}_{12}$Mg Magnésium 24,3											$^{27}_{13}$Al Aluminium 27,0	$^{28}_{14}$Si Silicium 28,1	$^{31}_{15}$P Phosphore 31,0	$^{32}_{16}$S Soufre 32,1	$^{35}_{17}$Cl Chlore 35,5	$^{40}_{18}$Ar Argon 39,9
4	$^{39}_{19}$K Potassium 39,1	$^{40}_{20}$Ca Calcium 40,1	$^{45}_{21}$Sc Scandium 45,0	$^{48}_{22}$Ti Titane 47,9	$^{51}_{23}$V Vanadium 50,9	$^{52}_{24}$Cr Chrome 52,0	$^{55}_{25}$Mn Manganèse 54,9	$^{56}_{26}$Fe Fer 55,8	$^{59}_{27}$Co Cobalt 58,9	$^{58}_{28}$Ni Nickel 58,7	$^{63}_{29}$Cu Cuivre 63,5	$^{64}_{30}$Zn Zinc 65,4	$^{69}_{31}$Ga Gallium 69,7	$^{74}_{32}$Ge Germanium 72,6	$^{75}_{33}$As Arsenic 74,9	$^{80}_{34}$Se Sélénium 79,0	$^{79}_{35}$Br Brome 79,9	$^{84}_{36}$Kr Krypton 83,8
5	$^{85}_{37}$Rb Rubidium 85,5	$^{88}_{38}$Sr Strontium 87,6	$^{89}_{39}$Y Yttrium 88,9	$^{90}_{40}$Zr Zirconium 91,2	$^{93}_{41}$Nb Niobium 92,9	$^{98}_{42}$Mo Molybdène 95,9	$^{98}_{43}$Tc Technétium 98	$^{102}_{44}$Ru Ruthénium 101,1	$^{103}_{45}$Rh Rhodium 102,9	$^{106}_{46}$Pd Palladium 106,4	$^{107}_{47}$Ag Argent 107,9	$^{114}_{48}$Cd Cadmium 112,4	$^{115}_{49}$In Indium 114,8	$^{120}_{50}$Sn Etain 118,7	$^{121}_{51}$Sb Antimoine 121,7	$^{130}_{52}$Te Tellure 127,6	$^{127}_{53}$I Iode 126,9	$^{129}_{54}$Xe Xénon 131,3
6	$^{133}_{55}$Cs Césium 132,9	$^{138}_{56}$Ba Baryum 137,3		$^{180}_{72}$Hf Hafnium 178,9	$^{181}_{73}$Ta Tantale 180,9	$^{184}_{74}$W Tungstène 183,9	$^{187}_{75}$Re Rhénium 186,2	$^{192}_{76}$Os Osmium 190,2	$^{193}_{77}$Ir Iridium 192,2	$^{195}_{78}$Pt Platine 195,1	$^{197}_{79}$Au Or 197,0	$^{202}_{80}$Hg Mercure 200,6	$^{205}_{81}$Tl Thallium 204,4	$^{208}_{82}$Pb Plomb 207,2	$^{209}_{83}$Bi Bismuth 209,0	$^{210}_{84}$Po Polonium 209	$^{210}_{85}$At Astate 210	$^{222}_{86}$Rn Radon 222
7	$^{223}_{87}$Fr Francium 223	$^{226}_{88}$Ra Radium 226		$^{261}_{104}$Rf Rutherfordium 261	$^{262}_{105}$Ha Hahnium 262	$_{106}$Sg Seaborgium 266	$_{107}$Ns Nielsbohrium 264	$_{108}$Hs Hassium 269	$_{109}$Mt Meitnerium 268	$_{110}$Uun Ununnilium 269	$_{111}$Uuu Unununium 272	$_{112}$Uub Ununbium 277						

$^{139}_{57}$La Lanthane 138,9	$^{140}_{58}$Ce Cérium 140,1	$^{141}_{59}$Pr Praséodyme 140,9	$^{142}_{60}$Nb Néodyme 144,2	$^{146}_{61}$Pm Prométhium 145	$^{152}_{62}$Sm Samarium 150,4	$^{153}_{63}$Eu Europium 152,0	$^{158}_{64}$Gd Gadolinium 157,2	$^{159}_{65}$Tb Terbium 158,9	$^{164}_{66}$Dy Dysprosium 162,5	$^{165}_{67}$Ho Holmium 164,9	$^{166}_{68}$Er Erbium 167,3	$^{169}_{69}$Tm Thulium 168,9	$^{174}_{70}$Yb Ytterbium 173,0	$^{175}_{71}$Lu Lutétium 175,0
$^{227}_{90}$Ac Actinium 227	$^{232}_{90}$Th Thorium 232,0	$^{231}_{91}$Pa Protactinium 231,0	$^{238}_{92}$U Uranium 238,0	$^{237}_{93}$Np Neptunium 237	$^{244}_{94}$Pu Plutonium 244	$^{243}_{95}$Am Américium 243	$^{247}_{96}$Cm Curium 247	$^{247}_{97}$Bk Berkélium 247	$^{251}_{98}$Cf Californium 251	$^{254}_{99}$Es Einsteinium 252	$^{257}_{100}$Fm Fermium 257	$^{258}_{101}$Md Mendélévium 258	$^{259}_{102}$No Nobélium 259	$^{260}_{103}$Lw Lawrencium 262

Grandeurs physiques

Dans le système international (SI), il existe 7 unités de base (les 7 premières du tableau, celles sur fond jaune) et toutes les autres unités rattachées au SI peuvent être exprimées à l'aide de ces unités de base.

Grandeur	Symbole des grandeurs	Unité	Symbole des unités	Système international
longueur	D, d, L, R, λ…	mètre	m	
masse	m	kilogramme	kg	
temps	t, Δt	seconde	s	
température	T ou θ	kelvin	K	
intensité	I ou i	ampère	A	
quantité de matière	n	mole	mol	
intensité lumineuse	I ou I_v	candela	cd	
activité radioactive)	A	becquerel	Bq	s^{-1}
capacité électrique	C	farad	F	$kg^{-1}.m^{-2}.s^{4}.A^{2}$
champ magnétique	B	tesla	T	$kg.s^{-2}.A^{-1}$
charge électrique et quantité d'électricité	Q ou q	coulomb	C	A.s
conductance électrique	G	siemens	S	$kg^{-1}.m^{-2}.s^{3}.A^{2}$
force	F	newton	N	$kg.m.s^{-2}$
force électromotrice et tension électrique	E et U ou u	volt	V	$kg.m^{2}.s^{-3}.A^{-1}$
fréquence	f, N ou ν	hertz	Hz	s^{-1}
inductance	L	henry	H	$kg.m^{2}.s^{-2}.A^{-2}$
pression	P	pascal	Pa	$kg.m^{-1}.s^{-2}$
puissance et flux thermique	P, Φ	watt	W	$kg.m^{2}.s^{-3}$
résistance	R	ohm	Ω	$kg.m^{2}.s^{-3}.A^{-2}$
travail, énergie et quantité de chaleur	W, E et Q	joule	J	$kg.m^{2}.s^{-2}$